DROEMER

Über den Autor:
Der Portugiese João Tordo, Jahrgang 1975, zählt zu den wichtigsten Schriftstellern seines Landes. Er studierte Philosophie in Lissabon sowie Journalismus in London. Dort schrieb er auch für Zeitungen und Zeitschriften wie *The Independent, Icon* und *News Magazine.* 2002 ging er nach Amerika, wo er Creative Writing am City College of New York studierte. Ab 2002 arbeitete er als freier Journalist u. a. für Zeitschriften wie Sábado, Elle oder die Wochenzeitung *Expresso.* Heute ist er hauptsächlich als Romancier und Drehbuchautor tätig. *Stockmans Melodie* ist Tordos sechster Roman, mit dem er erstmals auf Deutsch erscheint. Für dessen Vorgänger wurde er mit mehreren Preisen ausgezeichnet. So gewann er 2009 den renommierten Prémio Literário José Saramago, den wichtigsten portugiesischen Literaturpreis.

JOÃO TORDO

Stockmans Melodie

Roman

Aus dem Portugiesischen von
Barbara Mesquita

DROEMER

Die portugiesische Originalausgabe erschien 2013 unter dem Titel »O Ano Sabático« bei Publicações Dom Quixote, Alfragide – Portugal.

Besuchen Sie uns im Internet:
www.droemer.de

Vollständige Taschenbuchausgabe Juni 2017
Droemer Taschenbuch

Redaktion: Ilse Wagner
Covergestaltung: NETWORK! Werbeagentur GmbH
Coverabbildung: plainpicture/Rolf Driesen; Gettyimages/Leontura
Satz: Adobe InDesign im Verlag
Druck und Bindung: CPI books GmbH, Leck
ISBN 978-3-426-30438-9

5 4 3 2 1

It was as though our love were a small creature
caught in a trap and bleeding to death:
I had to shut my eyes and wring its neck.
Graham Greene, The End of the Affair

ERSTER TEIL

Er beschloss, sich ein Jahr Auszeit zu nehmen, obgleich niemand es ihm gewährt hatte. Er würde die Stadt verlassen und hatte nicht vor, sich in diesem Jahr mit dem zu befassen, was lange Zeit über sein Beruf gewesen war: mit der Musik. Ich will vor allem versuchen, nicht zu spielen, hatte er zu Édouard gesagt, der in der Woche zuvor von einem Auto angefahren worden war und jetzt eine Halskrause trug und auf Krücken ging. Sie saßen in einem lauten Café in Côte-de-Neiges. Édouard blickte ihn skeptisch an und sagte, er halte das für eine Dummheit, das Leben sei nicht so lang, und mit einem Jahr nehme man ihm eine Ewigkeit. Er gab nichts darauf, sein Leben hing sowieso an einem seidenen Faden, und er wusste darum. In der Woche darauf verließ er Montreal im Flugzeug und landete, nach einem Zwischenstopp in Philadelphia, zwölf Stunden und etliche Verzögerungen später – während derer er um die Unversehrtheit seines Kontrabasses in den Händen der Männer gefürchtet hatte, die das Gepäck umluden – in einer Stadt, die zwar die seine war, die er aber dennoch nicht wiederzuerkennen vermochte.

In Lissabon regne es, sagte ein Mann ungefragt zu ihm, während sie auf das Gepäck warteten. Er schaute zur Seite und erblickte einen untersetzten Kerl, die Brille zur Nasenspitze heruntergerutscht und mit karamellfarbenem Schnurrbart. Er erwiderte, das mache ihm nichts aus, er möge Regen. Der Mann zuckte mit den Schultern und begann ein Gespräch mit jemand anderem. Ihm fiel auf, dass er mit Akzent sprach, ihm fiel die lächerliche Modulation auf, mit der er die Konsonanten betonte, und die effeminierte Art, mit der er die Vokale aussprach. Als er das monströse Instrument durch die Drehtür des Flughafengebäudes wuchtete, fand er ein nasses Land vor, einen wolkenschweren Himmel und einen verschwommenen Horizont, an dem sich die melancholische Konsistenzlosigkeit der Wintertage abzeichnete. Er musste eine Viertelstunde warten, ehe er ein Taxi ergatterte, dessen Kofferraum groß genug für seinen Kontrabass war. Schläfrig, ausgelaugt, mit schmerzenden Gliedern, nannte er dem Fahrer die Adresse und verdöste, den Kopf gegen das zerschlissene Lederpolster gelehnt, seine seit langer Zeit erste Fahrt durch die Stadt. Er träumte, noch ohne darum zu wissen, von seinem Ebenbild, einem Mann, den er noch nicht kannte und der doch in allem mit ihm identisch und anders war als er selbst.

Zärtlich umarmte er Júlia. Seine Schwester half ihm, die Koffer hineinzutragen, und fragte, als sie den zwanzig Kilo schweren dunklen Kasten erblickte, der zwei Hand breit über seinen Kopf ragte und wie ein auf seine Erosion wartender Monolith am Fahrstuhl lehnte: »Was stellst du dir vor, wo ich das Ding hinstellen soll?«

Sie entschieden sich für das Zimmer seines Neffen. Mateus schlief um diese Zeit. Es war ein früher Morgen im Februar. Als sie das Zimmer betraten, legte Júlia den Zeigefinger auf die Lippen und bedeutete ihm, leise zu sein. Er stellte den Kontrabass in die am weitesten vom Bett des schlafenden Jungen entfernte Ecke. Auf einem Stuhl saß mit hängenden Schultern und herabgesunkenem Kopf ein Clown. Er erinnerte ihn an Édouard, warum, wusste er auch nicht. In einem kurzen lichten Augenblick malte er sich aus, wie der Clown eine Trompete hervorziehen und einen Militärmarsch blasen und damit den Spiderman erschrecken würde, der über der Stuhllehne hing. Ihm war zum Lachen zumute, aber er lachte nicht. In Momenten wie diesen, in denen ihn das Bedürfnis zu lachen überkam, drückte die Traurigkeit ihn am stärksten nieder.

Seine Schwester fragte ihn, ob er etwas essen wolle. Sein Schwager würde in einer Stunde wach werden, um zur Arbeit zu gehen, und sie könnten sich, wenn er nicht zu müde sei, über die jüngsten Neuigkeiten austauschen. Er lehnte ab, er habe im Flugzeug gegessen (was nicht stimmte) und müsse dringend schlafen (wozu er nicht imstande sein würde). Júlia hob die Hand, als wollte sie ihm über das Gesicht streicheln, beschränkte sich dann aber darauf, die Tür von Mateus' Zimmer zu schließen.

»Du kannst das Sofa im Wohnzimmer nehmen«, sagte sie zu ihm. »Falls du aufwachst und jemanden Fremdes sehen solltest, so ist das die Haushälterin. Sie heißt Dulcineia.«

Dulcineia, dachte Hugo und begann unverzüglich, im Kopf eine Melodie in Cis-Dur zu rekapitulieren.

Die letzte Woche in Montreal hatte er dazu genutzt, seine Schulden zu begleichen. Nicht alle waren bezahlt worden. An erster Stelle standen die bei seiner Geigenbauerin, denn noch hatte er sich die Würde bewahrt, wie es unter Musikern stillschweigend Sitte ist. Catherine war eine hübsche junge Frau, die im zweiten Stock eines Hauses in der Rue Jeanne-Mance wohnte, einer

Straße, gesäumt von Platanen, die im Herbst braun und im Sommer von einem intensiven Grün waren. Hugo ging häufig zu ihr, um den Zustand seines einhundertdreißig Jahre alten Kontrabasses zu überprüfen. Er hatte ihn auf einer Auktion im Zentrum der Stadt gekauft. Seinerzeit hatte ihn das Instrument nicht nur seine gesamten Ersparnisse gekostet, sondern noch dazu einen beträchtlichen Betrag geliehenen Geldes. Der Bass war das Lieblingsinstrument der Geigenbauerin, deren Werkstatt (sie war geschmückt mit vieltönenden Instrumenten, zerlegten Cellos, Geigen, denen die Saiten fehlten, zerlöcherten Resonanzkörpern, Holzstücken und Schraubstöcken, in denen die ständig reparaturbedürftigen Kontrabässe wie auf eine Transplantation wartende Patienten ruhten) die Zuflucht vieler Musiker war. Er bezahlte seine Schulden mit einem Scheck und einer Umarmung und versprach Catherine, er werde sein Instrument niemals zu jemand anderem bringen. Vielmehr werde er warten, bis sein Sabbatjahr vorüber wäre, und unterdessen selbst die Saiten auswechseln, die Ausrichtung der Skala überprüfen, mit Graphit die Zwischenräume markieren, in denen die Saiten über dem Steg spannten. Catherine umarmte ihn und sagte, sie habe noch nie einen Kunden umarmt. Er konnte ihr Parfüm riechen, es hatte einen leicht süßlichen Duft und erfüllte den Hohlraum zwischen der Bluse und ihrem spindeldürren Körper. Er hatte Lust, sie zu küssen, widerstand jedoch der Versuchung.

Bei Édouard bezahlte er alte Schulden mit dem Geld der Kaution, die sein Vermieter ihm zurückerstattet hatte. Mit einem Spagat, der aus dem Verkauf von vierzehn Notenbüchern und einer alten akustischen Gitarre bestand, gelang es ihm, seine Schulden im Upstairs zu begleichen, einer Bar in der Rue MacKay, in der er verkehrte und einige Male als Begleitung einer skandinavischen Sängerin gespielt hatte. Die kurze Beziehung mit ihr war folgenlos geblieben. Das schlimmste und größte Problem aber war Boulay gewesen, der ihn mehrfach am Tag anrief und ihm auf den Anrufbeantworter sprach. Die Nachrichten, die er hinterließ, bestanden aus Schweigen oder doch fast aus Schweigen, unterbrochen nur von dem typischen rasselnden Atmen starker Raucher, einer Art fernem, kaum hörbarem Röcheln, das in Hugo das Gefühl von einem unmittelbar bevorstehenden Abschied aus diesem Leben weckte. Boulay hatte in Moskau gelebt und dort als Tätowierer gearbeitet. Wenn Hugo an ihn dachte, dann als an einen Menschen, der auf verhängnisvolle und unauslöschliche Weise das Leben aller zeichnete, die freiwillig in seine Nähe kamen, so als sei er ein Virus oder der Auslöser einer bösartigen Krankheit. Hugo aber war zu Boulay aus einem anderen Grund gegangen. In Montreal verlieh der Tätowierer gegen Zinsen Geld, und Hugo hatte Geld gebraucht, um den Kontrabass kaufen und seine beginnende Alkoholabhängigkeit finanzieren zu können. Von einem bestimmten Zeitpunkt seines Lebens an war der Alkohol für ihn zu einer Art Treibstoff geworden, der ihn sich, wenn schon nicht lebendig, so doch weniger wie ein Zombie fühlen ließ. Ein Zombie, dem regelmäßig Applaus dafür gezollt wurde, dass er noch unter den Lebenden weilte, dass er noch atmete, noch etwas zu empfinden vermochte, noch die notwendige Geschicklichkeit besaß, den linken Arm zu heben und mit der zu einer feinen, wenn auch behaarten Muschel geformten Hand die Saiten zu pressen, die in dem großen braunen Klangkasten widerhallten, und die Noten hervorzubringen, die den anderen Musikern als Unterstützung dienten. Im Alkohol hatte er eine Quelle nahezu permanenter Inspiration gefunden, derweil sein Körper eine riesige Nährstoffwüste durchquerte, die jede Zelle verfaulen ließ, jedes Organ entwurzelte und jeden Tropfen seines Blutes verschmutzte, eine saure, giftige, verseuchte Materie. So hatte er acht Jahre zugebracht. Boulay war reich geworden, während er zum ärmsten aller Musiker verkommen und aus dem Zentrum der Stadt fort und in den dritten Stock eines Hauses in Saint-Henri gezogen war, mit Blick auf Eisenbahngleise und einem kleinen Balkon, auf dem er selbstgedrehte Zigaretten rauchte. Dieser Balkon wurde von Tauben heimgesucht, die ihm, unbeeindruckt von seiner Anwesenheit, vor die Füße kackten und ignorierten, dass er ein Mensch war, und die sich über seinen Zustand lustig machten. Als er in Lissabon an diese Stunden zurückdachte, die er ohne Kraft, sich aufzuraffen und der Realität ins Auge zu blicken, auf dem Balkon zugebracht hatte, umringt von den dümmsten Kreaturen des Planeten, in deren Exkremente er mit den Zehen seiner nackten Füße trat, rollte er sich in das Plaid ein, das seine Schwester ihm zum Zudecken gegeben hatte. Er ließ vor Scham den Kopf auf die Brust sinken, so lange, bis die Scham sich in Abwesenheit verwandelt hatte – Abwesenheit von Bewusstsein, Abwesenheit seiner selbst, reine Abwesenheit, unter der Decke, so als sei diese nicht ein Stück Stoff, sondern besitze magische Kräfte.

Mehrfach hatte er geglaubt, dieses Leben hinter sich lassen zu können. Er hatte sich dazu imstande gefühlt.

Jedes Mal, wenn er den wie eine ruhende Frau mit ausladenden Hüften am Boden seiner Wohnung liegenden Kontrabass angeschaut hatte, der so alt war wie sein Urgroßvater und den er wegen seiner haselnuss- und schokoladenbraunen Farbe mit einer zarten Honigpatina liebevoll *Nutella* getauft hatte, erwachte in ihm mit voller Wucht das Gewissen. Es war eine Pflicht, nicht ihm selbst gegenüber, sondern gegenüber der Musik, den Kontrabass lebendig zu halten, spielbereit, imstande, zu erklingen und seinem Erbauer gerecht zu werden, der ihn im fernen Jahr 1882 in einer Werkstatt in der Tschechoslowakei geschaffen hatte. Seine Nachlässigkeit hätte das Ende des Instruments sein können. Unfälle passierten nun einmal, hatte Catherine ihn mehrfach gewarnt. Du willst ihn nach einem Konzert hektisch einpacken, und die Wirbel schlagen auf den Boden. Du schleifst ihn eilig eine Kellertreppe hoch, und er entgleitet deinen Händen. Betrunken packst du ihn in den Kofferraum eines Taxis, aus Versehen lässt du die Tür offen, und du kannst ihn gerade noch vom Asphalt ziehen, eine Sekunde bevor er von einem Auto überfahren würde. All diese Dinge waren ihm passiert.

Doch sosehr er sich auch bemühte und sosehr auch der Kontrabass und seine Musik litten, er konnte nicht davon lassen: weder vom Alkohol noch von seinem Gläubiger noch von der Angst vor den nächsten Tagen. Er war süchtig, das hatte er Édouard gegenüber zugegeben, süchtig vor allem nach den Ängsten, was lächerlich und vielleicht widersprüchlich, aber auch menschlich war. Er rief dem Freund, der weder trank noch rauchte und der wahrscheinlich der einzige Musiker in der Stadt war, der mit einer bezaubernden Frau und zwei kleinen Kindern ruhig und beschaulich in Rosemont lebte, in Erinnerung, was er stets empfunden hatte, das, was seine eigene Mutter ihm später bestätigen sollte. Nach dem Abschluss des Gymnasiums hatten die zahllosen Möglichkeiten des Lebens ihn erschreckt, er hatte sich wie gelähmt gefühlt angesichts der Notwendigkeit, seine Zukunft zu wählen, zu studieren, irgendetwas zu sein, endgültig, anstatt vorübergehend nichts. So hatte er sich entschieden, einige Monate lang mit dem altersschwachen Auto seiner Freundin durch Europa zu gondeln. Als er zurückkehrte, stellte er fest, dass alle seine Freunde inzwischen auf der Universität waren. Er begriff, dass ihm irgendetwas fehlte und dass diese Leerstelle niemals durch eine berufliche Karriere gefüllt werden würde. Er begriff, dass ihm immer etwas fehlen würde, dass er unvollständig und sich selbst nicht genug war und dass er in Wahrheit fürchterliche Angst davor hatte, dieses Etwas zu suchen, weil diese Suche der schlimmsten aller Schrecken sein würde.

Als er an jenem Februartag Montreal verließ, war Hugo bereits davon überzeugt, dass er ein weiteres Mal gelogen hatte. Nicht seiner schlechten Angewohnheiten wegen verließ er die Stadt, nicht, weil er arm war wie eine Kirchenmaus, ließ er das Leben der vergangenen dreizehn Jahre hinter sich. Er ließ es hinter sich, weil er versagt hatte. Von einem gewissen Zeitpunkt an hatte ihn der Ehrgeiz gepackt, er hatte mehr sein wollen als ein Herumstreuner oder jemand, der von Stadt zu Stadt zog und mit erstaunlichem Geschick und fast keinerlei Anstrengung Gelegenheitsjobs übernahm und unterwegs nach nirgendwo mehr überlebte als lebte. Er war knapp dreißig Jahre alt gewesen, als er durch die Vermittlung eines irischen Freundes nach Montreal gekommen war. Hugo hatte ihn während eines Aufenthalts in Dublin kennengelernt – häufig musste er an das Stag's Head denken, einen Pub, in dem er als Kellner gearbeitet hatte –, und der Freund hatte ihn zu einem Jazzfestival mitgenommen. Jazz war eine Musikrichtung, von der Hugo glaubte, sie interessiere ihn eigentlich nicht, aber in Wahrheit hatte er ihr nie auch nur die geringste Chance gegeben. In der McGill Avenue wohnte er inmitten von hunderttausend Menschen dem Konzert eines berühmten amerikanischen Gitarristen bei und beschloss, Musiker zu werden. Als er während des Festivals Abend für Abend Charlie Haden hörte, der bei allen Konzerten mit unterschiedlichen Musikern zusammenspielte, verliebte er sich in den Klang, das Timbre, die Kurven und das Volumen von Hadens Kontrabass. Sein irischer Freund verließ Montreal, er aber blieb. Nach fast dreißig Jahren, in denen er sich hoffnungslos einsam und verloren gefühlt hatte, meinte Hugo, einen Hafen gefunden zu haben, der ihm Zuflucht gewährte, ein Allheilmittel gegen seine ständigen Ängste. Die Musik war nichts gänzlich Neues in seinem Leben. In seiner Jugend hatte er Gitarre spielen gelernt, aus dem kindlichen Beweggrund, weil die Mädchen im Gymnasium gern Lieder hörten. Inspiriert von der Stadt und dem Festival, beschloss er zu bleiben. Seine erste Wohnung lag in Concordia, er teilte sie sich mit drei Studenten. Einer von ihnen studierte Komposition an der McGill University und beriet ihn fachkundig, wo er studieren, wo er ein Instrument herbekommen und wie er von der Musik leben könne. Vielleicht waren es andere Zeiten gewesen, dachte Hugo jetzt, vielleicht war die Welt damals einfacher oder der Überlebenskampf unwichtig gewesen im Vergleich zur neugewonnenen Liebe zum Leben.

Nach noch nicht mal einem Jahr begann er, in den Bars der Stadt mit Musikern jeglichen Alters und in den unterschiedlichsten Formationen zu spielen. Ein Kontrabassist war nicht so leicht zu finden wie ein Gitarrist oder ein Sänger. Zwölf Jahre später hatte die aufsteigende Kurve seiner Laufbahn den Zenit erreicht und war zunächst ins Rutschen geraten und von einem gewissen Zeitpunkt an mit der Dramatik einer Fuge von Bach in g-Moll senkrecht abgestürzt.

»Was machst du da?«

Der Frage folgte sogleich eine weitere: »Wer bist du?«

Er drehte sich um und erblickte Mateus. Es fehlte nicht viel, und er hätte den *Nutella* losgelassen, der wie ein großes, alptraumgeplagtes Kind mit vor Angst nassgeschwitztem Pyjama an seiner Brust ruhte. Er hatte gedöst, Stimmen vernommen, einen grausamen Traum geträumt und war schlaftrunken hochgeschreckt. Nach dem Aufstehen war er als Erstes in das Zimmer des Jungen gegangen, um den Kontrabass zu holen. Da war die Wohnung leer und still gewesen. Er hatte den Kasten geöffnet, den *Nutella* mit dem kummervollen Blick eines sorgenden Vaters angeschaut und die Risse und Dellen an den Verbindungsstellen, den abgeplatzten Lack, die Beulen an der f-förmigen Öffnung festgestellt. Flugzeuge waren nicht nett zu Instrumenten, besonders nicht zu so großformatigen. Er nahm es in die Hand und spürte sein leichtes Gewicht. Das war etwas, das ihn während all der Jahre stets erstaunt hatte: die Leichtigkeit im Vergleich zur Größe, ein höchst unausgewogenes Verhältnis, eine fast unmögliche Gleichung. Er stellte sich hinter dem Resonanzkasten in Positur, hob den linken Arm nahezu vollendet gebeugt und spielte die ersten Noten. Der Kontrabass war völlig verstimmt. Vermutlich hatte er eine lange Zeit damit zugebracht, ihn zu stimmen und Tonleitern auf und ab zu spielen, denn plötzlich verklang vor den Fenstern des Wohnzimmers der Tag, und hinter ihm fragte eine Kinderstimme: »Was machst du da?«

Er drehte sich um und versuchte zu lächeln, doch er hatte wohl ein erschrockenes Gesicht gemacht, denn Mateus wich einen Schritt zurück.

»Nichts Besonderes. Ich kümmere mich um meinen Freund hier.«

Auf die zweite Frage des Jungen gab er zur Antwort, er sei sein Onkel aus dem Ausland. Schon zutraulicher, trat Mateus, den Rucksack auf dem Rücken, näher. Schritt für Schritt ging er auf den Kontrabass zu, hob seine kleine, pummelige, für ein fünfjähriges Kind zu pummelige Hand und berührte den narbenübersäten Klangkörper.

»Und wie heißt dein Freund?«

»*Nutella*.«

Mateus lächelte. Es war ein breites, offenes Lächeln, ein Kinderlächeln. Ihm fehlte ein Vorderzahn.

»Ich mag gern Brot mit Nutella.«

Hugo hob den linken Arm und spielte *Sailor's Hornpipe*. Mateus fing an zu lachen.

»Das ist ein Stück aus der Zeit, als du noch nicht auf der Welt warst«, sagte sein Onkel.

»Das ist das Lied von Popeye«, antwortete Mateus,

legte den Rucksack auf den Boden und setzte sich aufs Sofa. »Spiel noch eines«, bat er.

Hugo atmete tief durch und blickte aus dem Fenster. Es hatte aufgehört zu regnen, aber eine graue, wie ein Gehirn geformte Wolke schwebte über der Brücke und warf einen bedrückenden Schatten auf die Stadt.

Mit dem kleinen Finger auf dem Cis begann er, das Stück zu spielen, an dem er seit langem arbeitete. Beim ersten Versuch verpatzte er einige Noten. Er versuchte es von vorn. Mateus blickte ihn an wie einen Außerirdischen, der sich an ein uraltes Raumschiff klammerte. Das letzte Mal hatte Hugo seinen Neffen gesehen, als dieser zwei Jahre alt gewesen war. Bereits zu der Zeit hatte er begonnen, das Stück zu vertonen, eine eindringliche Melodie, die zu jeglicher Uhrzeit, aus jeglichem erdenklichen Grund in ihm präsent war. Sein liederliches, chaotisches Leben hatte verhindert, dass er es je beendet hatte, und so blieb die Komposition wandelbar und änderte sich stündlich, täglich, je nach Ort und Stimmung. Nun, so hatte er beschlossen, hieß sie *Dulcineia*. Er spielte einmal die Cis-Dur-Tonleiter, schüttelte die linke Hand aus und begann von neuem. Die Stille des Wohnzimmers wurde von sicheren, präzise klingenden Noten durchdrungen. Mateus stand der Mund offen, ebenso der Hosenstall. Hugo spielte einige Minuten lang und hielt dann wieder inne: Die Melodie schien aus irgendeinem Grund abzubrechen, schien sich aufzulösen, als gebe es einen musikalischen Fluchtpunkt, eine unerreichbare Note, die sich nirgendwo auf der langen Skala seines Instruments befand. Er bemerkte, dass er die Augen geschlossen hatte. Als er sie aufschlug, stand eine Frau vor ihm.

Hugo nahm den Arm vom Kontrabass und lehnte das Instrument gegen seine Hüfte. Die Frau war blass, hatte dunkles, vielleicht nicht ganz dunkles Haar, denn die Spitzen waren ähnlich haselnussbraun wie der Resonanzkasten, den er stützte, und sie war sehr jung. In der rechten Hand hielt sie ein Geschirrtuch und zwirbelte mit den Fingern der linken Hand daran. Sie sprach ihn mit *Senhor* an, mit einem leichten, von der Autorität der Hauptstadt verwischten Akzent aus der Provinz.

»Möchten Sie einen Nachmittagsimbiss?«, fragte das Mädchen.

»Danke, ich habe keinen Hunger«, antwortete Hugo. Und traute sich dann hinzuzufügen: »Danke, Dulcineia.«

Sie lächelte, als er ihren Namen aussprach.

»Mir hat gefallen, was Sie da gerade gespielt haben«, sagte Dulcineia und ging zu Mateus, um ihm die Hose hochzuziehen und sie zuzuknöpfen. Mateus grinste. Aus irgendeinem Grund spürte Hugo, dass er unbedingt den Blick abwenden musste. Er sah eine graue Wolke nahen, die der Südwind mitten in die Stadt wehte, das Gehirn Gottes, das sich von den rauhen Winterböen treiben ließ.

»Mit der Komposition dieses Themas bin ich schon seit langem beschäftigt, aber ich weiß nicht, wie ich sie beenden soll«, antwortete er.

Dulcineia richtete sich auf und nahm das Kind an die Hand.

»Wie heißt das Stück?«

Hugo lächelte flüchtig.

»Es hat noch keinen Namen.«

»Sagen Sie mir Bescheid, wenn es fertig ist. Ich würde es gern noch einmal hören. Es war schön.«

Dulcineia ging mit Mateus hinaus. Es war Zeit für ihn zu baden und etwas zu essen. Hugo verstaute den Kontrabass vorsichtig im Kasten, und als er ihn durch den Flur in Mateus' Zimmer tragen wollte, sah er Dulcineia zu dem Jungen über die Badewanne gebeugt stehen. Unter der Bluse waren die geschwungenen Linien ihrer Hüften zu erkennen. Für einen kurzen Moment verspürte er ein jähes sexuelles Verlangen. Vielleicht, so dachte er, war das ein Zeichen dafür, dass sein Organismus allmählich wieder seine Identität zurückerlangte.

Catherine hatte ihn angeschaut wie jemand, der hinter einer Panzerglasscheibe steht und einer Tragödie beiwohnt. An ihrem liebevollen Blick, an der leichten Spannung ihrer langgliedrigen Finger (zwei davon waren mit Pflastern umwickelt, das Ergebnis davon, dass sie sich am Holz geschnitten hatte), an der Art und Weise, wie sie die Arme verschränkte, wenn sie ihm geduldig zuhörte und ihm die gleiche Zärtlichkeit zuteilwerden ließ, mit der sie sein Instrument behandelte, erkannte er, dass er am Ende angelangt war.

»All das macht mich traurig«, sagte Catherine, als er fertig war. Der Scheck lag auf dem Tisch. Es war die letzte der Raten, mit denen er seit drei oder vier Jahren den *Nutella* abstotterte. »Und gleichzeitig rührt mich deine Treue. Aber falls du nicht wiederkommen solltest, hast du meine Erlaubnis, einen anderen Arzt zu konsultieren. Du weißt schon, was ich damit meine.«

Hugo hatte ihr versprochen, dass er den Kontrabass niemals zu einem anderen Geigenbauer bringen würde. Gleich darauf bemerkte er die Unsinnigkeit seiner Worte: Und was, wenn er nie mehr nach Montreal zurückkehrte? Catherine umarmte ihn schüchtern. Er nahm ihren Duft wahr, wollte sie küssen, hielt sich aber zurück. Er bat sie, sein Instrument noch zwei Tage länger in ihrer Werkstatt stehen lassen zu dürfen. Catherine lächelte nur. Hugo blutete das Herz, als er ging. Auf der Rue Jeanne-Mance trat an die Stelle des Gefühls der Verzweiflung ein anderes, nein, mehrere andere. Zunächst eine leichte Panik, dann das dringende Verlangen, seinen Durst zu stillen, der sich mit einem Brennen im Magen bemerkbar machte. Er ging nach Petite Italie und bog bei der Kirche nach rechts in Richtung eines kleinen Parks ab. Es war zehn Grad unter null, und der Park war menschenleer. Er setzte sich auf eine schneebedeckte Bank und holte aus der Innentasche seines dicken Mantels eine Metallflasche hervor. Ihm zitterten die Hände, sein Herz klopfte heftig. Er schraubte die Flasche auf und nahm daraus zwei tiefe Schlucke. Dann schloss er die Augen. In der Dunkelheit hinter seinen Lidern tauchte ein merkwürdiges Bild auf: Er sah einen Mann von hinten, der sich vorgebeugt auf einem Weg durch einen Schneesturm kämpfte. Als er die Augen wieder öffnete, sah er das Bild noch sekundenlang vor sich wie ein verschwommenes Phantombild, das die Wirklichkeit überlagerte. Er ging weiter und fragte sich, wer dieser Mann wohl sein mochte und warum er ihm den Rücken zugewandt hatte.

Er bog nach rechts in die Rue Jean-Tallon. Einige Minuten später erblickte er den Eingang zur U-Bahn und ging links in die Rue Saint-Denis. Der Alkohol hatte seine Wirkung getan: Er spürte, wie er sich in ihm ausbreitete und wie der Zorn seines Magens sich legte. Er klingelte im zweiten Stock und wartete. Mit den Händen überprüfte er zum x-ten Male die Taschen seiner

Hose: In der rechten Tasche hatte er das Geld für Édouard, in der linken das für Boulay. Die Tür sprang auf.

Der Tätowierer empfing ihn in einem offenstehenden Morgenmantel, unter dem sein fetter Bauch zu sehen war. Boulay zündete sich eine Zigarette an und ging zum Fenster. Das Ritual war gebrochen worden, und das machte ihn nervös. Über die Jahre hindurch hatten sie es perfektioniert, jedes Detail immer weiter ausgefeilt, jede Bewegung immer mehr erstarren lassen: Er klingelte an der Tür, Boulay machte auf, er ging hinauf, Boulay ließ ihn herein, er setzte sich auf den Hocker links neben der Küchentheke, Boulay öffnete die Schublade, holte das Schuldenheft heraus, er sagte, wie viel er haben wollte, Boulay verschwand hinten in der Wohnung und kam mit den Dollars zurück; sie verabschiedeten sich, das Geschäft war beendet. Jetzt herrschte Stille. Die Nachrichten, die der Wucherer auf seinem Anrufbeantworter hinterlassen hatte, waren Vorzeichen, Vorbemerkungen, Vorspanne gewesen. Es war an der Zeit, sich über gewisse Dinge auszutauschen.

»Hast du das Geld?«, wollte Boulay wissen und zog an seinem Zigarillo.

»Teilweise«, antwortete Hugo. Er fuhr mit der Hand in seine linke Hosentasche und legte die Geldscheine auf den Tisch.

»Tausenddreihundert.«

Boulay schob einen Ärmel seines Morgenmantels hoch. Auf seinem dicken, geschwollenen Arm war eine Taube eintätowiert.

»Es fehlen noch zweitausendsiebenhundert«, knurrte er.

»Nächste Woche bekommst du sie«, sagte Hugo.

»Die Frist ist vergangene Woche abgelaufen.«

»Mehr konnte ich nicht auftreiben.«

Boulay schnippte den Zigarillostummel in die Gasse hinter dem Haus. Dann schloss er das Fenster. Der Wind hatte ihm die Haarbüschel rings um seine Glatze zerzaust.

»Du hast noch zwei Tage.«

»Unmöglich«, erwiderte Hugo.

Boulay ging um die Theke herum und stellte sich auf der anderen Seite in der tragischen Pose eines Hellsehers, der in der Zukunft ein verhängnisvolles Schicksal liest, vor Hugo hin.

»Hast du etwas, das du verkaufen kannst?«

»Nein, nichts.«

»Und was ist mit dem Ding, das du von meinem Geld gekauft hast?«

»Das ist sehr viel mehr wert als das, was ich dir schulde.«

»Die Zeit ist abgelaufen.«

Hugo ging, er war nervös und durchgeschwitzt. Ziellos lief er die Rue Saint-Denis entlang, bis er die Rue Jarry erreichte, wo er feststellte, dass er seine Zehen nicht mehr spürte, dass er ohne Schal und ohne Mütze losgegangen war und dass sich auf seiner Stirn kleine Eistropfen gebildet hatten. Das Wochenende über blieb er bei Édouard. Er schlief viel, zu viel, in dem kleinen Zimmer am Ende des Flurs, neben den Kinderzimmern von Luc und Martin. Unter den tadelnden Blicken von Édouards Frau trank er ohne Unterlass Bier. Der Plan, so es denn einer war, ging auf: Am Montag klingelte sein Handy. Der Vermieter des Hauses in der Rue Saint-Henri, in dem er wohnte, ein skrupelloser chassidischer Jude mit starkem hebräischem Akzent, teilte ihm mit, dass in der vergangenen Nacht in sein Apartment eingebrochen worden sei. Bei dem Gedanken daran, dass der *Nutella* wohlbehalten in Catherines Werkstatt stand, musste Hugo grinsen.

»Wollen Sie nicht wissen, was gestohlen wurde?«, fragte der Vermieter am anderen Ende der Leitung. Édouard blickte Hugo an und rückte seine Halskrause zurecht. Sein jüngster Sohn, der kleine Martin, spielte Fußball und versuchte, den Ball in das Aquarium zu schießen.

»Hör auf damit!«, warnte Édouard ihn und fuchtelte mit der Krücke in Richtung des Jungen.

»Was war das?«, fragte der Vermieter.

»Nichts«, antwortete Hugo.

»Sie haben alles mitgenommen, bis auf die Kleider. Mir haben sie die Mikrowelle und den Kühlschrank geklaut. Und die Möbel demoliert.«

»Sind Sie versichert?«

»Ja. Wegen Ihrer Sachen müssen Sie selber sehen.«

»Dann ist ja alles gut«, antwortete Hugo, zugleich beruhigt und niedergeschlagen.

Während des Abendessens fotografierte Franco pausenlos. Er hatte eine Lomo-Kamera, mit der er seinen Worten zufolge nicht fotografierte, sondern Lomographie betrieb, eine Kunstform, von der Hugo noch nie gehört hatte. Die Knipserei machte ihn nervös. Übermüdet und erschöpft von der Reise, ließ er es indes geschehen, dass Franco ihn zahllose Male ablichtete: wie er sich Hähnchen und Salat nahm, wie er an dem Mineralwasser nippte, das Júlia ihm gebracht hatte (mit einer gewissen Beklemmung hatte er Franco dabei zugesehen, als er den Wein einschenkte), wie er sich mit Mateus unterhielt, der neben ihm saß und ihm Fragen stellte.

»Wie alt bist du?«

»Dreiundvierzig.«

»Bist du schon alt?«

»Ziemlich.«

»Hast du eine Freundin?«

»Nein.«

»Warum nicht?«

»Weil Frauen Nervensägen sind.«

Mateus lachte, während Júlia ihn schief von der Seite anschaute. Einmal mehr fühlte er sich liebevoll berührt von diesem Gesichtsausdruck seiner Zwillingsschwester, den er seit seiner Kindheit kannte und den sie auch als Jugendliche und Erwachsene beibehalten hatte. Es war ein Ausdruck der Missbilligung, mit einem Anflug von Belustigung. Es hatte eine Zeit gegeben, in der dieser Blick ihn gestört hatte. Jetzt aber vermittelte er ihm ein Gefühl von Geborgenheit.

»Ein Sabbatjahr?«, fragte Franco, während er den Teller mit dem Essen fotografierte, den Júlia vor ihn hingestellt hatte. »Müsstest du nicht Universitätsprofessor sein, um dir das leisten zu können?«

»Gott hat auch am siebten Tag geruht«, bemerkte Hugo, leicht genervt von dem Klicken des Fotoapparats. Er tauschte einen Blick mit seiner Schwester. Júlia verplapperte sich nicht und blieb auch dabei, trotz der Beharrlichkeit ihres Mannes.

»Der siebte Tag ist der Sonntag«, korrigierte Franco. »Den kann man wohl kaum als Sabbat bezeichnen.«

»Sonntag ist der erste Tag in der Woche«, sagte Júlia.

»Mateus«, rief Franco seinen Sohn und blickte ihn

über den Brillenrand an. »Welcher ist der letzte Tag in der Woche?«

»Sonntag«, antwortete Mateus mit vollem Mund, so dass ein wenig Reis herausfiel.

»Da seht ihr's«, sagte Franco. »In der Schule kann man doch noch etwas lernen.«

»Es stimmt aber nicht«, erklärte Júlia und sagte dann zu Mateus: »Sonntag ist der erste Tag in der Woche.« Sie wandte sich zu Franco. »Sabbatjahr bedeutet dem Wortsinn nach eine Auszeit. Das ist zum Beispiel ein Brauch bei den Landwirten. Nach sechs Erntejahren lassen sie den Acker für ein Jahr ruhen.«

»Und setzen die Produktivität in den Sand«, sagte Franco, der die Kamera beiseitegelegt und begonnen hatte, geräuschvoll seinen Salat zu essen und die Blätter mit der ganzen Kraft seiner Backenzähne zu zermalmen.

»Es kann auch noch etwas anderes bedeuten«, erklärte Hugo. Er war stolz darauf, dass seine Schwester ihn in Schutz nahm. »Es kann auch ein Jahr sein, in dem man sich seinen persönlichen Interessen widmet und reist, sich erholt, mit der Familie zusammen ist.«

»Und gearbeitet wird gar nicht?«, fragte Franco.

»Und gearbeitet wird gar nicht?«, äffte Mateus ihn nach und blickte seinen Onkel an.

»Kann schon sein. Manchmal ist reisen, sich erholen und mit der Familie zusammen sein ebenfalls Arbeit.«

Franco gab ein sonores Lachen von sich und beugte den Kopf vor. Im diffusen Licht der Hängelampe über dem Tisch glänzte seine Glatze.

»Der ist echt gut. Den werde ich morgen meinem Chef erzählen. Mensch, morgen bleibe ich zu Hause.

Vielleicht schreibt meine Reportage ja irgendein Bauer, der gerade ein Sabbatjahr eingelegt hat.«

»Onkel Hugo arbeitet mit dem *Nutella*.«

Júlia und Franco blickten Mateus verständnislos an.

»Mit wem arbeitet er?«

»Mit *Nutella*. Das ist die Barkasse, auf der er vorhin gespielt hat.«

Júlia fing an zu lachen und ließ dabei die kleine Lücke erkennen, die zwischen ihren beiden Schneidezähnen klaffte. Ihre gesamte Jugend über hatte sie mit ihr gehadert, sich schließlich aber damit abgefunden.

»Der Kontrabass, Mateus.«

»Die Barkasse«, wiederholte der Junge.

»Du hast heute gespielt?«, fragte Franco.

»Ich habe das Instrument gestimmt.«

»Und ich dachte, du hättest ein Sabbatjahr.«

»Ich bin dabei, ein Stück zu komponieren«, antwortete Hugo ein wenig verlegen. Es wäre ihm lieber gewesen, er hätte es für sich behalten, aber die provozierenden Worte seines Schwagers ließen ihm keine andere Wahl. »Ich weiß noch nicht genau, was dabei herauskommen wird. Aber ich hoffe, es zu Ende zu bringen, während ich hier bin.«

»Hier bei uns zu Hause?«

»Hier in Lissabon.«

»Ach so«, antwortete Franco mit offenkundiger Erleichterung.

»Wie heißt es?«, wollte Júlia wissen.

»Wie heißt was?«

»Das Stück, das du komponierst.«

Hugo lächelte scheu. Er wollte sagen: *Dulcineia*, und ich schreibe es zu Ehren von eurer Hausangestellten, diesem Mädchen mit dem haselnussbraunen Haar, das nachmittags durch die Wohnung schwebt wie ein Engel, der noch auf der Erde gefangen ist, aber den Wunsch hat, in die Höhen zu entschwinden. Schließlich sagte er: »Es heißt *Mateus geht in die Schule.*«

Júlia runzelte die Augenbrauen.

»Es heißt wie?«

»Ich gehe in die Schule!«, rief Mateus.

Sie deckten den Tisch ab und räumten das Geschirr in die Spülmaschine. Den Kaffee tranken sie am Küchenfenster, von dem aus man die erleuchteten Hügel Lissabons erkennen konnte. Im Licht der Straßenlaternen sah der Nieselregen aus wie Mücken. Franco war schlafen gegangen. Er hatte zum Abendessen eine halbe Flasche Wein getrunken und sollte im Morgengrauen in irgendein Kaff aufbrechen, dessen Namen Hugo vergessen hatte, um bei irgendeinem Ereignis zu fotografieren, das er ebenfalls vergessen hatte. Während er mit seiner Schwester zusammen eine Zigarette rauchte, überfiel ihn ein Rest seiner alten Angst. Sie kroch ihm den Magen hoch und verweilte für einen Moment in seinen Eingeweiden. Er nahm einen tiefen Zug aus der Zigarette und dachte an die Worte Édouards zurück, der zwar nichts von seinen, Hugos, Problemen verstand, der aber selbst gelegentlich zu Therapiesitzungen ging. Lass die Angst zu, hatte der Freund ihm geraten. Lass sie zu, wehr dich nicht dagegen, und dann geh mit ihr um.

»Ich möchte dir jemanden vorstellen«, sagte Júlia.

»Bitte nicht«, erwiderte Hugo.

»Sie heißt Elsa.«

»Warum?«

»Weil ihre Eltern das so gewollt haben.«

»Ich meine, warum du sie mir vorstellen willst.«

»Sie ist Ausländerin und redet ausländisch, so wie du.« Júlia lachte und drückte die Zigarette aus. »Außerdem kenne ich sie nicht besonders gut, ich habe sie nur einmal gesehen. Sie ist eine Freundin von Francos Schriftstellerfreund. Ich habe noch nicht mal ihre Telefonnummer. Aber ich bringe euch per E-Mail miteinander in Kontakt.«

»Wie du meinst.«

»Wann holst du das Ding aus dem Kinderzimmer?«

Hugo lehnte sich gegen die Fensterbrüstung. Der kühle Wind, der vom Tejo herüberwehte, streichelte ihm über den Nacken.

»Du möchtest wissen, wann ich aus eurer Wohnung verschwinde?«

»Das habe ich nicht gesagt.«

Er drückte sich vor einer Antwort, atmete tief durch und rief sich ein weiteres Mal die Worte Édouards in Erinnerung.

»Wie geht es Mutter?«, fragte Hugo.

Júlia zuckte mit den Schultern. »So wie immer. Weiß sie, dass du hier bist?«

»Ich vermute, dass du es ihr sagen wirst«, sagte Hugo.

»Und, was ist nun?«

»Womit?«

»Wann bringst du das Ding aus Mateus' Zimmer raus?«

»*Das Ding* hat einen Namen.«

»Die Barkasse.«

Hugo grinste. Er gab Júlia einen Kuss auf die Wange, und mit Magenschmerzen und einem Gefühl der Übelkeit ging er ins Wohnzimmer, wo er schlaflos die Nacht entschwinden und den Morgen kommen sah.

An einem besonders schwierigen Tag hatte Hugo einmal im Wörterbuch die Definition des Wortes »Scheitern« nachgeschlagen. Er fand dort Wörter, die er nie verwendete: Untergang, Versagen, Zusammenbruch. Als er an jenem Nachmittag in seiner Wohnung in der Rue Saint-Henri im Bett gelegen hatte, war ihm klargeworden, dass er an diesem Abend nicht spielen könnte. Er erinnerte sich noch, es war ein Nachmittag Anfang Juli gewesen, denn das Jazzfestival hatte bereits begonnen und die Stadt war voller Touristen, die mit Prospekten und T-Shirts des Musikfests durch die Straßen im Zentrum bummelten, in den Kneipen der Rue Sainte-Catherine Bier tranken und zwischen den Bühnen auf der Place des Arts umherschlenderten. Hugos Kontrabass lag am Boden und litt noch unter dem unverhofften Zusammenprall mit einem Lautsprecher im Bistro à Jojo. Hugo hatte mit Édouard und einem französischen Saxophonisten gespielt und war mitten während eines Stücks ohnmächtig geworden. Welches war es nur gewesen?, fragte er sich jetzt. Er war sich nicht sicher. Zwei Stücke kamen in Frage: *Goodbye Pork Pie Hat* und *Straight, No Chaser*. Er entschied sich für Ersteres. Es war eine Komposition von Charles Mingus, einem Bassisten wie er selbst mit dem Unterschied, dass Mingus keinen Untergang, kein Versagen, keinen Zusammenbruch erlitten hatte. Er fragte sich, ob er die Begriffe wohl richtig verwendete. Beim Durchwühlen der Schublade neben seinem Bett fand er darin eine alte Schachtel Präservative, eine verrostete Stimmgabel, einen zerfledderten Taschenkalender und eine fast leere Plastiktüte. Er nahm zwei Tabletten gegen die Schmerzen ein und trank eine Flasche Bier, die am Fußende des Betts gestanden hatte. Als er an sich hinunterschaute, entdeckte er rechts an der Hüfte einen faustgroßen blauen Fleck. Zwanzig Minuten später, als die Chemie seine Schmerzen gelindert hatte, stand er auf und hinkte ins Bad. Im Spiegel sah er, dass seine rechte Gesichtshälfte geschwollen war. Er hatte einen länglichen Schnitt, der genäht worden war und an den eingetrockneten Wundrändern brannte. Er riss den Mund auf und betastete mit dem Finger von innen seine Wange. Ein vorderer Backenzahn fehlte. Er schloss die Augen, atmete tief ein und spürte, dass die Angst bald schon abklingen und ihn so lange verlassen würde, wie ein Dauermieter braucht, um eine kurze Reise zu unternehmen.

Das Bild war nun deutlich: Er hatte die Augen geöffnet und die Lampen eines Krankenhauses erblickt. Unterwegs zur Wachstation war er auf einer Krankentrage in die Welt zurückgekehrt. Später sollte Édouard ihm erzählen, was passiert war. Er war viel zu spät zur Probe im Bistro à Jojo erschienen, noch dazu betrunken, und hatte vor den erstaunten Augen des Toningenieurs seinen lädierten Kontrabass ungeschickt aus dem Kasten geholt. Als er bei der ersten Melodie mit Dis-Dur einsetzen wollte, entglitt ihm die G-Seite, und er ruinierte vollständig Édouards Akkord. Hugo bemerkte seinen Fehler und versuchte, ihn zu korrigieren, indem er eine sonore Basssequenz anschlug, allerdings mit derartigem Getöse, dass sie Klavier und Saxophon übertönte. Édouard gab dem Toningenieur ein Zeichen, damit er den Bass leiser drehte, was Hugo aber gar nicht bemerkte. Als eine Stunde später der Laden voll war, spielte der Kontrabassist, ohne dass er zu hören war. Hugo bestellte bei der Kellnerin ein Bier nach dem anderen. In der Pause bat er um einen Whisky und kehrte mit dem Selbstvertrauen eines Idioten auf die Bühne zurück. Nach der Hälfte des zweiten Sets begann er die Welt verkehrt herum zu sehen, so als wären alle Leute an die Decke genagelt und er der Einzige, dessen Füße fest am Boden standen. Seine linke Hand drückte weiter die Saiten, doch als er auf seine rechte Hand blickte, merkte er, dass seine Finger wie mechanisch oberhalb der Saiten in die Luft griffen, ohne irgendeinen Laut zu erzeugen. Die Wirkung kam ihm phantastisch vor: Es war, als befinde er sich außerhalb seiner selbst, fernab vom Steuer eines herrenlosen Wagens, den er nicht anzuhalten vermochte.

Anschließend fiel er in Ohnmacht.

Édouard unterbrach das Konzert und zog ihn von der Bühne. Ein Krankenwagen wurde gerufen, Hugo wurde abtransportiert, und das Konzert wurde fortgesetzt. Im Morgengrauen holte Édouard ihn im Familienauto aus dem Krankenhaus ab – auf der Rückbank befand sich noch ein Kindersitz – und nahm ihn mit zu sich nach Hause. Im Kofferraum entdeckte Hugo den *Nutella*, der ordentlich mit der kürzlich vom Zusammenprall mit dem Lautsprecher verursachten Delle in seinem Kasten ruhte. Sein Freund war von schonungsloser Ehrlichkeit. Er erklärte ihm, der Inhaber des Bistros wolle ihn nicht wiedersehen und habe ihn, Édouard, gebeten, einen anderen Musiker zu besorgen. Dieser habe sich einverstanden erklärt.

»Ich habe zwei Kinder«, sagte Édouard. »Ich kann es mir nicht leisten, diese Arbeit zu verlieren.«

»Ich verstehe«, antwortete Hugo.

Im Bett liegend, suchte Hugo am darauffolgenden Tag im Wörterbuch nach der Definition des Wortes »Scheitern«. In seinem Kalender standen noch zwei weitere Auftritte, einer an diesem Tag und einer am nächsten. Beide hatte er dank des Jazzfestivals und der Veranstaltungen ergattert, die in dessen Dunstkreis stattfanden. Aber er war nicht in der Lage zu spielen. Seine Hüfte war ramponiert, sein Gesicht entstellt, sein Selbstvertrauen dahin. Er rief an und sagte ab. Saldaña Paris, der mexikanische Dichter und Sänger, mit dem er an diesem Tag spielen sollte, legte auf, noch ehe Hugo die Schilderung seiner Lage beendet hatte. Die Vorstellung vom darauffolgenden Abend hatte er über eine Agentur vereinbart, die ihn, das wusste er, nie wieder buchen würde. Niedergeschlagen zog Hugo die Decke über den Kopf und überließ seine Seele den Tabletten. Der Untergang war über ihn hereingebrochen. Er schlief auf der Stelle ein und träumte von einem Mann, der in einem Schneesturm davonging, ein Unbekannter, der, das fühlte er, ihm etwas gestohlen hatte, etwas, das er für sein eigen hielt, obwohl es das vielleicht nie gewesen war – ein Gesicht, eine Identität. Atemlos, bis auf die Knochen durchgeschwitzt, erwachte er unvermittelt und wünschte sich, ein Engel würde mit ihm auffliegen und ihn in eine andere Welt mitnehmen.

Mateus kam jeden Tag nachmittags um vier Uhr nach Hause. Hugo beobachtete ihn vom Wohnzimmerfenster aus, den hüpfenden quirligen kleinen Kerl, wie er versuchte, sich von Dulcineias Hand loszureißen, wie er versuchte, sich aus dem behaglichen, liebevollen Schutz des Mädchens zu befreien, die noch bis vor wenigen Monaten eine Unbekannte war. An jenem kalten, aber sonnigen Nachmittag sah Hugo vom Wohnzimmerfenster aus, wie die Wintersonne Dulcineias

Haar honigfarben tönte, wie sich die schmalen, fein geschnittenen Lippen in ihrem ovalen Gesicht fast unmerklich bewegten, um Wörter in ihrem von der Geographie und der Zeit geformten Portugiesisch auszusprechen. Er bemerkte außerdem, wie ihre Brüste mit dem engen Pullover kämpften, der sie vor dem Wind schützte.

Hugo ging in Mateus' Zimmer und beeilte sich, den Kontrabass ins Wohnzimmer zu bringen. Er öffnete den Kasten, in dem schweigend der *Nutella* ruhte. Zwar war er gestimmt, aber er war immer noch dabei, sich von den harten Jahren zu erholen. Hugo stellte das Instrument auf und sich selbst in Positur, vollführte mit der linken Hand rasch ein paar Fingerübungen, überprüfte jede einzelne Saite und machte sich an die Komposition, mit der seine Gedanken beschäftigt waren. Er hatte versprochen, nicht zu spielen; das hatte er zu Édouard im Café in Côte-des-Neiges gesagt, während die Schergen Boulays in seine Wohnung eingedrungen waren und seine Habseligkeiten gestohlen und die Möbel zertrümmert hatten. Er hatte sich selbst gelobt, weder zu spielen noch sich mit Musikern einzulassen, noch vorübergehende Befriedigung in einem spontanen Auftritt in einem Jazzclub zu suchen. Es war das Flüchtige, der inkonsequente Hedonismus gewesen, der ihn an den Abgrund gebracht hatte. Er wusste, in dem Moment, in dem er den Beifall suchte – so wie ein Kind nach Zustimmung heischt –, würde er auch die nutzlose Verlängerung dieses Vergnügens suchen. Und wenn der Applaus vorüber wäre, würde der Alkohol das zerstören, was er während eineinhalb Stunden vollbracht hatte.

In der Wohnung seiner Schwester zu üben kam ihm

indes nicht wie ein Bruch der Regeln vor. Er war allein, niemand konnte ihn hören, mit Ausnahme natürlich der Bewohner dieser kleinen Fluchtburg. Niemand konnte ihn beglückwünschen, ihm etwas zu trinken ausgeben, eine Zigarette anbieten, eine Nacht des Vergnügens in Aussicht stellen. Dort, dachte Hugo, konnte er nach Belieben spielen, denn er spielte nicht wirklich, sondern er komponierte. Und das Komponieren war, wie allseits bekannt, von seinem Wesen her eine einsame, nach innen gerichtete Betätigung, die mehr mit Kontemplation als mit Vergnügen zu tun hatte.

Als er das Summen des Fahrstuhls hörte, umfasste er mit der linken Hand den Hals des Instruments und schlug ein fast perfektes Cis-Dur an. Von diesem Ausgangston aus, so dachte er, konnte er weiterspielen, wie er wollte. Er konnte dem Kontrabass Halbtöne, aber auch Vierteltöne entlocken; die Noten waren auf der schwarzen Fläche der Skala, auf der seine Finger sich geschickt bewegten, nicht festgelegt. Irgendjemand hatte einmal zu ihm gesagt, der Kontrabass sei ein Instrument, das nie vollständig gestimmt sei. Er war der gleichen Ansicht, und es war genau diese mikroskopisch kleine Abweichung, diese Unmöglichkeit, eine volle, runde Note zu erzeugen wie mit dem Klavier oder der Gitarre, die ihn reizte. *Dulcineia*, die Komposition, die schon anders geheißen hatte, vereinnahmte ihn immer mehr. Er träumte von den Noten, murmelte sie im Schlaf vor sich hin, kannte ihre Abfolge; und dennoch schien es ihm, als führe die Abfolge der Noten ein Eigenleben, denn sie änderte sich tagtäglich wie von selbst. Wenn er am Morgen noch geglaubt hatte, dem Cis-Dur werde ein Fis-Dur folgen, das anschließend in einen Mollakkord übergehen würde, so musste er nun fortwährend feststellen, dass die Noten ihm ihren Willen aufzwangen, dass sie um eine einfache Melodie herumtanzten, die sie verzerrten, die sie wilder, vielschichtiger machten, eine Melodie, die er eines Nachts in Montreal vor sich hinzupfeifen begonnen und die er nach Lissabon mitgenommen hatte.

Er schlug das Fis-Dur genau in dem Moment an, als Dulcineia und Mateu die Wohnung betraten. Der Kontrabass hallte durch das gesamte Wohnzimmer, das seiner gewölbten Decke wegen eine ganz eigene, wirkungsvolle Akustik besaß. Alle drei standen reglos da. Dann löste Hugo langsam die Finger von den Saiten. Mateus ließ seinen Rucksack fallen und lief zu ihm hin, um die Hand auf den Resonanzkasten des Kontrabasses zu legen. Hugo bemerkte es gar nicht: Er tauschte einen intensiven Blick mit Dulcineia, die nach ein paar Sekunden zu erröten schien.

»Hallo *Nutella*«, sagte Mateus und lächelte.

»Möchten Sie einen Nachmittagsimbiss?«, erkundigte sich Dulcineia, den Blick gesenkt.

»Wie bitte?«, fragte Hugo.

»Ich werde Mateus seinen Nachmittagsimbiss bereiten. Möchten Sie auch etwas essen?«

Hugo und Mateus setzten sich aufs Sofa, um Sandwiches mit Käse und Kochschinken zu essen und Orangensaft zu trinken. Der Kontrabass ruhte auf dem Boden. Dulcineia stand an der Tür zur Küche und trocknete sich mit einem Geschirrtuch die Hände.

»Weißt du, wie das Lied von der Barkasse heißt?«, wollte Mateus von Dulcineia wissen.

Sie lachte. Hugo konnte ihre kleinen, sehr weißen Zähne sehen.

»Nein.«

»Ich gehe in die Schule.«

»Das ist also der Titel des Stücks?«, fragte Dulcineia und blickte zu Hugo, der mit den Schultern zuckte und sie nur anlächelte. Er wusste nicht, was er sagen sollte.

»Und, ist es schon fertig?«, wollte sie wissen, während sie das Tuch knetete.

»Ich weiß nicht, ob ich es jemals beenden werde. Es gibt Dinge, die dauern ein Leben lang.«

»Mama wird mir eine Gitarre kaufen«, sagte Mateus.

»Das glaube ich nicht«, entgegnete Hugo.

»Es stimmt, er möchte mit Ihnen zusammen spielen«, erklärte Dulcineia.

»Wir können ein Duett bilden. Aus Onkel und Neffe.«

»Eine Band«, erwiderte Mateus. »Aber wir brauchen ein Schlagzeug.«

»Einen Schlagzeuger«, berichtigte Hugo ihn.

»Nein, ein Schlagzeug«, wiederholte Mateus.

Hugo lachte und stellte fest, dass Dulcineia ihn zärtlich lächelnd mit halb geschlossenen Augen anschaute.

»Wunderbar, das Sandwich«, bemerkte er.

Mateus trommelte mit den Fingern auf dem Resonanzkasten des *Nutella*. Wenn er sehr großes Pech hätte, würde er eines Tages Musiker werden.

Nachdem sie vier Nachrichten ausgetauscht hatten, stand Hugo vor der Eingangstür des Hauses seiner Schwester und wartete auf eine Ausländerin, die er noch nie gesehen hatte. Es war nicht das erste Mal, dass das vorkam. Vor vielen Jahren hatte er sich in New York mit einem Mädchen getroffen, das er am Telefon kennengelernt hatte, als er sich über eine zu hohe Stromrechnung beschweren wollte. An ihren Namen konnte er sich nicht mehr erinnern, sehr wohl aber daran, dass sie eine Stimme wie eine Gospelsängerin gehabt hatte. Obgleich zu jener Zeit die Musik in seinem Leben noch ferne Zukunft war, gab es schon damals etwas in ihm, das von der Musik angesprochen wurde, ein Muskel oder ein Nerv, der nur von einem bestimmten Ton zum Leben erweckt wurde. Die Telefonistin hatte diesen Ton. Nach einem Gespräch, das mit einer berichtigten Rechnung und einer Einladung endete, lernte Hugo, die Macht zu akzeptieren, die das Gehör im Leben spielte. Die Timbres, die Töne, die Nuancen. Die Stimmen der Vögel, der Menschenmengen. Die Macht des Tons, Musik zu sein und nicht nur Ton. Wenn alle Geräusche der Natur einen Ton hatten, dann war die Stimme des Mädchens am Telefon ein Geschenk, denn ihr Timbre war nicht wie das der anderen, sie hatte eine andere Frequenz als menschliche Stimmen.

Wie er später feststellte, war das Mädchen blind.

Sie hatten einmal miteinander zu Abend gegessen. Bei ihrem zweiten Treffen waren sie in eine Bar in Brooklyn in der Nähe ihrer Wohnung gegangen. Als Hugo jetzt, die Zigarette in der einen Hand, die andere in der Manteltasche, vor der Tür eines Hauses in der Rua das Janelas Verdes stand, fühlte er sich wie der dümmste Idiot. Bei der Erinnerung an die Geschichte errötete er. Die Art, wie das Mädchen ihn mit zu sich nach Hause genommen hatte, wie sie ihn auf das Sofa in einem geschmacklos eingerichteten Wohnzimmer gesetzt hatte. Aber konnte eine Blinde überhaupt Geschmack haben? Im Flur hing eine Kuckucksuhr, die verstellt war und eine falsche Uhrzeit anzeigte. Er musste daran denken, wie sie ihren Stock auf den Boden gelegt hatte. Wie sie kniend seine Hosen abgetastet und schließlich den Hosenschlitz gefunden hatte. Er erinnerte sich noch an das Gefühl des Abscheus und dennoch der immensen Erregung, die er verspürte, als das Mädchen nicht imstande war, seinen Penis zu finden und ihn richtig in ihr Geschlecht einzuführen, an die gutturalen und dennoch herrlichen Töne, die sie ihrer Kehle im Augenblick eines zu raschen, improvisierten Orgasmus entweichen ließ: Die besagte Fuge von Bach in g-Moll.

Sie hatten sich nie wiedergesehen. Er jedenfalls hatte sie nie wieder gesehen. Beim bitteren Geschmack dieses traurigen Witzes stellte er fest, dass Elsa vor ihm stand. Sie war wie aus dem Nichts aufgetaucht, ein dünnes Mädchen mit dunklem, zu einem Pferdeschwanz zusammengebundenem Haar, einem kurzen schwarzen Kleid, schwarzer Strumpfhose, schwarzem Mantel, schwarzen Ohrringen. Sie sah aus wie eine adlige italienische Signorina in Trauer, dachte Hugo, wie die Tochter eines italienischen Mafioso bei der Beerdigung ihres Vaters. Ohne Umstände trat sie auf ihn zu. Hugo blickte sie an. Sie war hübsch, dachte er. Sie hatte ein makellos geformtes Kinn, helle Augen, sanfte Züge, aber einen melancholischen Gesichtsausdruck, so als habe sie zu viele Dinge oder, wer weiß, zu viele hässliche Dinge gesehen.

Sie entschieden sich dafür, Englisch miteinander zu sprechen. Elsa war Schauspielerin und in Polen geboren. Auf dem Weg zur U-Bahn fragte Hugo sie nach ihrem Familiennamen.

»Gorski.«

Der Name erinnerte ihn an einen Film mit Lee Marvin, den er vor langer Zeit gesehen hatte.

»Der hieß Gorki nach einem Park in Moskau«, berichtigte sie ihn.

»Gorski«, korrigierte Hugo sich, ohne den Unterschied zu begreifen.

Elsa sprach wenig. Er insistierte auch nicht weiter. Sie erzählte ihm, dass sie einige Jahre in Amerika und etliche weitere in Italien verbracht habe. Nach Lissabon sei sie eines portugiesischen Schriftstellers wegen gekommen, aber im Moment herrsche zwischen ihnen Funkstille. Als sie schon eine Weile unterwegs waren, stellte Hugo fest, dass er nicht wusste, wohin sie gingen. Er wollte Elsa fragen, aber sie war bereits im U-Bahn-Schacht verschwunden, und er musste ihr wohl oder übel folgen. Das Mädchen rannte mit einer irrwitzigen Geschwindigkeit vor ihm her, so dass es ihm eher wie eine Flucht erschien und nicht wie ein Treffen. Ihm kam der Gedanke, dass ihr erster Eindruck von ihm vielleicht kein besonders guter gewesen sein mochte. Als sie auf dem Bahnsteig ankamen, sagte Elsa indes zu ihm: »Du hast ein ungewöhnliches Gesicht. Du erinnerst mich an jemanden.«

»An wen?«

»Ich bin mir nicht sicher. Vielleicht fällt es mir am Ende der Nacht wieder ein.«

Am Ende der Nacht, dachte Hugo. Während der Fahrt kamen ihm die Worte mehrmals in den Sinn. Möglich, dass es an Elsas nicht unbedingt perfektem Englisch lag, aber selbst wenn. Wer würde sich so frei fühlen, einem Fremden gegenüber vom Ende der Nacht zu sprechen, wenn er damit nicht sagen wollte, dass der Abend nicht plötzlich abgebrochen, sondern so lange dauern würde, wie sie beide es wollten? Es war nicht das Gleiche, wie zu sagen, die Nacht würde um soundso viel Uhr zu Ende sein. Es bedeutete, kurz gesagt, dass sie zu Ende wäre, wenn sie zu Ende wäre. Das gefiel ihm. Sie unterhielten sich über etwas anderes, worüber, daran konnte er sich jetzt nicht mehr erinnern. In der Unterstadt stiegen sie aus der U-Bahn und überquerten die breite, von kahlen Bäumen gesäumte Avenida. Dann bogen sie in eine spärlich beleuchtete Parallelstraße ein. Elsa ging jetzt neben ihm. Sie hatte die Arme verschränkt, um sich vor dem Wind zu schützen, der den Rock gegen ihre dünnen Beine wehte.

»Warum bist du zurückgekommen?«, fragte sie und schüttelte ihr Haar.

Hugo betrachtete ihr makelloses Gesicht. Ein leichter, süßsaurer Duft verflüchtigte sich.

»Es war an der Zeit.«

»An der Zeit wofür?«

»An der Zeit, nach Hause zu kommen. Die Familie zu besuchen. Du kennst Franco, nicht wahr?«

Sie nickte.

»Aber zuerst habe ich deine Schwester kennengelernt. Ich finde sie reizend.«

»Und Franco?«

»Eigentlich finde ich, dass er ein Blödmann ist.«

Hugo grinste.

»Ich auch.«

»Aber wie ich dir gesagt habe, deine Schwester Júlia mag ich sehr. Und deinen Neffen auch.«

Sie näherten sich dem Konzerthaus, dem Coliseu, vor dessen Tür sich eine kleine Menschenmenge versammelt hatte. Es gab einige Leute mittleren Alters, aber die meisten waren jung, jünger noch als er, vielleicht in Elsas Alter, die kaum älter als dreißig zu sein schien. Noch ehe sie die Menge erreicht hatten, blieb sie plötzlich stehen, holte zwei Zigaretten aus der Handtasche und bot Hugo eine davon an.

»Und? Hast du vor, in Lissabon zu bleiben?«

»Mal sehen. Jetzt will ich mich erst mal ausruhen. Abwarten, was passiert. Die letzten Jahre waren kompliziert.«

»Oder hast du sie dir verkompliziert?«

Hugo nahm einen tiefen Zug aus der Zigarette.

»Du hast recht. Ich habe sie mir verkompliziert.«

»Das ist keine Kritik. Ich bin so wie du: Ich übernehme die Verantwortung für eine Niederlage.« Sie gingen einen Moment lang schweigend weiter. »Vor kurzem habe ich einen Dokumentarfilm gesehen, in dem ein Mann sagte, wenn ein Mensch etwas riskiert und scheitert und von dem Seil stürzt, auf dem er balanciert ist, dann muss jemand ihm vom Boden aufhelfen und ihm ein würdiges Begräbnis bereiten.«

»Ich nehme an, das ist nur fair.«

»Und dass es besser ist, wenn ein Freund das tut.«

»Ich bin aber noch nicht völlig am Ende.«

Sie lächelte, warf die halb gerauchte Zigarette auf den Boden und trat sie aus.

»Wenn es so weit ist, dann bete, dass du einen guten Freund hast.«

»Wie morbide«, sagte Hugo.

»Das Leben ist morbide. Es hat keinen Zweck, diese Tatsache zu ignorieren.«

»Meine Schwester hatte mir gesagt, du seist hübsch. Sie hatte recht. Sie hat mir allerdings nicht gesagt, dass du so optimistisch bist.«

Elsa lachte, und aus einem Impuls heraus, der Hugo übertrieben vorkam, zog sie ihm die Zigarette aus dem Mundwinkel, warf sie zu Boden und trat sie mit der Schuhspitze aus. Dann nahm sie seinen Arm und lotste ihn zur Tür vom Coliseu.

»Gehen wir?«

In gewisser Weise war er fasziniert von diesem Blind Date. Nicht nur, weil Elsa für ihn eine völlig Unbekannte war, auch der Abend war und blieb ein Rätsel: Falls auf der Straße ein Plakat auf die Veranstaltung hingewiesen hatte, die sie besuchen würden, dann hatte er es übersehen. So betrat er nach langem Warten in der Schlange zum Parkett den überfüllten Saal, ohne eine Vorstellung dessen zu haben, was ihn drinnen erwartete und was er zu hören bekommen würde.

Als sie sich setzten, hatte er bereits erkannt, dass es ein Trio war. Es gab einen Flügel, ein Schlagzeug und einen Kontrabass, der waagerecht auf der Bühne lag. Ihm wurde bewusst, dass er im letzten Jahr in Montreal fast kein Konzert besucht hatte, schließlich hatte er kaum Kraft gefunden, zu seinen eigenen zu gehen. Es war ein angenehmes Gefühl, neben einer Frau zu sitzen. Sein vom Schlafen auf dem Sofa in Júlias und Francos Wohnzimmer schmerzender Rücken lehnte jetzt bequem an dem samtenen Polster des Sessels. Elsa redete mit ihm, aber Hugo hatte einen Moment lang nicht zugehört. Er betrachtete nur die sanfte Linie ihrer Lippen, spürte ihren leicht nach Rauch riechenden Atem und merkte, wie ihn eine Art Frieden überkam. Nach all den verkaterten Tagen und Monaten und Jahren konnte er endlich einmal akzeptieren, dass ein Abend einfach nur das war, was er war: ein Abend, an dem er zusammen mit einer Polin, die er gerade kennengelernt hatte, ein Konzert anhören würde. Am Ende, jenem Ende, das sie angedeutet hatte, könnten sie, wenn sich die Gelegenheit dazu ergäbe, einen Kuss oder eine Umarmung austauschen, ehe Hugo zurückkehrte in das Heim, das zwar nicht seines war, in dem es aber den Trost einer Familie gab, die ihn aufgenommen hatte, und einen kleinen Jungen namens Mateus, der als Kind zum Glück noch nichts wusste von den Wechselfällen des Lebens.

Dann ging auf einmal das Licht aus, und das Konzert begann.

Zuerst trat unter einem Regen aus Beifall und Rufen ein hochgewachsener, dicker Mann auf die Bühne. Hugo spürte die Begeisterung des Publikums hinter sich, die ihm in Wellen in den Nacken brandete. Er applaudierte ebenfalls, wenn auch verhalten. Der Mann nahm den Kontrabass und stellte ihn auf. Kurz darauf setzte sich ein eher unscheinbar wirkender kleiner, fast kahlköpfiger Kerl ans Schlagzeug, nahm ein Paar Schlägel in die Hand und probierte die Pedale aus. Ein dumpfes Dröhnen hallte von der Bühne. Wie in einem spektakulären dritten Akt trat zum Schluss der Pianist auf die Bühne. Hugo konnte nichts mehr sehen: Das Publikum war aufgestanden, um ihm zu applaudieren. Auch das Ehepaar in den Fünfzigern oder Sechzigern, das links von Elsa saß, hatte mühsam die Schwerkraft besiegt und sich erhoben und beteiligte sich an dem Ausbruch des Jubels, der das gesamte Coliseu erfasst hatte.

»Wow«, rief Hugo aus. Neben ihm klatschte Elsa in die Hände und lächelte. Er blickte zu den Logen. Die Welle des Beifalls, die für den Kontrabassisten einige Sekunden angedauert hatte, war nichts gewesen im

Vergleich zu den Jubelbekundungen, die jetzt im Saal um sich griffen.

Einen Augenblick später war der Sturm vorüber. Hugo beobachtete den Pianisten aufmerksam, obwohl er aus der Ferne, im Halbdunkel und weil er mit jedem Jahr, das verging, immer kurzsichtiger wurde, dessen Gesichtszüge nicht genau erkennen konnte. Trotzdem registrierte er, ehe der Mann sich an den Flügel setzte, dass er hochgewachsen war und langgliedrige, knochige Hände und einen Mehrtagebart hatte. Er trug eine Brille, und sein graues Haar glitzerte in dem bläulichen Licht, das das Szenario spärlich beleuchtete. Hinten auf der Bühne wurden nun in weißen Lettern auf schwarzem Grund die Namen der Musiker eingeblendet. Hugo schloss aus der Intensität des Beifalls, dass die Bedeutung und Popularität der Namen deren Reihenfolge und die Größe der Buchstaben bestimmte. Ganz unten stand der Name des Schlagzeugers, ein wenig darüber der des Kontrabassisten und in riesigen Lettern wie der Name eines älteren Bruders der Name des Pianisten: Luís Stockman.

Das Konzert begann nun unverzüglich. Die ersten Töne wurden in einem langsamen Rhythmus gespielt. Es war kein Jazz im eigentlichen Sinne, zumindest hörte es sich nicht so an. Nach der Introduktion des Themas begann Stockman jedoch unvermittelt zu improvisieren, begleitet nur von dem Kontrabass, und Hugo begriff mit einer Mischung aus Bewunderung und Neid den Grund, weshalb die Zuschauer im Parkett und in den Logen aufgestanden waren, um ihn zu begrüßen. Konzentriert, entschlossen, feurig führte der Pianist eine ungewöhnliche Kombination aus ausgefeilter Technik und Instinkt vor, indem er seine Improvisation in Abschnitte zerteilte, die unverhofft wie eine Abfolge von Kaskaden erklangen und den Kontrabassisten offenbar für Momente aus dem Konzept brachten, bis er begriff, was Stockman da jeweils tat. Irgendwann verstummte der Kontrabass, und Stockman spielte einige Minuten lang allein, obwohl es Hugo sehr viel länger vorkam. Hugo lief ein Schauer über den Rücken, und die Härchen auf Elsas rechtem Arm hatten sich aufgestellt, so glaubte er jedenfalls, denn er hätte schwören können, sie zu spüren, wenn er nur mit bloßem Arm neben ihr gesessen hätte. Das Coliseu war in bewunderndes Schweigen versunken. Man hörte das Klavier, das Klopfen von Stockmans Fuß auf dem Boden, seinen keuchenden Atem. Und genauso subtil, wie die ihn begleitenden Musiker das Thema verlassen hatten, nahmen sie es wieder auf, und die Melodie wurde wiederhergestellt. Sie brachten erneut Ordnung in das chaotische und geniale Universum dieses Pianisten, von dem Hugo – und das überraschte ihn ebenso sehr wie die Qualität der Musik – noch nie gehört hatte.

Überwältigt applaudierte das Coliseu.

Die folgenden Themen waren rhythmischer, und der bis dahin recht farblos gebliebene Schlagzeuger zeigte ebenfalls eine beneidenswerte Technik. Der Kontrabass, der Hugo einen hervorragenden Klang zu haben schien, machte sich mit mehr Nachdruck vernehmbar. Als er beim vierten Thema die ersten Akkorde von *My Funny Valentine* erkannte, musste Hugo lächeln. Elsa hatte das Stück ebenfalls erkannt, und die beiden wechselten einen kurzen Blick. Hugo bemerkte, dass ihr unterhalb des Haaransatzes feiner Schweiß von der Stirn perlte. Er musste an Catherine denken. Auch bei ihr hatte er, wenn sie ihm in ihrer Werkstatt die Tür geöffnet hatte, dieses Phänomen oftmals bemerkt, das typisch ist für Frauen, die sich nicht geschminkt haben oder nie schminken: ein unleugbares Zeichen von Schönheit und Menschlichkeit. Von den Themen, die er nicht erkannte, nahm er an, dass Stockman sie geschrieben hatte, und wenn das tatsächlich stimmte, dann war er seiner Ansicht nach ein Komponist von hohem Rang, der eindeutig sehr viel mehr war als ein reiner Jazzer. Er hatte damit die unsichtbare Grenze überschritten, die den Interpreten vom Komponisten trennt – eine Grenze, die zu überqueren Hugo sich sehnlichst wünschte –, und war, dem aus allen Nähten platzenden Konzertsaal und der leidenschaftlichen Hingabe des Publikums nach zu urteilen, zu einem echten Musiker geworden.

Während ihm noch diese Gedanken durch den Kopf gingen und er immer stärker die Wärme von Elsas Arm spürte, der im synkopischen Rhythmus des Schlagzeugs sanft an seinem entlangstrich, hörte er einen ihm nur allzu vertrauten Akkord: Cis-Dur. Und daran anschließend die Sequenz, die sich in seinem Kopf zahllose Male verdichtet hatte zu einer Melodie von großer Schönheit, wenn auch durchsetzt von Mollakkorden. Die einzigartige Sequenz, die er so oft auf dem *Nutella* geprobt hatte. *Seine* Melodie, die schon so viele Namen gehabt hatte und die jetzt den Namen einer Hausangestellten trug, die Dulcineia hieß. Zuerst riss er ungläubig die Augen auf. Dann begriff er fassungslos, während er den Fortgang der Akkorde, die Melodie, erahnte, die der Musiker fingerfertig mit seiner rechten Hand spielte, dass sie der Melodie, die er erschaffen und an der er so lange Zeit gefeilt hatte, aufs

Haar genau glich. Und schließlich, als er bereits nicht mehr wusste, wo er war, und auf den Pianisten starrte, als wenn ringsherum alles schwarz geworden wäre, als er das Gefühl hatte, sein Körper entgleite ihm in die völlige Abwesenheit und die Realität fließe in einem schwindelerregenden Fluchtpunkt zusammen, da begriff er, dass Stockman ihm das einzige Werk gestohlen hatte, das dieser Bezeichnung würdig war.

»So ein Riesenarschloch«, murmelte er zwischen den Zähnen hindurch.

Elsa blickte ihn erstaunt an.

»Ist mit dir alles in Ordnung?«

Hugo antwortete nicht. Er bemühte sich nachzudenken, versuchte, alle möglichen Szenarien durchzuspielen. Er musste Ruhe bewahren. War womöglich er der Dieb? War er derjenige, der irgendwo auf einer vergessenen Schallplatte, bei irgendeinem Radiosender, in irgendeiner Kneipe spät in der Nacht zufällig das Thema gehört hatte, das Stockman jetzt spielte? Und war das Thema in sein vom Alkohol vernebeltes, übermüdetes Bewusstsein eingedrungen und hatte in seinem Kopf geschlummert, bis es eines Tages aus dem Schlamm an die Oberfläche gestiegen war? War er und nicht Stockman der Plagiator, der Verantwortliche für das grauenvolle Gefühl, vor Tausenden von andächtigen, hingebungsvollen Menschen, vor Tausenden von Fans einem Thema zu lauschen, von dem er glaubte, es sei seines, obwohl es ihm nie gehört hatte? Dulcineia. Er drehte sich zu Elsa und fragte sie leise, während der Kontrabassist ein Solo zu den Klavierakkorden spielte:

»Kennst du dieses Stück?«

Elsa schüttelte den Kopf.

»Ich kenne alle außer diesem.«

Gelähmt vor Betroffenheit, ließ Hugo sich in den Sessel sinken.

Er war nicht imstande, dem Konzert länger aufmerksam zuzuhören. Während der folgenden vierzig Minuten saß er reglos da, ohne auch nur einen Ton genießen oder tief durchatmen zu können oder über den Umstand hinwegzukommen, dass er seine Komposition gehört hatte, die Komposition, an der er seit Jahren arbeitete, gespielt von den Händen eines Unbekannten. Auf der Straße rauchte er nach dem Konzert nervös und schweigend eine von Elsas Zigaretten.

Sie fragte ihn:

»Was ist mit dir los? Du siehst aus, als hättest du einen Toten erblickt.«

Ich habe tatsächlich einen Toten erblickt, hatte er Lust zu antworten. Aber er schüttelte nur den Kopf, als könne er so den lästerlichen Gedanken fortwischen, und zog gierig an der Zigarette.

»Die Musik hat mich, glaube ich, verstört.«

»Ich hatte mit so etwas schon gerechnet«, erwiderte sie. »Stockman geht einem unter die Haut.«

»Kennst du sein Werk gut?«

»Er hat nur eine Platte aufgenommen. Sie ist ein Erfolg. Es war schwierig, Karten für heute zu bekommen.«

»Merkwürdig. Ich hatte noch nie von ihm gehört.«

»Er ist ganz plötzlich aufgetaucht«, sagte Elsa. »Nur die Leute aus der Jazzszene kannten ihn bisher. Das Album hat großartige Kritiken bekommen, danach ist er dann ziemlich bekannt geworden. Sogar bei Menschen, die wie ich nur selten Instrumentalmusik hören.«

Hugo tat einen weiteren tiefen Zug aus der Zigarette. Mit fast schon grotesker Eindringlichkeit starrte er auf das Pflaster des Bürgersteigs. Elsa blieb stehen.

»Ich weiß schon.«

Hugo hielt ein paar Schritte weiter vorn ebenfalls inne, drehte sich zu ihr um und blickte ihr ins Gesicht.

»Was weißt du schon?«

»Ich weiß schon, an wen du mich erinnerst.« Elsa schwieg und lächelte, während ein in dunkle Mäntel gekleidetes Paar an ihnen vorüberging und sie schief anschaute. »Du hast Ähnlichkeit mit Stockman.«

Das hatte gerade noch gefehlt, dachte Hugo mit dem Gefühl, dass er aus Zufall in den Traum eines anderen Menschen hineingeraten war. Einen Traum, in dem er zum Gespött gemacht wurde, in dem man ihn erwartete, um ihn unbarmherzig zu beschämen.

»Zumindest habt ihr vieles gemeinsam«, beharrte Elsa und trat näher zu ihm heran. »Vielleicht die Größe. Oder die Hände.«

Sie gingen wieder weiter.

»Und was ist mit dem Stück, das du nicht kanntest?«

Sie zuckte mit den Schultern.

»Was soll damit sein?«

»Das wüsste ich gern.«

»Vermutlich ist es neu. Warum?«

Hugo schluckte. Er warf die Zigarette zu Boden und trat sie voller Heftigkeit aus. Seine Kehle war ausgetrocknet und rauh, so als hätte er während des Tages einen Liter Benzin getrunken.

»Für mich war dieses Thema ganz besonders interessant.«

»Ich fand es erstklassig. Wie übrigens alle Themen. Aber du bist doch Musiker, nicht wahr? Fandst du Stockman nicht erstklassig?«

Ein erstklassiges Arschloch, dachte Hugo. Dabei merkte er gar nicht, dass dieser Gedanke blanker Unsinn war. Es war absolut unmöglich, dass der Pianist das Stück bei ihm abgekupfert hatte, es sei denn, die Wände hatten Ohren. Er hatte nie etwas aufgenommen, hatte nie eine Platte herausgebracht, und die Komposition in Cis-Dur, die lediglich Dulcineia kannte, war etwas, das einzig und allein in seinem Kopf existierte. Und so antwortete er, während es in ihm loderte und er Atemwolken in die Kälte der Nacht ausstieß:

»Erstklassig ist untertrieben.«

Am darauffolgenden Tag, einem Samstag, nahm Hugo seinen Neffen mit in die Unterstadt. Er hatte nicht geschlafen, und wenn doch, dann hatte sein Körper diesen Umstand ignoriert, denn alle Gelenke taten ihm weh und seine Augen fühlten sich schwer an wie Steine. Die tiefen, dunklen Furchen darunter und die morbide Blässe verliehen seinem Gesicht etwas Gespenstisches. Ehe sie das Haus verließen – Mateus trug wegen des Regens Stiefel und einen hellblauen Gummimantel –, musterte Júlia ihn lange.

»Bist du noch ganz?«

»Zu wenig Schlaf«, antwortete Hugo.

»War es gestern anstrengend mit der Polin?«

»Überhaupt nicht. Das kommt bloß von meinem Kopf. Ich kann offenbar nicht abschalten, wenn es Zeit zum Schlafen ist.«

»Pass gut auf meinen Sohn auf.«

Hand in Hand machten sich die beiden auf den Weg; der Kleine hüpfte bereits vor Freude, noch ehe sie die Tür erreicht hatten.

»Onkel Hugo«, sagte er.

»Was ist?«

»Können wir ein Eis essen?«

»Ich weiß nicht, ob es um diese Jahreszeit Eis gibt. Es ist zu kalt dafür.«

»Dann können wir doch ein warmes Eis essen.«

Hugo bejahte und bemerkte gar nicht, wie absurd das war, womit er sich gerade einverstanden erklärt hatte. Während sie die Stufen zur U-Bahn hinuntergingen, die Mateus schneller nehmen wollte, als seine kleinen Beine es erlaubten, so dass Hugo den Jungen festhalten musste, damit er nicht hinfiel, dachte er mit Schaudern an den Moment zurück, als Stockman die Melodie gespielt hatte, die ihm gehörte. Der Abend hätte nicht schlimmer enden können: Er hatte Elsa in eine allzu laute Kneipe geführt und war über eine Stunde lang nicht imstande gewesen, sich auf ihre Worte zu konzentrieren. Elsa hatte ihm von ihrer Zeit in Italien erzählt, wo sie eine Weile mit einem portugiesischen Schriftsteller (dessen Namen Hugo sich nicht hatte merken können) in einem kleinen Ort ein Haus am Meer geteilt hatte. Mit melancholischer Präzision hatte sie ihm beschrieben, wie sie auf einer kleinen Vespa unterwegs nach nirgendwo auf den holprigen Straßen und Wegen die Küste entlang durch die Sommernächte gefahren waren, in der Ferne das Vorgebirge von Circeo. All das hatte ihn überhaupt nicht interessiert. Er trank zwei Mineralwasser mit Kohlensäure und pflichtete Elsa in allem bei. Er hatte ein beklommenes Gefühl, und irgendwann bat er, genervt von der Langsamkeit, mit der die Schauspielerin ihr Glas Wein trank – er selbst hätte am liebsten eine ganze Flasche bestellt und sie hinuntergekippt –, um die Rechnung. Um Mitternacht konnte er die Gegenwart der Frau, die entgegen allen Annahmen an seiner Gesellschaft interessiert zu sein schien, nicht länger ertragen, und sie verabschiedeten sich eilig an einem Taxistand. Als er nach Hause kam, schliefen schon alle. Das Summen des Kühlschranks war das einzige Geräusch in der gespenstischen, von Schatten bevölkerten Wohnung, nun auch noch von dem Schatten eines anderen. Hugo ging zum Kinderzimmer und öffnete die Tür einen Spalt weit. Am liebsten hätte er Mateus geweckt und ihn gefragt, ob es möglich sei, dass zwei Menschen auf dieser Welt genau die gleiche Sensibilität besäßen und aus einem unwahrscheinlichen Zufall heraus exakt das gleiche Werk geschrieben hätten, ohne von der Existenz des jeweils anderen zu wissen, oder ob er vielmehr glaube, dass es sich um nicht mehr und nicht weniger als Diebstahl handele. Mateus würde ihm keine Antwort geben können, und ihn aufzuwecken würde ihm nur weiteren Verdruss einbringen: Das schlaftrunkene Kind würde weinen, Júlia und Franco würden wach werden und wissen wollen, was er, Hugo, um kurz vor zwei Uhr morgens im Kinderzimmer zu suchen hatte. Er blickte auf den Kasten, in dem gleichgültig gegen die Seltsamkeiten der Welt der *Nutella* mit seinen einhundertdreißig Jahren ruhte, und fluchte leise.

Während Mateus sich nun im Geschäft mit einem Videospiel vergnügte, bei dem ein Soldat aus der Zukunft gegen Dinosaurier kämpfen musste, begab Hugo sich zu einem der Tresen und fragte nach der CD von Luís Stockman. Als wäre Hugo blind, deutete der Verkäufer zur Antwort auf den oberen Teil eines Regals der Plattenabteilung, in dem die meistverkauften Alben standen. Die CD Stockmans stand auf Platz zwei der Bestsellerliste und wurde nur von den weltberühmten Liedinterpretationen eines Sängers übertroffen, die Édouard zufolge die übelste Krankheit waren, von der die Musik je befallen worden war. Hugo schaute zu Mateus hinüber und sah ihn konzentriert die Spielkonsole festhalten. Dann ging er, mehreren Leuten ausweichend, die durch das Geschäft schlenderten, auf das Regal zu und schaute sich das Album des Pianisten an. Das Cover fand er absolut primitiv. Stockman war darauf mit demselben Mehrtagesbart, demselben grauen Haar, derselben Brille und ebenso ausgemergelt wie am Abend zuvor auf einem Stuhl in der Mitte eines leeren Raums sitzend abgebildet. Im Hintergrund stand in der Nähe eines halb geöffneten Fensters, wegen der Entfernung nur verschwommen zu erkennen, das Klavier. Klavier und Fenster waren in einen künstlichen Nebel gehüllt, den sicherlich ein erfahrener Bildbearbeiter zu verantworten hatte. Stockman indes war geschnitten scharf vor dem Instrument zu erkennen, so als ob das Klavier etwas Zweitrangiges oder weniger Wichtiges wäre, so als ob er der eigentliche Daseinsgrund des Instruments wäre, so als ob dessen Existenz ihm vorausginge. Keiner der Musiker, die Hugo kennengelernt hatte, präsentierte sich derartig getrennt von dem Vehikel seiner Schöpferkraft: Der Spieler und sein Instrument waren auf organische Weise miteinander verbundene Wesen, so als wäre Letzteres die Fortsetzung des Ersten, das ihn in gewisser Weise vervollständigte. Es war lächerlich, dass Stockman sich so darstellen ließ, dachte Hugo.

Er nahm eine der CDs aus dem Regal. Verärgert betrachtete er Vorder- und Rückseite. Die CD hatte keinen Titel: Sie hieß schlicht und einfach »Luís Stockman« und enthielt zehn Stücke, nicht mehr und nicht weniger. Obgleich er das kaum zu unterdrückende Bedürfnis verspürte, sie zu hören, hielt er sich zurück und stellte die CD wieder ins Regal. In dem Moment, während er noch mit einer merkwürdigen Mischung aus Widerwillen und Bewunderung auf Stockmans Bild blickte, spürte er, dass jemand neben ihm ihn anstarrte. Er wandte den Kopf. Es war eine Frau in den Vierzigern in einem dicken Umhang und mit einem Kopftuch über dem kurzgeschnittenen Haar. In der rechten Hand hielt sie einen Stapel CDs mit klassischer Musik.

»Das sind doch Sie, oder nicht?«, fragte die Frau und lächelte schüchtern.

»Wie bitte?«, fragte Hugo.

Die Frau deutete auf Stockmans CD.

»Das sind Sie, nur ohne Bart.«

Da erst begriff Hugo, was die Frau meinte. Er begriff auch Elsas Andeutung, der Gedanke war ihm schon gekommen, obgleich er zu eigensinnig war, um die verhängnisvolle Wahrheit zu akzeptieren: Stockman und er waren einander ungewöhnlich ähnlich. Ebenso wie der Pianist war Hugo groß, mager und schlaksig und hatte knochige Hände. Ebenso wie der Pianist hatte er graues Haar, und aus seinem eingefallenen Gesicht eines Menschen, der zu viel grübelte und zu wenig aß, sprach ganz allgemein Enttäuschung.

»Ich habe Sie an Ihrer Gestik erkannt«, sagte die Frau und errötete. Hugo war angesichts ihrer Worte so perplex, dass er nicht wusste, was er sagen sollte. Dann öffnete sie ein Ledertäschchen, das sie über der Schulter trug, und holte ein kleines schwarzes Heft daraus hervor. Zusammen mit einem winzigen Stift übergab sie es ihm.

»Würden Sie mir freundlicherweise ein Autogramm geben? Ihre Musik ist wundervoll.«

Hugo wollte das Missverständnis aufklären und der Frau sagen, dass er nicht Stockman sei, dass er Stockman nicht kenne, er habe ihn nur einmal aus der Ferne gesehen, in Wirklichkeit sei der Pianist über seine Seele hergefallen und habe ihm das Einzige gestohlen, worauf er im Leben stolz war. Aber es war schon zu spät. Ehe er sichs versah, war er bereits dabei, auf einer Seite des kleinen Hefts mit einem Namen zu unterschreiben, der nicht der seine war. Mit einer Handschrift, von der er nicht wusste, dass er sie besaß und die ein Zwischending zwischen Gekritzel und Arabesken war, malte er ein riesiges L und ein riesiges S und setzte die Buchstaben hinzu, aus denen die beiden Wörter des Namens bestanden.

Lächelnd, so dass ihre nikotinvergilbten Zähne zu sehen waren, ging die Frau davon. In dem Moment bemerkte Hugo in der Abteilung ein Ehepaar, das ihn eindringlich musterte, wohl um herauszufinden, ob er derjenige war, von dem die Unbekannte sich soeben ein Autogramm hatte geben lassen. Verlegen und verblüfft nahm er abermals die CD aus dem Regal, steckte sie mit der Absicht, sie am Ausgang zu bezahlen, in die Manteltasche und machte kehrt, um Mateus zu holen.

Doch Mateus war nicht mehr dort, wo er ihn zurückgelassen hatte.

Übelkeit stieg in ihm hoch. Verzweifelt rannte er durch die Spielwarenabteilung, rempelte Kinder, Jugendliche und Erwachsene an, die dort umherschlenderten und sich mit den Neuheiten die Zeit vertrieben.

Mit lauter Stimme rief er nach dem Jungen. Jäh von Schweiß überströmt, spürte er, wie das Hemd an ihm klebte und sich die Wirklichkeit in einer Spirale aus Panik auflöste. Barsch wandte er sich an einen Verkäufer, indem er ihn am Arm zupfte und ihn mehrmals fragte, ob er ein soundso großes Kind gesehen habe, das bei dem Stand mit dem Spiel vom Soldaten der Zukunft, der gegen die Dinosaurier kämpfte, gewesen sei. Erschrocken gab der Verkäufer zur Antwort, unzählige Kinder kämen dort vorbei, und empfahl ihm, ins obere Geschoss hinaufzufahren, da die Rolltreppe für die kleineren Kinder eine Attraktion darstelle.

Hugo stolperte die Treppe hinauf. Im Obergeschoss angekommen, rannte er wie verrückt durch das Café und malte sich die düsteren Folgen seiner lächerlichen Zerstreutheit aus. Er sah sich schon, wie er Júlia und Franco erklärte, dass er, der vermeintlich verantwortungsbewusste Onkel, in dem Moment, in dem Mateus für immer verschwunden war, einer Frau mit vergilbten Zähnen ein gefälschtes Autogramm gegeben hatte. Er stellte sich vor, wie Franco ihn mit einer Axt töten und wie Júlia auf sein Grab spucken würde. Genau in dem Augenblick erblickte er Mateus. Der Junge war gerade im Begriff, hüpfend und fröhlich das Geschäft zu verlassen. Auf der Stelle kehrte die Farbe in Hugos Gesicht zurück: Wieder rief er laut nach dem Jungen, der sich auch umdrehte und zu ihm herüberlächelte. Hugo lief zum Ausgang, doch als er durch die Tür gehen wollte, schrillte der Alarm los. Ein Wachmann hinderte ihn am Weitergehen und wollte ihn durchsuchen. Da Hugo sah, dass Mateus erneut abgelenkt war und ihm den Rücken zuwandte, um in Richtung der Treppe zu gehen, die auf die Straße führte, sagte er zu dem Wachmann, er werde sofort wiederkommen und die CD bezahlen, die er in der Manteltasche hatte.

»Der Junge dort vorn ist mein Neffe«, erklärte Hugo mit Nachdruck und deutete auf das Kind.

»Glauben Sie bloß nicht, dass ich Sie damit hinausgehen lasse«, sagte der Wachmann, ein untersetzter, kräftiger Kerl, der ihn zu heftig am Arm gepackt hielt.

Hugo wollte ihn wegstoßen, doch der Wachmann war kompakt wie ein Felsen und bewegte sich kaum. Sekunden später lag der Bassist am Boden, den Arm auf den Rücken gedreht, und rief hinter dem Kind her, das dabei war, auf dem letzten Treppenabsatz zu verschwinden, vermutlich auf der Suche nach warmem Eis.

Franco war nicht imstande, ihn anzuschauen. Er fuhr hochkonzentriert, hielt jedoch das Lenkrad so fest wie einen Feind, dem er den Arm brechen wollte, so dass sich die Haut auf seinen Händen spannte und die Adern hervortraten. Neben ihm auf dem Beifahrersitz saß Júlia und schwieg. Hinter ihnen betrachtete Hugo die triste, verregnete Stadt, die am Fenster vorbeizog, derweil Mateus, der überhaupt nicht verstanden hatte, was geschehen war, auf die beschlagene Fensterscheibe eine lachende Sonne malte.

»Wir wollen gar nicht darüber sprechen, was alles hätte passieren können«, brach Júlia das Schweigen.

»Nein, besser nicht«, pflichtete Franco ihr bei.

»Denn wenn wir darüber sprechen, bedeutet das, dass ich dich noch heute aus unserer Wohnung haben möchte«, erklärte Júlia.

»Und das verdammte Riesenteil, das du im Zimmer

von meinem Sohn abgestellt hast, nimmst du gleich mit«, ergänzte Franco.

Hugo schwieg weiter. Er hatte mehrfach um Entschuldigung gebeten und sich wie der allerletzte Mensch gefühlt, der Onkel, der seinen Neffen in einem Geschäft verloren hatte. Rücken und Arme taten ihm weh von dem Coup des Sicherheitsmannes und von der langen Warterei auf der Polizeiwache, zusammen mit dem Kind, das von den Uniformen der Beamten fasziniert gewesen war. Júlia hatte recht: Alles hätte noch viel schlimmer ausgehen können, wenn Mateus die Rolltreppe nicht wieder heruntergefahren und in das Geschäft zurückgekehrt wäre, um seinen Onkel um Geld zu bitten, weil er in einem Schaufenster etwas gesehen hatte, das er gern haben wollte. Als er bei der Tür angekommen war, hatte er ihn jedoch am Boden liegend mit einem auf ihm knienden Mann angetroffen. Mateus hatte angefangen zu weinen, vor allem, weil Hugo ihn anschrie und ihm befahl, er solle bestätigen, dass er sein Neffe sei. Aber da war es bereits zu spät. Inzwischen hatte irgendjemand die Polizei gerufen und Hugo beschuldigt, er habe einen Angestellten angegriffen und versucht, das Geschäft zu verlassen, ohne zu bezahlen.

Über die Sonne malte Mateus ein Flugzeug. Gern wäre Hugo in diesem Moment ein Kind gewesen, ohne eine Ahnung von der Schwere und der Verantwortung, die es bedeutete, am Leben zu sein. Er blickte auf das widerspenstige Haar seines Neffen, der ihn, als er bemerkte, dass sein Onkel ihn beobachtete, anlächelte, aufhörte zu malen und seinen Lockenkopf an dessen Arm lehnte. Hugo war zum Weinen zumute, aber er riss sich zusammen. Stattdessen steckte er die Hand in die rechte Tasche seines Mantels und betastete die dünne CD von Stockman. Angesichts des sicherlich schwerwiegenderen Umstands, dass er versucht hatte, einen Menschen anzugreifen, war der Gegenstand des Delikts am Ende bei ihm geblieben.

»Das war ein doofer Mann«, sagte der kleine Junge.

»Mateus«, tadelte Júlia ihn, ohne sich nach hinten umzusehen.

»Er hat auf Onkel Hugo draufgesessen.«

»Richtig gesessen hat er nicht«, berichtigte Hugo ihn.

»War er stärker als du?«, wollte Mateus wissen und blickte Hugo besorgt an.

»Stärker und dümmer als ich zu sein ist sein Beruf«, antwortete Hugo.

Franco bremste vor einer gelben Ampel. Der Wagen hinter ihm hupte geräuschvoll und überholte ihn von rechts.

»Idiot«, sagte Franco.

»Bitte, Franco«, sagte Júlia, »es reicht.«

Sein Schwager schwieg. Hugo beobachtete ihn, seinen verbissenen Gesichtsausdruck, seine aggressive Gestik. Er konnte seine Art zu sprechen nicht ausstehen, seine Art, von der Welt Besitz zu ergreifen, die Leichtigkeit, mit der er sich in der Wirklichkeit bewegte, bewehrt mit seinem Fotoapparat, dem allgegenwärtigen Objekt, mit dem er nichts anderes tat, als – Foto um Foto – festzuhalten, was geschah. Welche Bedeutung konnte es schon haben, dieses pausenlose, chronische Einfangen von Alltagsereignissen? Wie konnte das einen Menschen mit Zufriedenheit erfüllen? Franco genügte es offenbar. Als hätte er Hugos Gedanken erraten, griff sein Schwager nun ins Handschuhfach, holte die Lomo daraus hervor und richtete sie aus dem Fenster auf einen Obdachlosen, der auf dem Gehsteig schlief. Júlia schlug die Hände vor dem Gesicht zusammen, als traue sie ihren Augen nicht. Mateus blickte lange auf den Mann, der unter einer vergammelten Decke auf dem Bürgersteig lag und tief und fest schlief, nicht ahnend, dass am selben Ort, im selben Land ein anderer, vermutlich gleichaltriger Mann ihn fotografierte, ohne zu wissen wozu und warum. Vampir, dachte Hugo, und musste unverzüglich an das Konzert und an den verhängnisvollen Moment denken, in dem Stockman die *Dulcineia* gespielt hatte.

»Warum liegt der Mann da auf der Erde?«, fragte Mateus ihn.

»Damit dein Vater ihn nach Belieben fotografieren kann«, antwortete Hugo.

Franco bremste so unvermittelt, dass Hugo den Jungen festhalten musste, damit er nicht auf den Vordersitz geschleudert wurde. Die Wagen hinter ihnen begannen zu hupen. Franco sagte kein Wort. Er öffnete die Tür, stieg aus, schlug sie zu, ging um den Wagen herum, öffnete auf Hugos Seite die Tür und wartete, bis Hugo ausgestiegen war. Als Franco auf der regennassen Straße – in diesem grauenhaften Februar regnete es ununterbrochen – mit höchster Geschwindigkeit wieder losfuhr, konnte Hugo die Stimmen von Júlia und Mateus aus dem Wageninneren nur noch als Echo aus der Ferne hören. Wie angewurzelt stand er mitten auf der Straße und sah, wie der Junge auf der Rückbank den Kopf zu ihm umgewandt hatte und ihn anblickte wie ein wahrhaftiges Gespenst, während der Wagen davonfuhr und dann jäh um eine Ecke bog.

Eine Zeitlang hatte er geglaubt, Catherine zu lieben. Von dem Augenblick an, als sie sich kennengelernt hatten – in einer Bar in der Rue Beaubien, in die normalerweise keiner von ihnen ging –, waren die Geigenbauerin und er einander zugetan wie alte Freunde. Er dachte mit Wehmut an diesen Tag zurück, wenn auch mit Mühe, denn der gleiche Nebel wie immer verschlang die Vergangenheit in seinem gefürchteten Halbdunkel. Hugo konnte sich noch daran erinnern, dass er Édouard, der ein fanatischer Fußballfan war, in eine Kneipe begleitet hatte, um ein Spiel der französischen Meisterschaft zu sehen, und dass er weniger aus Zufall, sondern eher, weil die Freunde seines Freundes alle zur selben Szene gehörten, schließlich den Menschen kennengelernt hatte, der ihm fehlte.

Im Sommer zuvor hatten Édouard und er bei einem Open-Air-Konzert im Saint-Louis-Park, einer kleinen, von Häusern aus der Kolonialzeit gesäumten Grünanlage, gespielt. Das Konzert war im Rahmen des alljährlichen Jazzfestivals veranstaltet worden. Der Rasen war voller junger Leute gewesen, die miteinander Bier tranken und Marihuana rauchten, während Édouard, ein kanadischer Schlagzeuger und er etliche Standardstücke, aber auch Originalkompositionen des Pianisten spielten, die zwischen Jazz und Bluegrass variierten – einer Musikrichtung, von der Édouard seit den Jahren, die er in New Orleans verbracht hatte, beeinflusst war. Mitten während eines Stück passierte Hugo etwas, das kein Musiker für möglich hält, schon gar nicht während eines Livekonzerts und erst recht nicht an einem Abend, aus dem eine lange Nacht zu werden versprach: Der Kontrabass zerbrach in zwei Teile. Er war die Tonleiter hochgeklettert, um ein volltönendes

Fis-Dur zu spielen, und als er mit dem Mittelfinger der linken Hand die Saite herunterdrückte, spürte er, wie sich der Boden unter ihm wie bei einem Erdbeben bewegte. Sekunden später knickte der Stachel, der das Instrument in der passenden Höhe hielt, ein, und der Kontrabass brach entzwei. Hugo stand in lächerlicher Pose da und hielt den Hals mit den Saiten in der einen Hand, während der davon abgetrennte Resonanzkasten gegen seine Knie lehnte. Die Leute im Publikum, die vor der Bühne standen, schwiegen für fünf nicht enden wollende Sekunden. Édouard und der Schlagzeuger hatten aufgehört zu spielen, um zu sehen, was geschehen war. Dann fing irgendjemand an zu lachen. Rasch verbreitete sich das Gelächter in der Menge. Einige Mädchen bemühten sich zwar, ihr Grinsen hinter vorgehaltener Hand zu verbergen, aber die anderen konnten beim Anblick des bizarren Schauspiels nicht mehr an sich halten.

Hugo legte das, was von dem Instrument noch übrig war, auf dem Boden ab, verbeugte sich und verließ die Bühne.

Es war nicht das erste Mal, dass einem Kontrabassisten so etwas passierte. Die Kombination aus der minderwertigen Qualität seines Instruments, der feuchten Hitze des Montrealer Sommers und der schlechten Behandlung, die er dem Kontrabass hatte angedeihen lassen, hatten zu dem fatalen Ergebnis geführt. In den darauffolgenden Monaten hatte er auf einem gemieteten Instrument gespielt. Dann hatte er in einer Bar in der Rue Beaubien, in die er eigentlich nie ging, Catherine kennengelernt. Sie verstand nichts von Fußball und war in Begleitung des kanadischen Schlagzeugers, mit dem Édouard und er spielten, dorthin gekommen.

In der Halbzeitpause, als sich die anderen Gäste draußen zwischen großen Schlucken Boréale-Bier über das Spiel austauschten, hatten sie ein Gespräch begonnen. Es herrschte die typische Atmosphäre einer Sportbar: Fußballtrikots, Gespräche über Fußball, und auf drei oder vier Männer kam nur eine Frau. Als Hugo begriff, dass Catherine, dieses zarte Mädchen mit den von Pflastern umwickelten Fingern, mit Saiteninstrumenten arbeitete, verliebte er sich auf der Stelle in sie. Er war ein Süchtiger, und sie baute sein Suchtmittel par excellence. Als Édouard nach dem Spiel nach Hause fuhr, um mit seiner Frau und seinen Kindern zu Abend zu essen (Hugo wusste noch, es war ein Sonntag gewesen), und der Schlagzeuger schlicht und einfach verschwunden war, blieben Catherine und er an einem der Tische vor der Kneipe sitzen und unterhielten sich ausgiebig und in allen Details über Instrumente und über das Leben.

Catherine war es, die ihm den Rat gegeben hatte, zu der Auktion zu gehen. Sie fand in einem Gebäude in Westmount statt. Und zwischen den unterschiedlichsten Geigen, Cellos und Bogen hatte er gestanden: der *Nutella*, der Kontrabass, den Catherine restauriert hatte, um öffentlich versteigert zu werden. Sobald ein hübsches Mädchen das blaue Tuch, das ihn bedeckte, gelüftet hatte und er ihn erblickte, wusste Hugo, dass er es sein musste: der Kontrabass, um den sich die Hände der Geigenbauerin gekümmert und die ihn behandelt hatten, um ihm wie einem Greis mit magischen Elixieren die Jugend zurückzugeben. Und so kaufte er ihn. Er überbot zwei Offerten und gab mehr als siebentausend Dollar für das Instrument aus; einen Teil bezahlte er in bar, den Rest des Geldes lieh er sich von

Boulay. Er hatte es nie bereut: Der Kontrabass war nur allzu oft eine Ausrede, um bei Catherine in der Werkstatt aufzutauchen und ein oder zwei Stunden mit ihr zu verbringen, während sie den *Nutella* behandelte, oder um sie einzuladen, im nächstgelegenen Straßencafé ein Bier mit ihm zu trinken.

Sie küssten sich nie. Der Lauf der Zeit sorgte dafür, dass die Gelegenheit sich nie ergeben sollte. Hugo entfernte sich, wurde melancholisch, verfiel in ein Leben, in dem eine Möglichkeit für die Liebe nicht vorgesehen war. Catherine, die mit ansah, wie er abrutschte, konnte lediglich hoffen, dass er in ihrer Werkstatt auftauchte, wenn mit dem Kontrabass ein größeres Malheur passierte, was jedoch nur selten geschah. Ungefähr sechs Monate vor Hugos Rückkehr nach Lissabon trafen sie sich eines Abends zufällig bei dem Konzert eines spanischen Musikers. Sie saßen beide im Parkett, sie in Begleitung eines Mannes, er allein. Der Platz neben ihm war leer, da er zwar zwei Karten gekauft hatte, eine für sich und die andere für eine Art Freundin, die ihm aber am selben Tag gesagt hatte, sie könne seine Unbeständigkeit, seinen erratischen Geisteszustand, seinen chaotischen Lebenswandel nicht länger ertragen. In der Pause des überaus langweiligen Konzerts ging Hugo auf die Toilette, streute eine Linie Kokain auf den Klodeckel, zog sie sich durch die Nase und ging mit neuem Vertrauen in die Wirklichkeit in das Café des Konzerthauses. Es dauerte nicht lang, bis er Catherine und den Mann traf, mit dem sie dort war. Er war es, der zu ihm sagte: »Du blutest aus der Nase.«

Mit dem Ärmel seiner Jacke wischte sich Hugo die Nase ab. Die dunkelrote Flüssigkeit, mit der er sich beschmutzt hatte, kam ihm gar nicht wie Blut vor. Er ging abermals zur Toilette, wusch sich, versuchte, seine Kleider zu ordnen, sein Haar nach hinten zu streichen, aber alles hatte sich gegen ihn verschworen, gegenläufige Kräfte befanden sich im Widerstreit. Als er in den Vorraum zurückkam, ging das Publikum gerade wieder hinein zur zweiten Hälfte des Konzerts. Aber Catherine stand dort, an das Geländer der Treppe gelehnt, die in die Eingangshalle führte, und wickelte gedankenverloren eine Haarsträhne um den Finger.

»Ich glaube, du brauchst ein wenig Zeit für dich«, sagte sie zu ihm mit sehr ernstem Gesicht, während Hugo schniefend an der Wand lehnte. Sein Herz raste zu schnell, um wieder in den Saal hineinzugehen, und er gelangte zu dem Schluss, dass Catherine recht hatte.

Mit dem wenigen Geld, das ihm geblieben war, mietete Hugo eine möblierte Wohnung in der Unterstadt. Es war eine Mansarde im fünften Stock eines Hauses in der Rua dos Correeiros, die muffig und nach Gasleitung roch. Als er der Vermieterin seinen Beruf nannte, blickte sie ihn misstrauisch an.

»Sie wollen hier ja wohl hoffentlich keinen Lärm machen, oder?«

»Ich verspreche Ihnen, dass ich, wenn überhaupt, nur tagsüber spiele. Aber wahrscheinlich werde ich gar nicht spielen.«

»Sie sind Musiker und spielen nicht?«

»Das kommt bei den Besten vor.«

Sobald die Frau ihm die Schlüssel ausgehändigt hätte, würde er umziehen. Bis dahin wohnte er weiterhin bei seiner Schwester, aber so, dass Franco fast nichts davon mitbekam. Júlia bat ihn, früh aus dem Haus zu gehen und nur zum Schlafen zurückzukommen. Ihr

Mann war wütend auf ihn, und wenn Franco wütend war, konnte man nichts machen, außer seine Wut durch Indifferenz und Schweigen zu beschwichtigen. Hugo spürte, dass selbst seine Schwester von ihm enttäuscht war. Drei Tage lang lief er durch Lissabon und suchte nach einer Wohnung. Da ihm alles recht gewesen wäre, nahm er die Mansarde. Als er seine Sachen abholte, traf er im Flur Dulcineia, die eine Schürze trug und mit einem Besen das Chaos beseitigte, das Mateus bei seinem Nachmittagsimbiss mit einer Packung Getreideflocken angerichtet hatte. Hugo bemerkte auch, dass alle seine Sachen im Flur standen, seine Kleidung war im Koffer verstaut, der Kontrabass lag waagerecht in seinem Kasten. Dulcineia ging in die Küche und kam mit einer Tüte zurück.

»Ich habe ein paar Sachen zusammengepackt, die Sie brauchen werden«, sagte sie sanft. »Ich hoffe, es ist Ihnen recht.«

Hugo schaute in die Tüte und fand darin mehrere beschriftete kleine Fläschchen. Auf einem stand: »Shampoo«. Auf einem anderen: »Duschgel«. Auf einem dritten: »Aftershave«.

Dulcineia blickte in den leeren Flur, wie um sich zu vergewissern, dass die Wände sie nicht hören konnten.

»Ich habe von allem ein bisschen bei meinen Arbeitgebern gemopst. Dona Júlia hat bestimmt nichts dagegen.«

Hugo lächelte gerührt. Ihm war danach zumute, Dulcineia zu umarmen, die Wärme ihres üppigen Busens an seiner Brust zu spüren. Doch plötzlich tauchte Mateus am Ende des Flurs auf.

»Fährt die Barkasse jetzt weg?«, fragte der Junge mit milchverschmiertem Mund.

»Komm her, ich wische dir den Mund ab«, sagte Dulcineia.

In seiner kindlichen Art kam Mateus näher und reckte, seinen Onkel unverwandt mit großen Augen anblickend, der Hausangestellten das Gesicht entgegen, damit sie ihm mit dem Schürzenzipfel den Mund abwischen konnte.

»Sie muss«, antwortete Hugo und kniete sich hin. Er blickte seinem Neffen in die weit aufgerissenen Augen, deren Lederhaut so weiß war wie Schnee. »Die Barkasse muss weiter. Sie schippert irgendwo herum.«

»Und du fährst mit?«, wollte Mateus wissen und befühlte nun mit dem Zeigefinger die Lücke zwischen seinen beiden Schneidezähnen.

»Nimm die Hand aus dem Mund, sie ist schmutzig«, sagte Dulcineia zu ihm.

»Ja, aber wir werden uns schon irgendwo sehen, Kleiner.«

Hugo bemerkte den ängstlichen Ausdruck im Gesicht seines Neffen, und ihm wurde bitter bewusst, dass er seine Abwesenheit in dessen ersten Lebensjahren nie wiedergutmachen könnte. So präsent er jetzt auch sein mochte, wie er da vor diesem Geschöpf kniete, das auch ein Teil von ihm war, der Sohn seiner Zwillingsschwester – das Heute konnte nicht die Vergangenheit ersetzen, die Zeit, als Mateus gerade geboren und ein Geschöpf war, das in nichts oder fast nichts dem lebhaften kleinen Jungen glich, den er vor sich hatte. Diese Zeit der Abwesenheit – die beiden ersten Jahre und anschließend drei weitere, für ein Kind vermutlich Jahrhunderte – war ein inoperabler Tumor, eine angeborene Missbildung. Er würde auf ewig der abwesende Onkel sein, eine flüchtige Gestalt, die in

Mateus' Leben auftauchte und wieder verschwand. Gerade erst war er gekommen, und nun ging er schon wieder: Was für eine Art von Mensch war er nur, würde der Junge sich fragen, der mit Versprechungen von warmem Eis und einer Barkasse in sein Leben trat und plötzlich wieder daraus verschwand, als wenn er nie da gewesen wäre?

»Aber gehst du denn weg?«, fragte Mateus wieder, als wenn Hugos Antwort für ihn keinen Sinn ergeben hätte.

Dulcineia schien zu ahnen, dass dies ein heikler Moment war, und nahm Mateus auf den Arm. Der Kleine schlang seine Arme um ihren Hals und verbarg ablehnend das Gesicht vor seinem Onkel.

»Jetzt haben Sie mir gar nicht das Stück vorgespielt, an dem Sie geschrieben haben«, sagte Dulcineia.

»Es ist eigentlich auch noch nicht fertig«, erwiderte Hugo tief betrübt. »Wer weiß, eines Tages vielleicht.«

Dulcineia trat zu ihm, und Hugo konnte ihren Atem spüren, der so frisch roch, als hätte sie sich gerade die Zähne geputzt.

»Wenn Sie Ihren Neffen sehen wollen: Ich hole ihn jeden Nachmittag um drei ab, und dann gehen wir eine Runde auf den Spielplatz. Falls Sie nicht hierher nach Hause kommen möchten.«

Sie verabschiedeten sich. Mateus weigerte sich, ihn anzusehen. Nachdem Hugo ein Taxi bestellt hatte, fuhr er mit dem Kontrabass und seinem Koffer im Fahrstuhl nach unten.

Vom fünften Stock des Hauses in der Rua dos Correeiros konnte er die Straßen der Unterstadt, den Triumphbogen der Rua Augusta und einen breiten Streifen vom Fluss sehen. Ein kleines Fenster eröffnete ihm den Zugang zur Welt; einen Großteil des Tages stand es offen, obgleich es pausenlos regnete und das Wasser hineintropfte und sich auf der Fensterbank kleine Pfützen bildeten. Da die Zimmerdecken schräg waren, konnte er den Kontrabass, der ihm eine Handbreit über den Kopf ragte, nur auf der einen Seite der Wohnung aufstellen. Auf der anderen Seite konnte nicht einmal er selbst aufrecht stehen, so dass er dort schlief, in einem schmalen Bett unter einem Laken und einer orangefarbenen Bettdecke. Allmorgendlich spürte er in den Knochen die typische Kälte der ungeheizten Lissabonner Wohnungen, die Einsamkeit und das Fehlen eines anderen Körpers.

Nichts von alledem kümmerte ihn über die Maßen. Eigentlich erfüllte ihn nur ein Gedanke, nur eine Obsession. Diese Obsession hatte einen Namen: Luís Stockman. Nach der ersten Nacht in der Wohnung fand er am Morgen den Mut, die CD einzulegen. In der Wohnung stand neben einem Regal, in dem ein Band mit einer englischen Gesamtausgabe der Werke von Jorge Luis Borges lag, eine alte Anlage, auf der Hugo sich zum ersten Mal das einzige Album des Pianisten anhörte, gleich zweimal hintereinander.

Er erkannte einige der Themen wieder, die er bei dem Konzert zusammen mit Elsa gehört hatte. Bei den ersten Akkorden jedes Stücks, das er erkannte, musste er daran denken, dass er sich nie wieder bei der polnischen Schauspielerin gemeldet hatte: Weder hatte er ihr je geschrieben oder sie angerufen, noch hatte er sich bei ihr für ihre Bereitschaft bedankt oder sie auch nur danach gefragt, wie viel die Konzertkarte gekostet hatte, die von ihr bezahlt worden war. Er fragte sich, ob es jetzt zu spät dafür wäre. Ob er womöglich, vernichtet von einer Melodie, zu dumm und unfähig gewesen war, zu begreifen, dass Elsa eine sympathische und offene Frau war, die von ihm vermutlich die gleiche Sympathie und Offenheit erwartet hatte? Beschämt versuchte er, die Angelegenheit zu vergessen. Aber sie kam ihm immer wieder in den Sinn, sobald aus den kleinen Lautsprechern die makellosen Noten Stockmans ertönten. Natürlich war der Gefühlsgehalt darin ein anderer: Das leidenschaftliche Register des Pianisten beim Livespiel konnte unmöglich auf einer CD aufgezeichnet werden, was Hugo gleichzeitig traurig und froh stimmte. Traurig, weil er begriff, dass es sich mit der Musik nicht wie mit den anderen Ausdrucksformen verhielt, dass sie nicht war wie das geschriebene Wort oder die Malerei, deren Ergebnisse eine auf Seiten oder auf eine Leinwand gebannte Kunst waren, an denen ihr Schöpfer nun keinen Anteil mehr hatte. Die Kunst des geschriebenen Worts entstand mit dem Leser jedes Mal, wenn es gelesen wurde, die Kunst der Malerei mit jedem Betrachter, der sie anschaute. Die Musik hingegen ließ sich nur äußerst schwer in einem Medium aufzeichnen, das auch nur annähernd an ihre Originalform heranreichte. Eine Digitalaufnahme war nicht mehr als ein fernes Echo dessen, was die Hände tatsächlich in dem Moment gespielt hatten. Und so ging mehr verloren, als zulässig war; und die physische Abwesenheit des wesentlichen Elements, des Musikers, hatte zur Folge, dass jedes Mal, wenn seine CD gespielt wurde, dieser einzigartige Moment, in dem seine Finger die Perfektion erreichten, für nichtig erklärt wurde. In einer idealen Welt wäre, wann immer man ein Musikstück hören wollte, dessen Schöpfer da, um es für einen zu spielen, überlegte Hugo. Doch gleichzeitig stimmte es ihn froh, dass das nicht möglich war, denn als er auf dem Bett liegend, die Zimmerdecke eine Armlänge über seinem Kopf, Stockman spielen hörte, verflog die Faszination des Pianisten und machte ihn in gewisser Weise zu einem reinen Interpreten. Und Interpreten hatte er zu Hunderten kennengelernt. Die Kompositionen jedoch – sieben der zehn Stücke stammten von Stockman – standen auf einem anderen Blatt. Von Neid zerfressen, gelangte Hugo zu dem Schluss, dass der Mann großes Talent besaß. Ein ungewöhnliches, profundes Talent, das wahre Talent, das verstört und beunruhigt. Es war erstaunlich, dass Stockman es mit dieser bisweilen melodiösen, bisweilen chaotischen, häufig dissonanten Musik auf den zweiten Platz der Bestsellerliste geschafft hatte. Sein Einfallsreichtum war ein Phänomen.

Der Einfallsreichtum eines Diebes, dachte Hugo.

An diesem Vormittag spielte er die CD dreimal ab. Am Nachmittag zwei weitere Male. Es war nichts darauf, was Ähnlichkeit mit der *Dulcineia* gehabt hätte. Absolut nichts. Kein Verlauf in Cis-Dur, der auch nur von fern an die Melodie erinnerte, die Hugo bei dem Konzert mit der Klarheit eines Waldbächleins gehört hatte. Er war so unzufrieden über das Ergebnis, dass er später am Nachmittag nachschaute, ob sich in der CD-Hülle womöglich nicht noch eine weitere CD verbarg. Er brach die Hülle entzwei, so dass die beiden Plastikteile krachend auseinandersplitterten und zu Boden fielen. Auf der Suche nach einem verborgenen Thema klickte er auf dem CD-Player bis ganz zum Ende des Albums vor, jedoch wiederum ohne Ergebnis. Einen Moment lang zog er in Betracht, dass er während des Konzerts vielleicht den Verstand verloren hatte.

Dass der Pianist in Wirklichkeit gar nichts gespielt hatte, was der Komposition glich, die ihm gehörte und an der er schon seit so langer Zeit schrieb, sondern irgendetwas anderes – wer weiß, eine andere Melodie, ebenfalls in Cis-Dur –, und dass diese erste Note ausgereicht hatte, seinen erratischen Geist zu verwirren und ihn an Hexerei glauben zu lassen.

Indes, diese These war lächerlich. Elsa hatte ihm ja bestätigt, dass auch ihr diese Melodie unbekannt gewesen war. Sie hatte es *während* des Konzerts bestätigt, am Ort des Geschehens, während des Spiels. Wie konnte es sein, dass ein Mann einen Anfall von Wahnsinn erlitt und dann bei seiner Rückkehr in die Wirklichkeit noch alle Einzelheiten seiner zeitweiligen Umnachtung wusste? War der Wahnsinn nicht ein Zustand, der keine Besserung kannte, oder zumindest ein Zustand, in dem man sich seiner selbst nicht bewusst war? Er fühlte sich nicht verrückt, er betrachtete sich nicht als verrückt, im Gegenteil: Er spürte, dass er kurz vor einer wichtigen Entdeckung stand. Oder konnte es sein, dass man immer verrückter wurde und sich dabei für immer gesünder hielt? Darüber sinnierte er, während er in der kleinen Wohnung auf und ab lief, auf und ab, auf und ab, aufmerksam beobachtet von einer Taube auf dem Fenstersims, die ihn, mit den federlosen Flügeln schlagend, wohl für ein allzu rastloses und womöglich verrücktes menschliches Wesen hielt.

Die Frau, die ihm die japanischen Essstäbchen reichte, wirkte weitaus jünger, als sie war. Zumindest war es das, was alle ihr sagten, einschließlich der Praktikantin mit dem gebrochenen Arm, die gerade in das Büro hereingekommen war, um ihnen das Mittagessen –

stilvoll auf kleinen Plastiktabletts angerichtetes Sushi – zu bringen und auf den Schreibtisch zu stellen. Im Licht des Winternachmittags kam Hugo seine Mutter nicht so viel jünger vor, als sie war. Die dreiundsechzig Jahre – eventuell war es ein Jahr mehr oder ein Jahr weniger – standen ihr, wenn schon nicht in das gepflegte Gesicht, dann zumindest auf die Handrücken geschrieben, die um die hervorspringenden, dunklen Venen herum von Dutzenden kleiner brauner Flecken übersät waren, dem untrüglichen Anzeichen des Verfalls.

»Ein Sabbatjahr«, sagte seine Mutter.

»Ein Sabbatjahr«, wiederholte er.

Die Praktikantin fragte, ob sie noch etwas wünschten. Hugos Mutter lächelte das Mädchen ausdruckslos an, das diskret hinausging und dabei die schwere Tür des Büros mit dem eingegipsten Arm aufstieß.

»Ein Sabbatjahr von einem Sabbatleben«, sagte seine Mutter so leise, als spreche sie mit sich selbst. Sicherlich war ihr bewusst, dass er sie klar und deutlich hören konnte. Hugo atmete tief durch und beschloss, sich auf das Essen zu konzentrieren. »Warum bezeichnest du es nicht als das, was es wirklich ist: ein Jahr Freizeit?« Hugo ließ die Stäbchen, mit denen er ein lachsbelegtes Reisröllchen hielt und die er gerade in Brusthöhe gehoben hatte, wieder sinken. Sekundenlang glaubte er sich übergeben zu müssen. Das war die Übelkeit, die sich immer um diese Uhrzeit einstellte, wenn sich sein noch leerer Magen für die erste Mahlzeit des Tages bereitmachte. Doch dann beherrschte er sich und blickte in das harte, mürrische Gesicht seiner Mutter. »Du siehst grauenvoll aus«, sagte sie zu ihm.

»Ich habe in letzter Zeit nicht gut geschlafen.«

»Führst du immer noch das gleiche Leben?«

»Was für ein Leben?«

Seine Mutter zuckte mit den Schultern, während sie ein Stück rohen Fisch zerkaute.

»Nachtleben, Alkohol«, antwortete sie mit vollem Mund. »Das Leben eines Teenagers.«

»Ich bin über vierzig. *Teenager* scheint mir nicht ganz der passende Ausdruck zu sein.«

Seine Mutter lachte und hielt sich dabei die Hand vor den Mund mit den tiefrot geschminkten Lippen, damit kein Stück Alge herausfiel.

»Also ich finde ihn völlig passend«, sagte sie mit Nachdruck.

»Und das findest du zum Lachen?«

»Was, dass du mich um Geld bittest? Nein. Zum Lachen finde ich, dass du plötzlich so ein anderes Bild von dir vermitteln möchtest.«

In dem Moment, in dem er endlich das Lachsröllchen aufgegessen hatte, das inzwischen wegen der übergroßen Hitze in dem Büro ganz warm geworden war, wäre Hugo am liebsten aufgestanden, um alles, was auf dem Tisch stand, auf den Boden zu werfen, zu gehen und nie mehr wiederzukommen. Aber das konnte er nicht tun. Er war aus Montreal unter anderem wegen seiner Schulden geflohen. Das wenige Geld, das er mitgebracht hatte, war in die Mietkaution für die Wohnung geflossen. Er hatte sich also gezwungen gesehen, sich an die Frau zu wenden, mit der er in der Vergangenheit große Probleme und lange Phasen des Schweigens gehabt hatte. Seine Mutter war stets gegen sein Nomadenleben gewesen. Und in seinem Widerstand gegen die mütterliche Macht, unter deren Kontrolle er bis zum Erwachsenwerden gestanden hatte, hatte er sich ein ums andere Mal aufgelehnt und versucht, einer Existenz zu entfliehen, die ihm seinerzeit trivial und anspruchslos vorgekommen war: der Existenz, die Júlia führte, die Franco führte, die seine Jugendfreunde führten – die heute ohne jeden Zweifel von der Zeit domestizierte Tiere waren und zu denen er seit langem den Kontakt verloren hatte. Jetzt jedoch, wo er die vierzig überschritten hatte und nichts besaß, was seinen Namen trug – nicht mehr jedenfalls als ein Instrument, das größer war als ein Mensch und älter als sein Urgroßvater –, war er im Stand eines Bedürftigen, eines Verstoßenen gekommen, um mit seiner Mutter zu Mittag zu essen, und hatte, als er sie anrief, nicht verhehlen können, dass er etwas von ihr *brauchte*. Es war das erste Mal seit drei Jahren, dass sie sich sahen. Bei dem Mal davor war Mateus gerade zwei Jahre alt geworden, und Hugo war unter dem Vorwand, seinen Neffen kennenzulernen, zu einem Blitzbesuch nach Lissabon gekommen. Er war drei Tage in der Stadt geblieben, aber sein eigentliches Reiseziel war Oslo gewesen, wohin die skandinavische Sängerin, mit der er für gewöhnlich im Upstairs spielte, ihn für eine Woche eingeladen hatte.

Hugo blickte auf die Wand hinter seiner Mutter, auf der in waagerechter Anordnung Reproduktionen von Titelblättern der Zeitschrift hingen, die seine Mutter seit über fünfzehn Jahren herausgab. Es war eine Zeitschrift für Inneneinrichtung für Damen reifen Alters, die, so dachte Hugo, noch die Hoffnung hegten, dass eine Veränderung des Mobiliars etwas in ihrem unerbittlich auf das Ende zusteuernden Leben bewirken könne.

»Ich verlange ja kein Vermögen von dir«, entgegnete

Hugo. »Ich brauche nur Geld, um wieder auf die Beine zu kommen. Ich verspreche dir, dass ich es zurückzahlen werde.«

»Und wie willst du das anstellen?« Herausfordernd blickte seine Mutter ihn an und nahm einen Schluck aus der kleinen Sake-Flasche, die zusammen mit dem Essen gebracht worden war.

»Ich werde mir eine Arbeit besorgen. Und ich bin dabei, etwas zu komponieren.«

»Zu komponieren? Was komponierst du denn?«

Hugo nahm ein Sushi-Röllchen in den Mund und kaute. Es war lauwarm und zu süß, vielleicht, weil er es zu stark in die Sojasauce getaucht hatte.

»Bist du sicher, dass dieses Essen in Ordnung ist?«, fragte er seine Mutter.

»Es ist hervorragend. Das ist eine Sushi-Fusion.«

»Eine Kernfusion.«

»Schweif nicht vom Thema ab«, erwiderte seine Mutter in einem Ton, den Hugo aus seiner Kindheit kannte, einem Kommandoton, der ihn auch in seinem jetzigen Alter noch erschreckte und mit Angst erfüllte.

»Ich komponiere Musik. Das ist schließlich mein Beruf.«

»Ich weiß nicht, ob es ein Beruf oder nicht eher Starrsinn ist«, sagte sie sarkastisch. »Aber weiter im Text. Du hast dir also ein Sabbatjahr verordnet, um zu komponieren. Und wie willst du davon deine Miete bezahlen?«

»Ich finde schon irgendeine Arbeit. Die Miete ist erbärmlich gering. Ich brauche nicht viel zum Leben.«

»Aber du bist doch Musiker, oder nicht? Ich meine, warum suchst du dir keinen Job in einer Band oder einer Combo oder wie auch immer diese Jazzgruppen heißen?«

»Ich bin nicht in der Verfassung zu spielen. Zumindest im Moment nicht.«

»Du kannst also komponieren, aber nicht spielen? Worin besteht der Unterschied?«

Hugo schluckte. Das süßliche Fischaroma lag ihm noch auf der Zunge und hatte einen melancholischen Nachgeschmack hinterlassen. In jenen Tagen war *Melancholie* ein Wort, das ihn beschäftigte, denn es eignete sich perfekt zur Beschreibung seines Zustandes, des Gefühls eines Verlustes ohne konkrete Ursache: Er besaß noch seine Familie, er hatte noch die Aussicht auf eine mögliche Zukunft, er war noch am Leben. Und dennoch glaubte er mit jedem Tag, der verging – nunmehr fernab der Exzesse der wilden letzten Jahre und in der Annahme, die Rückkehr nach Lissabon sei die Antwort auf seine Unfähigkeit, mit den Dingen umzugehen –, mit jedem Tag, den er *nüchtern* verbrachte, dass manche Menschen nicht dafür geschaffen waren, mit der Welt in ihrem Naturzustand zurechtzukommen. Manche Menschen konnten sie nur ertragen, indem sie sie verzerrten, in Wolken hüllten, sie von jenseits des Spiegels aus betrachteten.

»Ich vermute, Júlia hat dir einiges über die letzte Zeit berichtet.«

»Was hat das damit zu tun?«, wollte seine Mutter wissen.

»Es hat mit meiner derzeitigen Unfähigkeit zu spielen zu tun.«

»Sie hat mir erzählt, dass du dich mit den falschen Menschen umgeben hast.«

»Das hat sie gesagt?«

»Etwas in der Art.«

»Ich habe mich mit denselben Menschen umgeben wie immer. Die Wahrheit ist, dass ich von einem gewissen Zeitpunkt an zu viel getrunken habe. Vor einigen Jahren hat es angefangen. Seither ist es schlimmer geworden.«

Seine Mutter legte die japanischen Essstäbchen auf das provisorische Tablett und wedelte mit der linken Hand. Ihre Armbänder klirrten.

»Davon will ich überhaupt nichts hören«, sagte sie genervt. Hugo war sich darüber im Klaren, dass dies ein sensibles Thema war: Sein Vater hatte genau die gleichen Alkoholprobleme gehabt. »Gut, was also komponierst du gerade?«

»Ein Stück, an dem ich schon seit langem arbeite.« Dann nahm er seinen Mut zusammen und sagte: »Vor einigen Tagen ist mir etwas sehr Merkwürdiges passiert. Ich war bei dem Konzert eines Pianisten im Coliseu.«

»Welches Pianisten?«

»Luís Stockman.«

Seine Mutter hielt beim Kauen des letzten Sushi-Röllchens inne. Sekundenlang schien sie über den Namen nachzudenken.

»Stockman«, wiederholte sie schließlich. »Ich vergöttere ihn. Wir alle hier in der Redaktion vergöttern ihn. Er war in unserer Dezemberausgabe. Kennst du ihn?«

»Das kann man so nicht sagen.«

»Und was war nun so merkwürdig?«

Hugo schob das Tablett beiseite und lehnte sich unschlüssig zurück, nicht nur der Schwierigkeit wegen, die groteske Begebenheit überhaupt jemandem zu erzählen, sondern vor allem, der eigenen Mutter davon zu berichten, die er zum ersten Mal nach drei Jahren sah und die obendrein Sushi aß und Stockman vergötterte. Sie rief laut nach der Praktikantin, die herbeigeeilt kam und das Büro mit den beiden Tabletts auf ihrem eingegipsten Arm geräuschlos wieder verließ.

»Stockman hat bei dem Konzert mein Stück gespielt.«

»Dein Stück?«

»Ja.«

»Du hast ein Stück für ihn geschrieben? Ich verstehe nicht. Ihr kennt euch also, du und Stockman?«

Offenkundig verwirrt, lehnte sie sich zurück.

»Was denn nun?«

»Die Komposition, an der ich in der letzten Zeit geschrieben habe. Er hat Note für Note genau das gleiche Stück gespielt. Bei dem Konzert. So als hätte er es geschrieben.«

Seine Mutter runzelte die Augenbrauen und goss den Rest aus der Sake-Flasche in den weißen Keramikbecher.

»Mal sehen, ob ich richtig verstehe«, sagte sie. »Du behauptest also, dass Luís Stockman dir deine Komposition gestohlen hat.«

Hugo zuckte mit den Schultern. Ihm war bewusst, dass sich das alles wie das Gerede eines Irren anhörte.

»Vielleicht. Ich weiß es nicht. Auf dieser Welt ist alles möglich, sogar über die Entfernung hinweg. Es gibt das Internet und E-Mail. Telefon. Satelliten, die im Weltraum unterwegs sind und alle unsere Bewegungen registrieren.«

Seine Mutter stutzte und verschränkte die Arme.

»Das ist ja unglaublich«, sagte sie.

»Was?«

»Dass Stockman, ein erfolgreicher Pianist, nicht nur hier, sondern überall, wo er spielt, es nötig haben soll, dich, einen völlig Unbekannten, zu kopieren.«

Hugo seufzte und fuhr sich über die schweißfeuchte Stirn. Die nahezu unerträgliche Hitze in dem Büro hatte ihn ganz benommen gemacht.

»Du drehst mir mal wieder die Worte im Mund um. Was ich gesagt habe, ist, dass er mein Stück gespielt hat. Wie er das gemacht hat, ist mir völlig schleierhaft.«

»Hast du das Stück denn aufgenommen?«

»Nein, es ist noch nicht fertig.«

»Und wie soll er deiner Meinung nach daran gekommen sein? Durch Telepathie? Geheiminformationen?« Sie beugte sich vor und machte ein spöttisches Gesicht.

»Glaubst du etwa, dass man dich ausspioniert?«

Hugo hatte große Lust, aufzustehen und die Frau zu ohrfeigen. Er wollte schon ausholen und seine Kränkung mit dem Abdruck seiner Finger auf ihrem Gesicht hinterlassen. Doch dann besann er sich auf das, was ihn dorthin geführt hatte, und er hielt sich zurück.

»Ich habe keine Ahnung«, antwortete er und sagte dann ironisch: »Wer weiß, vielleicht denken wir ja dasselbe. Vielleicht sind wir Zwillingsseelen.«

»Du hast schon einmal eine Zwillingsseele gehabt«, entgegnete sie. »Und die Sache ist nicht gut ausgegangen. Wie es scheint, hat Gott nicht zwei von deiner Sorte auf der Welt haben wollen.«

Bei der kaltherzigen Bemerkung seiner Mutter – sie schämte sich selbst für das, was sie da gerade gesagt hatte, das sah man an ihrem Blick und der leichten

Röte in ihrem Gesicht – fiel Hugo wieder ein, dass er in einer fernen Vergangenheit, die außerhalb seines Erinnerungsvermögens lag, einen eineiigen Zwillingsbruder gehabt hatte, zunächst während der Schwangerschaft und dann einige Stunden lang nach der Geburt. Sie waren zu dritt zur Welt gekommen: er, Júlia und der andere, sein Bruder, der ihm aufs Haar geglichen hatte, der sein genaues Abbild gewesen war. Nachdem die Ärzte sich sechs Stunden lang um ihn bemüht hatten, starb sein eineiiger Zwillingsbruder. Er hatte es geschafft, zu atmen, auf dieser Welt zu sein, zu *existieren*, doch dann hatten seine Vitalfunktionen versagt, sein runzliger, missgebildeter kleiner Körper war angesichts der besonderen Bedingungen, unter der eine Drillingsschwangerschaft nur möglich war, kollabiert. Solche Schwangerschaften waren ein seltenes Phänomen, das nur einmal unter Millionen Malen vorkam, und vermutlich hatte seine Mutter unwissentlich und in Unkenntnis der Existenz eines weiteren Fötus in ihrem Bauch neben den beiden ihr bekannten dessen Bedürfnisse nicht erkannt.

So jedenfalls hatte Hugo stets über die Sache gedacht, die ihm selten genug in den Sinn kam. Damals hatte die Technologie einen versteckten Fötus noch nicht erkennen können. Als seine Mutter erfuhr, dass sie Zwillinge erwartete, hatte ihr Körper instinktiv einen Ernährungsplan aufgestellt und zugelassen, dass der Dritte – Hugos Pendant, sein Gegenbild – versteckt hinter ihm im selben Ei, von ihm, dem Stärkeren der beiden, dem Bevorzugten, dem besser Ernährten, dem Überlebenden, erdrückt worden war. In gewisser Hinsicht war er der Überlebende seiner selbst. Wenn sie identisch gewesen waren, dachte er jetzt mit einem gewissen Entsetzen, während seine Mutter eine Zigarette anzündete, dann war keiner gestorben und keiner lebte: In Wahrheit war er nach der Geburt zur Hälfte gestorben, und die andere Hälfte hatte überlebt.

Er war unvollständig, dachte er. Er genügte sich selbst nicht.

»Ich leihe dir das Geld«, sagte seine Mutter und drückte die Zigarette nach dem dritten Zug gleich wieder aus. »Aber ich möchte, dass du mit jemandem redest.«

»Mit wem?«

»Mit einer Freundin. Sie heißt Anabela. Ich muss dir gestehen, dass ich anfänglich auch nicht daran geglaubt habe, aber sie hat mich dazu überredet, mit dem Rauchen aufzuhören.«

Verdutzt blickte Hugo auf die noch qualmende Zigarette, die seine Mutter soeben im Aschenbecher ausgedrückt hatte.

»Das hier«, sagte sie kategorisch, »ist ein *Relikt*, wie Anabela es nennt. Das kommt vor. Es lohnt sich nicht, dagegen anzukämpfen. Ich habe früher fast zwei Schachteln geraucht, falls du dich erinnerst, und nun zünde ich mir ab und zu eben ein Zigarettchen an. Mehr nicht.«

»Und was macht diese wundertätige Anabela?«

»Hypnose«, sagte seine Mutter.

»Du willst mich auf den Arm nehmen.«

Sie öffnete ihre Handtasche und holte ein Scheckbuch daraus hervor.

»Ich überweise dir das Geld. Aber dieser Scheck hier ist für Anabela. Ich schreibe dir ihre Telefonnummer auf die Rückseite. Einmal gehst du hin, das ist ja wohl nicht so schwer.«

Einmal gehst du hin, dachte Hugo. Ein Befehl. Sie redete mit ihm wie vor dreiundvierzig Jahren, genauso autoritär und unverschämt, wie er es während seiner Jugend zu hören gewohnt war. Damals hatte er aus Bestechlichkeit und Unfähigkeit, sich zu widersetzen, angeödet alles getan, was seine Mutter von ihm verlangte, stets unterstützt von Júlia, die ihr so viel ähnlicher, die so viel ordnungsliebender und dennoch viel weniger das Zentrum ihrer Aufmerksamkeit war.

»Ich will aber nicht mit dem Rauchen aufhören.«

»Darum geht es auch nicht«, antwortete sie und reichte ihm den zwischen zwei ihrer rotlackierten Nägel klemmenden Scheck über den Tisch. »Ich spreche von diesen Wahnideen, diesen Obsessionen. Die hast du ja immer schon gehabt. Heute ist es der arme Stockman, irgendwann dieser Tage wird es ein anderer sein, der Staatspräsident oder wer auch immer. Du musst etwas für dich tun.«

»Du willst also damit andeuten, dass ich mich von einer Frau namens Anabela hypnotisieren lassen soll, um die Unversehrtheit des Staatspräsidenten zu gewährleisten?«

»Wenn du es so siehst, ja.«

Hugo stand auf, nahm den Scheck und steckte ihn in die Innentasche seiner Jacke. Innerlich schäumte er vor Wut und Ohnmacht. Aber er lächelte, so gut er konnte, ging um den Tisch herum, um seiner Mutter einen trockenen Kuss auf die Wange zu drücken, verabschiedete sich und ging. Als er die Tür des Büros zuschlug, machte die erschrockene Praktikantin dahinter einen Satz.

*

Die Tage vergingen. Das Wetter änderte sich, und an die Stelle des Regens trat eine schüchterne Sonne, die morgens über dem Fluss schien, sich dann aber bald hinter einer Wolkendecke versteckte, die die Stadt nach und nach in ein bleiernes Licht tauchte. Im März verbrachte Hugo die Spätnachmittage für gewöhnlich gelähmt von seinem Frust in der Wohnung in der Rua dos Correeiros. Auf dem Dachboden war es heiß. Mit dem sanft schwingenden Kontrabass in seinen Händen, der auf dem in einer Ritze zwischen den Holzdielen plazierten Stachel stand, versuchte er, die *Dulcineia* zu vollenden. Indes schien die Beendigung in immer weitere Ferne zu rücken: Den Anfang kannte er in- und auswendig, er hatte die Melodie und die Harmonien, die ihr zugrunde lagen, Hunderte von Malen gespielt. Die Komposition war ihm in Fleisch und Blut übergegangen und fast so vertraut wie seine eigenen Finger, die die dicken Saiten gegen das Griffbrett pressten. Dennoch gelang es ihm von Tag zu Tag weniger, die fehlende Passage zu ergänzen, die Stockman bei dem Konzert so gut getroffen hatte. Es war, als versuchte er, ein Dreieck mit nur zwei Schenkeln zu zeichnen, eine unvollendete Figur, die zu beenden unmöglich war. Seine Frustration verwandelte sich nach und nach in Wut: Er wusste, die Lösung für die *Dulcineia* lag gleich hinter der nächsten Ecke. Diese Ecke aber befand sich irgendwo in einer entlegenen Straße, in einem unbekannten Land, in einem fernen Universum. Er machte sich Vorwürfe, dass er, als Stockman sein Stück gespielt hatte, nicht auf den genialen Schluss geachtet hatte, mit dem dieser das täuschend einfache Werk beendete. Vorwürfe, weil er seine Affekte – ungläubiges Staunen, Verwunderung, Empörung – die Oberhand über die Sorge für sein Überleben hatte gewinnen lassen. Sein Überleben, seine Arbeit, seine Kunst.

Ein ums andere Mal versuchte er, zum Anfang zurückzukehren. Der Verlauf auf der Cis-Dur-Skala war völlig klar, ebenso wie der dann folgende Wechsel in den Mollakkord. Doch dem Thema fehlte offenbar noch eine Abrundung, ein Schluss zur Vollendung dieses halben Bogens aus Achtel-, Sechzehntel- und Viertelnoten. Irgendwann schwante ihm, dass ihm dieser Anflug von Genialität, dieses göttliche Momentum fehlte, durch das sich die guten stets von den großen Werken unterschieden.

Er gelangte zu dem Schluss, dass ihm die Genialität Stockmans fehlte.

Mit einem Fußtritt beförderte er die aufgeschlagene Partitur vom Ständer. Er sah zu, wie die mit Bleistift vollgekritzelten Notenblätter leicht wie Federn auf den dunklen Fußboden segelten und in einem Klanggewirr übereinander fielen. Er legte den Kontrabass waagerecht auf den Boden und trat ans Fenster. In der Ferne, nahe dem Fluss, war seit Tagen unaufhörlich ein gelber Kran in Betrieb. Aus der Entfernung sahen die Menschen darauf wie Plastikfiguren aus, aber er konnte nicht erkennen, woran sie arbeiteten. Er konnte lediglich den oberen Teil des Krans ausmachen und sehen, wie er ausschwenkte und rangierte.

Er beschuldigte sich, Stockman zu kopieren – wenn nicht in Wahrheit Stockman es gewesen war, der ihn kopiert hatte. An diesem Spätnachmittag erschien ihm das Rätsel unlösbar. Welche Fäden waren es, durch die sie miteinander verbunden waren? Was für ein verfehlter Zustand war der seine, in dem er einen schöpferischen Gedanken, der ebenso einmalig war wie ein Fingerabdruck, mit einem Mann teilte, den er nie kennengelernt hatte und der ihn im Wettkampf des Lebens bei allen Titeln schlug? Und aus welchem Grund war er jetzt unfähig, nicht an ihn, den *anderen*, zu denken, der ihm so ähnlich war, dass eine Frau in dem Geschäft sie miteinander verwechselt hatte? Der ihm äußerlich und in seiner Kreativität so ähnlich war, als wären sie eineiige Zwillinge, obgleich einer von ihnen das Glück gehabt hatte, während der Schwangerschaft stärker zu reifen, besser genährt worden zu sein und der der Schönere der beiden war, der Auserwählte, derjenige, dem das Schicksal Genie, Erfolg und Glück eingehaucht hatte?

Die absurde Frage, die er sich an diesem Spätnachmittag stellte, an dem die Möwen über eine lichthelle Stadt flogen und er die frische Abendluft spürte, die die Straßen sauber fegte, lautete: *Wer bin ich?* Hatte er es verdient, auf Kosten eines anderen zu leben, der ihm gleich war, der jedoch gestorben war, damit er leben konnte? Und wenn es denn so war, warum gab es dann einen dritten, einen gewissen Stockman, der mit ihm, obwohl er ihn nicht kannte, etwas so Persönliches und nicht Übertragbares teilte? Es sei denn, es einte sie ebenfalls, so wie seine Mutter gesagt hatte, dieselbe genetische Konstitution.

In der zweiten Märzwoche begegnete Hugo Dulcineia und Mateus. In der Nähe vom Kindergarten des Jungen gab es einen Park, in dem Hugo in der Hoffnung spazieren ging, ihnen mit etwas Glück über den Weg zu laufen, ohne dass es so aussähe, als habe er die beiden treffen wollen. Oder vielmehr: Als habe er Dulcineia treffen wollen. Es stimmte, er vermisste Mateus, aber in Wirklichkeit rief sein Neffe in ihm unverdientermaßen ein Gefühl der Beklemmung hervor, weil er ihn an Júlia erinnerte, die ihn wiederum an Franco erinnerte, und sein Schwager stellte eine mächtige, überwältigende Institution dar, die ihn richtete und die das Zepter der Moral in der Hand hielt. Auf einer Parkbank sitzend, sah er sie inmitten der Mütter und Hausangestellten, die die Kinder abholten, vorübergehen. Er stand unverzüglich und so übereifrig auf, dass es kaum wie eine Überraschung wirken konnte. Ein wenig verlegen ging er auf Mateus zu, der seinen Onkel noch gar nicht bemerkt hatte und Dulcineia an der Hand in Richtung einer Rutsche zog, die in der Mitte des Rasens stand.

»Hugo«, sagte Dulcineia.

Sie sprach ihn nicht mit *Herr* an und auch nicht respektvoll. Sie lächelte ihn mit ihrem offenen Lächeln an, die Zähne so klein wie Milchzähne. Hugo nahm seinen Neffen auf den Arm; ihm fiel auf, dass er seit dem letzten Mal schwerer geworden war. Mateus schlang seine Arme um ihn und drückte ihm einen feuchten Kuss aufs Gesicht. Sie gingen zu einer anderen Bank in der Nähe der Rutsche und setzten sich. Diszipliniert stellte Mateus sich hinter den anderen Kindern in die Schlange vor der Rutsche. Ein ums andere Mal rutschte er ungestüm hinunter und purzelte von der die Wolken widerspiegelnden Metallschiene auf den Rasen. Eine Zeitlang saßen Hugo und Dulcineia schweigend nebeneinander und beobachteten den Jungen, wie er mit den anderen Kindern spielte, als wären sie ein altes Ehepaar, ein Ehepaar, dem der Gesprächsstoff ebenso wie die Erinnerung allmählich abhandenkam, in der sanften Art des Vergessens, die das

Alter mit sich bringt. Als Dulcineia ihn nach seiner Arbeit fragte, lenkte Hugo sogleich vom Thema ab und fragte, wie es Júlia gehe.

»Ich glaube, es geht ihr gut«, sagte Dulcineia. »Seit sie schwanger ist, ist sie ruhiger geworden.« Hugo machte ein erstauntes Gesicht, das Dulcineia überraschte. »Sie wussten nichts davon?« Sie schlug sich die Hand vor den Mund, als hätte sie eine schwerwiegende Verfehlung begangen. »Das hätte Ihre Schwester Ihnen wohl besser selber sagen sollen. Entschuldigen Sie bitte.«

»Sie brauchen sich nicht zu entschuldigen«, sagte Hugo. »Ich freue mich für Júlia. Und für Mateus, der einen Bruder bekommt. Oder eine Schwester.«

»Sie hätte gern ein Mädchen.«

»Ich glaube, das wäre gut«, sagte Hugo. »Ein Junge und ein Mädchen.«

Atemlos und schmutzig, die Kleider voller Gras und Erde, kam Mateus zu ihnen gelaufen. Er legte sich mit dem Oberkörper auf Hugos Knie. Hugo streichelte ihm über das schweißnasse Haar.

»Wann kommst du zurück nach Hause?«, fragte Mateus.

»Ich komme euch bald besuchen.«

»Ich kriege einen Bruder.«

»Das weiß ich schon«, sagte Hugo. »Und was hältst du von einer Schwester?«

»Ich will aber einen Bruder«, erwiderte Mateus. Er stürzte sich auf den Rucksack, der auf Dulcineias Schoß lag. Sanft hielt sie ihn zurück, nahm eine Packung Orangensaft heraus und gab sie ihm. Mateus trank den Saft mit einem Strohhalm bis auf den letzten Tropfen aus und knüllte die Packung so zusammen, dass ein wenig Saft auf Hugos Hose spritzte.

»Oh, entschuldigen Sie bitte«, sagte Dulcineia.

Hugo lächelte.

»Das macht doch nichts. Überhaupt nichts.« Er nahm Mateus die Packung ab, und als der Junge sich umgedreht hatte, um zurück zur Rutsche zu laufen, drückte Hugo sie noch weiter zusammen. Ein neuerlicher Schwall Saft landete auf seinem Hemd.

»Was machen Sie denn da? Jetzt haben Sie sich überall bekleckert.«

Dulcineia öffnete den Rucksack, holte eine bunte Papierserviette heraus und begann, indem sie zwei Finger vorn unter sein Hemd schob, mit der anderen Hand den Fleck zu bearbeiten. Hugo schloss eine Sekunde lang die Augen und atmete tief ein. Ihr Haar war ganz nah an seinem Gesicht. Gern hätte er es gestreichelt oder wäre wenigstens sachte mit den Lippen darübergefahren.

»Erinnern Sie sich noch an die Melodie, an der ich geschrieben habe?«, fragte Hugo, als Dulcineia die Serviette wieder einsteckte.

»Ja, sie war schön.«

»Sie trägt Ihren Namen.«

»Meinen Namen?«

»Ja. Sie heißt *Dulcineia.*«

Sie lächelte und errötete. Die beiden blickten einander eine Sekunde lang verlegen an.

»Aber jemand hat sie mir gestohlen. Oder wenigstens kommt es mir so vor. Das ist vielleicht keine logische Schlussfolgerung, aber die einzig mögliche. Allerdings ist diese unlogische Schlussfolgerung zu unheimlich, um mich ihr zu stellen.«

Dulcineia starrte ihn mit großen Augen an. Sie schien ihn nicht zu verstehen.

»Das ist das wenige, was ich weiß. Vielleicht gibt es ja eine geheime Verbindung zwischen allen Menschen auf dieser Welt, und Originalität ist nur eine Illusion. Oder genau das Gegenteil trifft zu. Vielleicht gibt es ja zwei Menschen mit den gleichen Fingerabdrücken. Vielleicht besteht diese Möglichkeit eines so unwahrscheinlichen, so unvorstellbaren Zufalls, eines so unglaublichen Zusammentreffens, dass wir, wenn wir es wüssten, ein für alle Mal unsere Identität verlieren würden. So, als wenn zwei Personen in der Lotterie mit ein und derselben Nummer gewinnen würden. Etwas in der Art.«

Das Mädchen blickte einen Moment lang zu Mateus hinüber. Als sie sah, dass er mit einem Jungen spielte und sie sich mit Büscheln ausgerissenen Grases bewarfen, rückte sie näher zu Hugo und strich ihm über die Schulter.

»Sind Sie sicher, dass Sie bestohlen worden sind?«

»Glauben Sie mir nicht?«

»Ich glaube Ihnen«, versicherte sie. In Dulcineias sanften Augen konnte Hugo lesen, dass sie die Wahrheit sagte.

»Danke.«

»Vielleicht sollten Sie zur Polizei gehen.«

Er lächelte. »Die Polizei wird von derlei Dingen nichts wissen wollen.«

»Aber man hat Ihnen etwas gestohlen, das Ihnen gehörte. Das ist nicht gerecht.«

»Nichts ist gerecht. Es gibt keine Gerechtigkeit.«

»Und obendrein hat man Ihnen etwas gestohlen, das meinen Namen trägt.«

Er betrachtete Dulcineia und nahm ein feines Lächeln an ihr wahr, kaum mehr als eine Andeutung.

Kurz darauf kam Mateus zurück, das Haar voller Gras, die Hände mit Erde verschmiert. Es war Zeit, dass sie nach Hause gingen.

Édouard, sein erster Lehrer, war es gewesen, bei dem Hugo die Grundbegriffe der Musik erlernt hatte. Damals war sein Freund noch nicht verheiratet gewesen, und er war auch noch nicht sein Freund. Er war vielmehr ein Bekannter seines Mitbewohners, eines Studenten der McGill University, der ihm dringend riet, bei einem Musiklehrer Solfège zu lernen, ehe er sich an den Kontrabass wagte. Nachdem Hugo Konzerte von Charlie Haden gehört hatte, war er von der Idee besessen, um jeden Preis dieses Instrument spielen zu müssen. Jedoch würden ihm seine Gitarrenkenntnisse dafür nichts nützen, hatte der Student ihm versichert.

»Der Kontrabass ist das Fundament einer Band«, sagte er. »Entweder du schaffst es, ihn mit Leichtigkeit zu spielen, oder du schaffst es gar nicht. Und um ihn mit Leichtigkeit spielen zu können, musst du Musik lernen. Für den Anfang.«

Édouard lebte in einer kleinen Wohnung am Boulevard Saint-Joseph in der Nähe vom Sir-Wilfrid-Laurier-Park. Im Frühling und Sommer unterrichtete er Hugo unter Platanen an einem der Picknicktische im Park. Im Winter zogen sie sich in eine Garage zurück, in der Édouard ein improvisiertes Studio besaß, in dem es ein Klavier, mehrere Gitarren und einen Hund namens Simon gab, der ab und an kam, um seinem Herrchen die Füße zu lecken, während dieser Hugo am Klavier Skalen und Akkorde beibrachte. Hugo wusste jetzt, dass er damals glücklich gewesen war. Er hatte nicht viel gebraucht: Er wohnte in einer billigen Wohnung in Concordia, hatte ein paar Freundschaften geschlossen, nicht allzu viele, aber genügend, um sich nicht völlig einsam zu fühlen in einer Stadt, in der die meisten Menschen eine Sprache sprachen, die er nicht beherrschte. Manchmal lernte er in einer Kneipe oder bei einem Konzert ein Mädchen kennen, mit dem er die Nacht verbrachte, vor allem während der Jahreszeiten, in denen in der Stadt reichlich Schnee fiel, der die Straßen verstopfte, und in denen die Rohre zufroren und die Menschen vermehrt die Wärme eines anderen Körpers suchten. Und langsam, aber beharrlich nahm in ihm die Idee Gestalt an, eines Tages mit Édouard und den Musikern, die ihn begleiteten, spielen zu wollen.

Vielleicht hatte sein Körper in jener Zeit weniger Bedürfnisse gehabt. Oder vielleicht war die Jugend auch genau das: die Illusion, die Bedürfnisse des Körpers beherrschen zu können. In der Jugend war es möglich zu lernen, geduldig zu sein, zu leiden, unter für die meisten Menschen schwierigen Bedingungen zu leben, Opfer zu bringen, wild zu lieben, lange Zeiten zu verbringen, ohne zu lieben, alles allein zu machen. Mit dem Älterwerden hatte Hugo festgestellt, dass der Mensch nicht weniger anspruchsvoll oder geduldiger wurde. Ganz im Gegenteil, seine Ansprüche steigerten sich ins Unermessliche, und seine Geduld erschöpfte sich allmählich. Vielleicht stimmte ja die Theorie, der zufolge jedes Jahr im Leben eines Erwachsenen einen immer kleineren Prozentanteil seiner Existenz darstellte. Mateus war fünf Jahre alt. Sein fünftes Lebensjahr entsprach zwanzig Prozent dessen, was er kannte. Mit dreiundvierzig Jahren war die Teilungsrate um ein Vielfaches größer, und jedes Lebensjahr mehr kam einem immer kleineren Prozentsatz gleich. Das bedeutete einerseits, dass alles eigentlich immer weniger wichtig werden sollte, aber andererseits auch, dass früher oder später die Zahl nicht mehr teilbar wäre und unüberhörbar und unvermeidlich das Ende kommen würde. Das letztlich war das Bewusstsein der Endlichkeit: eine Zahl, die so lange geteilt wurde, bis nichts mehr übrig war. Es war das Bewusstsein, das im erwachsenen Menschen wuchs und das ihn sich in die Dinge verbeißen ließ, die ihm nicht zugänglich, die ihm unverständlich waren. Und das auch dazu führte, dass er seinen Körper nicht mehr unter Kontrolle hatte. Wenn er in fortgeschrittenem Alter impotent, inkontinent und unfähig sein würde, seine Nerven zu beherrschen, dann war es in seinem jetzigen Alter die Tyrannei der Obsessionen, der sich verschlimmernden Phobien, der Unfähigkeit, ohne Zukunft zu leben. Die Tyrannei des Getriebenseins, die aus dem Menschen ein Wesen machte, das in einem pathologischen Zustand ständiger Unruhe lebte.

Der Körper hatte sich damals also mit weniger zufriedengegeben, was die Bedingung dafür war, dass er mit dreißig Jahren anfing, Musik zu lernen. Als er auf dem ersten Kontrabass, den er besaß, einem in Rumänien gebauten Einsteigermodell, zu spielen begann, wich sein anfängliches Unbehagen durch die physischen Anforderungen, die das Instrument an ihn stellte, der Freude, trotz der Schmerzen in den Fingern die ersten Stücke mit seinem Lehrer spielen zu können, der sein Freund geworden war und ihn auf dem Klavier begleitete. Die Finger, das Handgelenk, der Rücken, alles tat ihm weh. Nach dem Ende einer jeden Probe lief er in die nächstgelegene Kneipe und suchte Zuflucht im Bier, das die Muskelschmerzen in dieser Anfangsphase linderte und betäubte.

Nach eineinhalb Jahren Unterricht sagte Édouard eines Tages zu ihm, nun sei er bereit. Hugo fragte ihn, wofür, und der Freund erwiderte, von nun an könne er ihm nichts weiter beibringen. Er brauche einen Kontrabasslehrer und müsse anfangen, sich Arbeit als Instrumentalist zu suchen und zu spielen.

»Du bist noch kein Musiker«, sagte Édouard. »Du bist ein Instrumentalist, das sind zwei verschiedene Dinge. Dir fehlt die Erfahrung.«

An Gelegenheiten, Erfahrung zu sammeln, fehlte es indes nicht. Montreal hatten diesen Vorteil: Es gab alljährlich zahllose Festivals und Hunderte von Kneipen mit Livemusik. Jung und zuversichtlich, wie er war, fand Hugo leicht Zugang zur Szene. Anfänglich bestand seine Arbeit im Wesentlichen darin, Musiker zu vertreten, die aus dem einen oder anderen Grund Konzerte nicht wahrnehmen konnten. Dann lud Édouard ihn ein, in einem Ensemble mitzuspielen, das jede Woche auf unterschiedlichen Bühnen in der Stadt auftrat. Hugo zog in eine Wohnung in einem Viertel in der Nähe vom Stadtrand um. Hatte sich die Jazzszene in den ersten Jahren auf die Innenstadt konzentriert, schien sie sich in den Jahren darauf zu zersplittern: Es war nun normal, dass er in ein und derselben Woche ein Konzert in Westmount hatte und ein weiteres in Villeray. Er fand eine kleine Einzimmerwohnung in der Nähe des Bahnhofs von Outremont. Er fand auch eine Freundin, mit der er zwei Jahre eine Beziehung führte, die eine Quelle ständiger Reibungen und Missverständnisse war. Er verdiente schlecht, hatte einen Teilzeitjob in einem Restaurant und schlief wenig. Und dennoch war er glücklich, sehr viel glücklicher, als er es sich in dem Alter und unter diesen Umständen jemals hätte vorstellen können. Und weil das Glück sich erst im Nachhinein als solches zu erkennen gibt, wenn es schon unwiederbringlich verloren ist, ergriff die Unzufriedenheit trotzdem schon bald von ihm Besitz: Er wollte nicht lediglich ein Instrumentalist, er wollte Musiker sein.

Édouards Worte klangen noch Jahre später, als er zu komponieren begann, in ihm nach. Er konnte sich noch ganz genau an den Moment erinnern, in dem die Melodie der *Dulcineia*, die seinerzeit den Namen *Komposition Nummer sieben* trug und die er auf einen vergilbten Zettel voller Kaffeeflecke gekritzelt hatte, in ihm entstanden war. Er hatte sich am Alten Hafen von Montreal befunden, zwischen der Rue Saint-Paul und der Rue Saint-Sulpice. Es war ein Tag Ende Oktober gewesen und die Gegend dort menschenleer, denn der eisige Wind, der die an den Pontons liegenden kleinen Boote kräftig durchschüttelte und zentimeterhoch aus dem Wasser hob, wehte hinauf zu den alten Straßenzügen, durch die er ging, die Hände in den Taschen eines dicken Mantels vergraben, den er später nie wieder tragen sollte. Er konnte sich nicht mehr daran erinnern, was er dort getan hatte, nur noch an das vage Gefühl, dass er betrunken gewesen war oder zumindest ein paar Gläser getrunken hatte, um sich an dem bitterkalten Tag innerlich aufzuwärmen.

Dort, im Alten Hafen, hatte er die Stimme des Mädchens gehört. Es war fast schon Abend gewesen. Die Stimme war wie aus dem Nichts aufgetaucht, ein Heulen oder Weinen wie von einem Gespenst, das um die Ecke bog. Hugo war unvermittelt stehen geblieben und hatte zu beiden Seiten und nach oben geblickt. Die Stimme sang nun eine Melodie, die er nicht genau hören konnte, jedoch vermochte er eine vertraute Notenfolge darin auszumachen. Es war ein altes Lied, vielleicht *La Mer* oder *Claire de Lune*. Gepackt von einem überschwenglichen Gefühl, das er nicht an sich kannte, fing er an, im Kopf eine andere Melodie zu komponieren, seine eigene Melodie, die *Komposition Nummer sieben*, wenn auch die erste, die für ihn einen Sinn ergab, die ganz und gar seine, die original war – so zumindest glaubte er –, die erste, die nicht aus Teilen anderer Themen bestand und auch nicht übermäßig von dem einen oder anderen Komponisten beeinflusst war. Während die Noten wie Farben in ihm aufschienen und er langsam vor sich hin pfiff, behutsam (ein Mann, der einer Geburt beiwohnte), wusste er, dass das der Moment war, nach dem er sich so lange gesehnt hatte. Und dieser Moment hatte sich an dem unwahrscheinlichsten aller Orte zugetragen, fernab von seiner kleinen Wohnung und seinem Kontrabass. Es war dort passiert, ganz unverhofft, nachdem er ein Mädchen (wie alt mochte es gewesen sein?) eine alte französische Weise hatte trällern hören. An jener Straßenecke hatte Hugo entdeckt, dass es in ihm noch eine andere Berufung gab, die zwar vielleicht schwieriger ans Licht zu holen, die indes sicherlich vornehmer war als alle anderen: die Schöpferkraft, die Fähigkeit, aus dem Nichts etwas zu erschaffen. Doch dann war das Glücksgefühl, in dem er gelebt hatte, ohne es als solches zu erkennen, auch gleich wieder verflogen.

Die folgenden Tage ging ihm nur ein Gedanke im Kopf herum: Er musste die Aufnahme von Stockmans Konzert im Coliseu hören. Zuletzt war ihm der Abend, an dem er mit Elsa ausgegangen war, eher wie ein Alptraum vorgekommen und nicht wie etwas, das ihm tatsächlich passiert war oder hätte passieren können. Gleichzeitig hallten die Worte seiner Mutter noch sehr real in ihm nach, als sie gesagt hatte, Gott habe nicht zwei von seiner Sorte auf der Welt haben wollen. Der Satz war grausam und schonungslos gewesen, und es gelang ihm nicht, ihn zu vergessen. Er hatte in ihm eine weit zurückliegende und diffuse Vergangenheit wieder an die Oberfläche geholt, die Zeit, in der er laufen und sprechen gelernt hatte, die ersten Kindheitserinnerungen, die gelegentliche Erwähnung eines Drillingskinds durch irgendein Familienmitglied, des Kindes, das kaum gelebt hatte und gestorben war. Der Umstand hatte ihm früher nie etwas ausgemacht. Doch nun, da offenbar ein anderer *existierte*, der ihm gleich oder doch zumindest so ähnlich war, dass sie Tausende Kilometer voneinander entfernt das gleiche Thema zu komponieren vermocht hatten, wollte Hugo die Wahrheit wissen.

Die Wahrheit, dachte er höhnisch und ergriff den Hals des Kontrabasses. Es gab nur eine Wahrheit: Stockman war ein Dieb. Ein Dieb und ein Plagiator. Natürlich würde er das öffentlich niemals beweisen können. Stockman hatte phänomenalen Erfolg, er hingegen war ein völlig Unbekannter. Alles, was er in diese Richtung unternähme, würde nur dazu dienen, ihn noch weiter zu diskreditieren. Er würde in der Musikszene und vermutlich auch in anderen Bereichen als der Scharlatan Bekanntheit erlangen, der versucht hatte, sich mit fremden Federn zu schmücken. Ihm war vor allem an einem gelegen: zu beweisen, dass Gott nichts mit der Sache zu tun hatte. Dass das Schicksal nicht über sein Leben bestimmte, dass die Identität eines Menschen unverbrüchlich war. Vor allem wollte er beweisen, dass er er selbst und nicht der überlebende Teil von etwas Gestorbenem war, dass er ganz war. Eine Ganzheit.

Noch am selben Tag begab er sich zum Coliseu. Es war nach der Mittagszeit, als der Geschäftsbetrieb in der Straße ein wenig nachließ. Einige Touristen mit Regenschirmen und Stadtplänen in der Hand waren dort unterwegs. Hugo war mit der Metro gekommen, bahnte sich im Zickzack seinen Weg durch die Menge der aus und in die U-Bahn-Station strömenden Menschen und überquerte die Avenida. Er musste an Elsa denken, daran, wie sie genau an dieser Stelle ihr Haar gelöst hatte. Er bereute, sie nie wieder angerufen zu haben, aber er versuchte, den Gedanken wegzuwischen, und begab sich zur Eingangstür vom Coliseu. Sie war verschlossen. Er ging zurück bis zur Ecke und bog neben dem dortigen Bierlokal in die Seitenstraße ein. Dort befand sich der Personaleingang, dessen Tür nur angelehnt war. Er stieß sie auf und rief, aber niemand erschien. Er ging trotzdem im Dunkeln hinein, bis er an eine Treppe gelangte. An der Wand tastete er sich die Stufen hinauf und öffnete dann eine schwere Tür, die auf einen leeren Flur führte. Dort konnte er durch ein Fensterpaar die Gebäude auf der gegenüberliegenden Straßenseite und die Neonreklame des Bierlokals erkennen. Als er um die Ecke bog, stand er plötzlich vor dem Garderobenbereich. Ganz hinten befand sich über einer weiteren Tür ein Schild mit der Aufschrift *BüYe*. Langsam trat er darauf zu: Undeutlich drang das Geräusch von Musik zu ihm herüber, die dort gespielt wurde. Er öffnete die Tür und hörte nun eine Kakophonie mehrerer Instrumente. Auf der fast leeren Bühne stimmten zwei Musiker eine Gitarre und eine Trompete. Sie hatten sein Eintreten nicht bemerkt. Hugo wusste nicht recht, was er tun sollte, und trat einen Schritt zurück, wobei sein Blick kurz über die vielen hundert leeren roten Sessel des Coliseu glitt, die vom Parkett diagonal zu den Logen hin anstiegen.

»Kann ich Ihnen helfen?«, fragte jemand in barschem Ton.

Hugo drehte sich um und erblickte in der Tür, durch die er hereingekommen war, einen älteren Mann. Er trug eine braune Weste und einen Bleistift hinter dem rechten Ohr. Der Mann musterte ihn aufmerksam, während Hugo ihm stammelnd erklärte, dass er zwei Wochen zuvor dort gewesen war bei dem Konzert von Luís Stockman. Er wollte schon nach einer Aufnahme des Konzerts fragen, ohne zu wissen, wie er es am besten anstellen sollte, als der Mann ihn mit seinen alten Zähnen anlächelte, als ob ihm plötzlich ein Licht aufgegangen wäre.

»Sind Sie ein Familienangehöriger von Herrn Stockman?«

Hugo zögerte. Dann antworte er: »Ja.«

»Ich sehe es an der Ähnlichkeit. Sind Sie ein Bruder von ihm?«

»Ganz genau.«

»Dann sind Sie bestimmt gekommen, um seine Brille abzuholen, nicht wahr?«

Hugo bemühte sich darum, zwanglos zu wirken. Hinter ihm hatten die Musiker zu spielen aufgehört und unterhielten sich leise.

Der Mann und er gingen zurück in den Flur, in dem

sich die Garderoben befanden. Hugo spürte, dass ihm die Hände zitterten und er so unsicher auf den Beinen war, als hätte er gerade erst laufen gelernt. Er folgte dem Mann, der sehr viel kleiner war als er, und blickte auf seinen kahlen, von großen braunen Flecken übersäten Kopf.

»Ich habe schon immer eine gute Menschenkenntnis gehabt«, sagte der Mann, holte eine Packung Zigaretten aus der Westentasche und zündete sich eine an. »Möchten Sie?«

»Danke«, sagte Hugo mit einer ablehnenden Handbewegung.

»Eigentlich darf man hier drinnen nicht rauchen. Aber ich bin seit so vielen Jahren hier, dass ich mich nicht darum schere. Das fehlte gerade noch, dass man hier nicht rauchen darf. Schließlich ist das hier keine Klinik, sondern ein Konzerthaus.«

Sie gingen an den Garderobenräumen vorüber, bogen in einen weiteren Flur und stiegen eine Treppe hinauf. Dann öffnete der Mann eine Tür, die in ein kleines, sehr unordentliches Büro führte. Auf einem Tisch lag neben einem alten Computer stapelweise Papier. Auf einem Stuhl, aus dessen aufgeplatztem Bezug das Schaumstoffpolster quoll, stand ein kleiner Käfig mit einem Vogel darin.

Der Alte ging um den Tisch herum, schloss eine Schublade auf, holte eine Brille heraus und betrachtete sie.

»Ich dachte schon, niemand würde sie abholen kommen.« Dann blickte er lächelnd zu Hugo. »Das heißt, ich habe natürlich nicht erwartet, dass Herr Stockman kommt. Ich nehme an, er ist ein beschäftigter Mann.«

Hugo lächelte gekünstelt.

»Natürlich. Überaus beschäftigt.«

Der Mann hielt ihm die Brille hin, und Hugo nahm sie an sich. Sie war sehr leicht, so leicht, als bestünde sie nicht aus festem Material. Das Gestell war braun, durch einen feinen weißen Querstrich wirkte es distinguiert. Hugo steckte die Brille in die Innentasche seines Mantels.

»So, dann sind Sie also sein Bruder. Älter oder jünger?«, fragte der Mann und verschränkte die Arme vor der Brust.

Hugo musste nicht lange über die Antwort nachdenken.

»In Wirklichkeit sind wir Zwillinge.«

Der Alte klatschte in die Hände.

»Ich wusste es!«, sagte er freudestrahlend. »Ich habe Ihnen ja schon gesagt, dass ich mich nie in den Menschen täusche. Als ich Sie dort auf der Bühne sah, habe ich sofort gewusst, dass ich Ihr Gesicht von irgendwoher kenne.«

»Das ist mir in letzter Zeit oft passiert.«

»Sie sind bestimmt sehr stolz auf Ihren Bruder. Er hat einen Riesenerfolg. Ich mache das hier bereits seit vielen Jahren und merke, wer mit Begeisterung bei der Sache ist. Ich merke es daran, ob jemand schon in den Tagen vor einem Konzert im Coliseu vorbeischaut. Es gibt dieses moderne Zeug für den Schnellkonsum von Jugendlichen mit bunten Handys. Die tauchen erst am selben Tag auf. Aber dann sieht man etwas Anspruchsvolles, und da lohnt sich dann die Mühe, dass man nach all den Jahren immer noch hier ist.«

»Wie unterscheiden Sie das?«

Der Alte sprach mit solchem Überschwang, als hätte

er Ewigkeiten dort vergessen in den staubigen Fluren verbracht und wäre nun endlich entdeckt worden.

»Die Guten kommen stets früher, die erscheinen nicht erst am selben Tag. Ihr Bruder, zum Beispiel, ist eine Woche vor dem Konzert hergekommen, um sich den Saal anzusehen. So wie Sie ist er dort hereingekommen und hat alles inspiziert. Er hat sich nachmittags, als es hier ganz leer war, auf einem Stuhl mitten auf die Bühne gesetzt und ins leere Parkett geschaut. Nur geschaut. Ohne Klavier oder sonst irgendetwas. Daran erkennt man, dass ein Künstler aufgeht in dem, was er tut.« Er räusperte sich und verschränkte erneut die Arme. »Und dann gibt es natürlich die Fans. Die streichen auf der Suche nach den Musikern hier herum. Wir sehen, wie sie ein-, zwei-, dreimal vorbeilaufen. Tage vor dem Konzert. Am Tag der Aufführung sind sie die Ersten, die eintreffen. Stunden vor dem Einlass. Sie stehen nervös und rauchend dort draußen herum und hoffen, den Künstler zu Gesicht zu bekommen. Manche haben Glück, aber die meisten schauen in die Röhre.«

Erfolglos versuchte Hugo zu lächeln. Er malte sich aus, wie eine aufgeregte Menschenmenge vor der Tür vom Coliseu gespannt auf Stockman wartete und dieser in einer Limousine vorgefahren kam wie ein Kinostar.

»Sagen Sie mir doch bitte: Waren Sie bei dem Konzert dabei?«, fragte Hugo.

»Ich bin immer dabei.«

»Mein Bruder wollte wissen, ob das Konzert an dem Abend aufgenommen worden ist.«

Der Mann runzelte die Augenbrauen.

»Merkwürdig, dass Sie mich das fragen. Es wäre gegen die Anweisungen gewesen, die ich hatte.«

»Anweisungen?«

»Soweit ich weiß, hat Ihr Bruder extra die Anweisung erteilt, das Konzert nicht aufzunehmen. Weder in Ton noch in Bild. Die Produktion hat jede Art von Kameras oder Aufnahmegeräten untersagt. Üblicherweise zeichnen wir alle Konzerte für unser Archiv auf. Von diesem haben wir nichts.«

»Genau das hatte ich wissen wollen«, sagte Hugo enttäuscht.

»Es war mir doch gleich wie eine Fangfrage vorgekommen«, antwortete der Mann und zündete sich eine neue Zigarette an.

»Dann verlasse ich Sie jetzt. Ich werde Luís die Brille aushändigen.«

»Grüßen Sie ihn von mir. Er weiß natürlich nicht, wer ich bin. Sie können ihm ja sagen, der Gruß sei von einem Bewunderer.«

Hugo folgte der Wegbeschreibung des Mannes zum Ausgang, verirrte sich aber und stieß auf eine verschlossene Tür. Er ging zurück, bog um die Ecke und dann in einen anderen Flur. Schließlich trat er unverhofft in die Helligkeit des Tages hinaus. Er blinzelte, blieb abrupt stehen und setzte sich mit einer instinktiven Handbewegung Stockmans Brille auf. Sie passte ihm genau. Dann blickte er zur Avenida mit ihrem pausenlosen Verkehr und Menschengewimmel und sah auf einmal alles viel deutlicher und klarer. Die Brillengläser waren exakt auf seine Kurzsichtigkeit abgestimmt.

Verrückt vor Einsamkeit.

So dachte er in jener Zeit über sich selbst. Er wanderte in seiner Mansarde umher, stellte jedoch bald schon fest, dass er nirgendwohin konnte: eine Wand, ein Fenster, eine schräge Zimmerdecke. Die Wohnung besaß ein kleines Badezimmer mit einem Spiegel, einer Toilette und einer Dusche, die jedoch manchmal nicht richtig funktionierte und zuerst einen unregelmäßigen, dünnen Wasserstrahl ausspuckte und aus der dann ohne Druck ein gelbliches Rinnsal floss, mit dem er sich in diesen ersten Frühlingstagen bibbernd vor Kälte waschen musste. Die Toilette war ebenfalls nicht in Ordnung und beinahe täglich verstopft. Neben der Kloschlüssel aus Porzellan stand eine Flasche mit flüssigem Abflussreiniger.

Gern hätte er seine Schwester gesehen und überlegte auch, sie anzurufen, tat es aber nie. Genauso erging es ihm mit Elsa. Die beiden fielen ihm zu den merkwürdigsten Zeiten ein: wenn er im Bett lag und auf den Schlaf wartete und die Betrunkenen hörte, die auf dem Weg zu den heruntergekommenen Häusern am Martim Moniz oder Intendente unten vorbeigingen, oder wenn er am frühen Abend von einer vagen Müdigkeit, einer Kapitulation vor dem Tag befallen zum Fenster ging, um frische Luft zu schnappen, und auf den Kran starrte, der in seinen Träumen auftauchte. Dann dachte er an sie und daran, wie sehr er sie mochte: seine Zwillingsschwester, die mit einem Tyrannen verheiratet war, mit dem sie das wunderbarste Geschöpf der Welt bekommen hatte, und Elsa, eine Unbekannte, die ihm einen Abend lang ihre Gesellschaft geschenkt und ihn, ohne es zu wissen, an ihrer sanften Hand zum Schafott geführt hatte.

Es war nicht Elsas Schuld, das wusste er. Als er die Möwen sah, die sich auf den Dächern niedergelassen hatten, und unten auf der Straße die Tauben bei den

Essensresten, die von einem fliegenden Händler auf den Asphalt geworfen worden waren, hatte er das Gefühl, dass all das vorherbestimmt war. Dass seine Einsamkeit keine Strafe, sondern Teil eines Prozesses darstellte, dessen Ausgang nicht vorhersehbar und doch unvermeidlich war. Mehr als vierzig Jahre hatte er auf dieser Welt gelebt, ohne je etwas zu hinterfragen. Er hatte ständig mit dem Alltag gerungen, in einem erbitterten Kampf ums Überleben. Jetzt war die Zeit gekommen für einen anderen, womöglich noch erbitterteren, gewiss eher spirituellen Kampf. Er kämpfte darum, zu erfahren, wer er war, natürlich in einem metaphysischen Sinne: Er wusste, dass er Hugo hieß, dass er sich von einem bestimmten Zeitpunkt seines Lebens an der Musik und dem Kontrabass verschrieben hatte – der *Nutella* lag jetzt ständig außerhalb seines Kastens horizontal auf dem Fußboden wie eine Frau am Strand, die seinen Gedanken lauschte. Er wusste, dass er wie alle Menschen imstande war zu wachsen, zu lernen und manchmal zu lieben, auch wenn er es wenig getan hatte. Aber Stockman, verflucht war dieser Name, hatte ihm mit der Gewalt eines Erdrutsches gezeigt, dass das Individuum sich über nichts von alledem definieren ließ. Dass in Wirklichkeit das, was den Menschen und seine Einzigartigkeit ausmachte, sein höchstes Gut, ihm in jedem Moment gestohlen werden konnte.

So dachte er über sich selbst, während er die orientierungslosen Tauben, lauter einförmige, unterschiedslose Geschöpfe, beobachtete. Immer war er die Hälfte von etwas gewesen, und die gesamte Zeit, die er seiner Komposition, der *Dulcineia*, gewidmet hatte, stellte den gescheiterten Versuch dar, vollständig zu sein.

Stockman hatte ihm das gestohlen, und das war ein Verbrechen, das Hugo nicht zulassen durfte, da er sonst von dieser Welt verschwinden würde, ohne eine Spur von sich zu hinterlassen.

Er schloss das Fenster und legte sich ins Bett. Langsam und gleichgültig ging der Tag zu Ende. Er griff nach dem Telefon, das auf dem Nachttisch lag, und wählte Júlias Nummer. Er ließ es zweimal klingeln und legte auf. Dann wählte er die Nummer von Elsa und verfuhr genauso. Er legte das Telefon beiseite und umschlang, den Blick auf eine Möwe gerichtet, die sich auf der Brüstung vor seinem Fenster niedergelassen hatte, das Kopfkissen, drückte das Gesicht hinein und versuchte zu schlafen.

Jedes Mal, wenn er die Augen schloss, sah er vor sich einen Mann von hinten, der durch einen Schneesturm davonging. Er war dabei, verrückt zu werden.

Verrückt vor Einsamkeit.

Hugo gelangte zu dem Schluss, dass es nur eine Möglichkeit gab: Von nun an kaufte er jeden Morgen die Zeitung. An den ersten drei Tagen fand er nichts. Am Sonntag war es noch nicht einmal halb acht, als er die Tür seiner Dachwohnung schloss, die fünf Treppen hinunterrannte, in die graue Helligkeit des Tages hinaustrat, zum nächstgelegenen Zeitungsstand ging und in das Apartment zurückkehrte. Er breitete die Zeitung auf dem Bett aus und kniete sich davor. Beim Sortieren der verschiedenen Teile fand er rasch, wonach er suchte. Im Veranstaltungskalender ging er genau wie in den Tagen zuvor Namen für Namen die Liste der Konzerte durch. Zuerst dachte er, dass seine Suche ein weiteres Mal ergebnislos bleiben würde, doch als er die

Brille, die ihm zur Nasenspitze heruntergerutscht war, wieder hochschob und eingehend die Jazzspalte durchforschte, schlug sein Puls plötzlich schneller. Er hatte gefunden, wonach er suchte: Am darauffolgenden Dienstag sollte Stockman mit einem Quartett in einem bekannten Club der Stadt spielen. Hugo suchte sich die Nummer des Clubs aus dem Telefonbuch heraus, rief dort an, reservierte einen Tisch und legte auf. Sein Herz raste.

Am Dienstag machte er sich eine Stunde vor Konzertbeginn auf den Weg. Der Club lag ein gutes Stück weit entfernt, er hatte also einen ziemlichen Fußmarsch vor sich, aber Hugo hatte ja Zeit. Zumindest an Zeit mangelte es ihm nicht, dachte er, während er, einen schwarzen Schal um den Hals geschlungen, durch die nächtlichen Straßen der Unterstadt ging. Als er eine halbe Stunde später ankam, standen ein Türsteher und mehrere Leute rauchend vor dem Eingang. Er zündete sich ebenfalls eine Zigarette an und tat so, als werfe er einen interessierten Blick auf das Abendprogramm, das in einem gläsernen Schaukasten aushing. Oberhalb der drei anderen Musiker, über die er hinwegglas, wurde mit dem gleichen Foto wie auf der CD die besondere Mitwirkung Stockmans angekündigt. Während er auf das Programm schaute, hatte er das Gefühl, dass der Türsteher ihn neugierig betrachtete, und fragte sich, ob er ihn wohl ebenfalls mit dem Pianisten verwechselte. Er erwiderte den Blick und stellte fest, dass er sich getäuscht hatte. Der Türsteher bewahrte die gleiche tadellose Haltung, die Arme vor dem Bauch gekreuzt, und bemerkte nichts oder vielleicht auch alles. Das war schließlich sein Job.

Es dauerte nicht lange, bis der Bürgersteig voller

Menschen war. An die Wand gelehnt, beobachtete Hugo die Menge, die sehr jener ähnelte, die vor dem Coliseu gestanden hatte. Er fragte sich, ob einige dieser Leute wohl auch bei dem anderen Konzert gewesen waren. Und er fragte sich einen Moment lang, der ihn erschaudern ließ, ob Elsa wohl ebenfalls dort auftauchen würde. Nein, entschied er. Sollte es zufällig zu einer Begegnung kommen, hätte er eine plausible Entschuldigung parat: Júlia und Franco hatten ihn hinausgeworfen, und er hatte daher die letzte Zeit damit verbracht, nach einem Ort zum Leben zu suchen. Ja, er wohnte in einem Dachgeschoss. Ja, er trug jetzt eine Brille. Ja, sie würde gern mit ihm mitgehen und mit ihm schlafen, während der am Boden liegende *Nutella* sie gleichmütig dabei beobachtete.

Aber Elsa war nirgendwo. Zehn Minuten später als vorgesehen wurden die Türen geöffnet. Hugo drückte die vierte Zigarette aus und ging gemeinsam mit der kleinen Menschenmenge hinein. Am Eingang holte er seine Karte ab und stieg eine sehr schmale Treppe in eine Art lauten Keller hinunter, in dem sich rechter Hand eine Bar befand. Ein attraktives Mädchen kam und fragte ihn, ob er einen Tisch wolle. Hugo erklärte ihr, dass er eine Reservierung habe. Das Mädchen überprüfte seinen Namen auf einer Liste, die es in der Hand hielt, und führte ihn dann zu einem Tisch ganz in der Nähe der Bühne. Hugo zog den Mantel aus und setzte sich. Ganz instinktiv, weil er so nervös war, bestellte er etwas Alkoholisches, einen trockenen Martini. Er wollte die Bestellung schon korrigieren, da ihm plötzlich einfiel, dass er ja mit dem Trinken aufgehört hatte, als er durch einen Spalt in dem schwarzen Bühnenvorhang Stockman erblickte.

»Einen doppelten bitte«, verbesserte Hugo. »Ich hätte gern einen doppelten Martini.«

Minuten später betraten die Musiker die Bühne. Der Saal füllte sich allmählich. Mit unverstellter Sicht auf die Bühne konnte Hugo jeden Akkord, jede Note, jede Improvisation verfolgen. Ein Kontrabass war nicht vorhanden. Stattdessen gab ein Schlagzeuger der Gitarre und einer Trompete den Rhythmus vor. Der Trompeter war ein fast kahlköpfiger, breithüftiger Mann, der sich bei langen oder hohen Tönen allzu sehr zurückbeugte. An der Gitarre, einem einfachen braunen, halbakustischen Instrument, saß auf einem Stuhl ein merkwürdiger Typ mit langem Haar und einem Backenbart. Seine Finger liefen über die Bunde mit der Leichtigkeit von vielen Jahren Übung.

Beim dritten Stück kam mitten während einer Improvisation des Trompeters Stockman dazu. Das Ergebnis war unerfreulich: Hinter Hugo begann das Publikum allzu enthusiastisch und lautstark zu applaudieren und übertönte mit einem irritierenden Gemisch aus Händeklatschen und Gebrüll für Momente das Trompetensolo. Ohne die Applaudierenden auch nur anzusehen oder um Ruhe zu bitten, setzte Stockman sich ans Klavier. Hugo fand dieses Verhalten verwerflich und eines Jazzmusikers nicht würdig und bestellte bei der Kellnerin, die gerade vorbeikam, einen weiteren Martini. Nach so vielen Wochen der Abstinenz hatte der Alkohol eine eigentümlich halluzinatorische Wirkung; plötzlich sah Hugo die Lichter leuchtender und die Schatten schärfer. Er zitterte nun nicht mehr und beobachtete aufmerksam den Pianisten, der während einer Phrase des Trompeters bei einem dissonanten Akkord virtuos eingesetzt hatte. Hugo bemerkte, dass er eine neue Brille trug, deren Gestell wuchtiger war als das seiner eigenen (oder eigentlich der Stockmans), und dass er einen schwarzen Schal um den Hals gelegt hatte.

Sie könnten tatsächlich Zwillinge sein, dachte er. Normalerweise hätte dieser Gedanke ihm einen Schauer über den Rücken gejagt. Doch nun, in Anbetracht des tröstlichen Martinis, war es lediglich ein Gedanke jenseits des Schleiers, der ihn nach und nach von der Wirklichkeit trennte.

Wahrscheinlich waren sie tatsächlich Zwillinge, entschied er. Ihm war zum Lachen zumute, aber er beherrschte sich. Die Lichter waren heruntergedimmt worden, Stockman begann zu improvisieren, und neben ihm hatte gerade ein Mädchen Platz genommen, dessen viel zu intensives, nach Zitrone riechendes Parfüm ihm Übelkeit verursachte. Gleich darauf kam ihm in den Sinn, dass Stockman in einem Science-Fiction-Film oder einem B-Movie sein verstorbener und auf die Welt zurückgekehrter Bruder hätte sein können, oder besser noch sein für tot gehaltener Zwillingsbruder, der in Wahrheit von einer unfruchtbaren Krankenschwester entführt und von den mit ihr unter einer Decke steckenden Ärzten und der Krankenhausdirektion für tot erklärt worden war. Da Stockman seine echte Familie nicht kennengelernt hätte, würde er niemals vermuten, dass der Mann, der ihn so aufmerksam von dem Tisch in der Nähe der Bühne aus beobachtete, in Wahrheit seine Replik wäre.

Es hätte auch eine mexikanische Seifenoper sein können.

Nach dem ersten Drink war Hugo zum Lachen zumute gewesen. Nach dem zweiten war die Musik allgegenwärtig, so als wäre in dem Glas, das er gerade ausgetrunken hatte, ein Zaubertrunk gewesen, der jeden einzelnen seiner Sinne geschärft hatte. Den Lärm aus dem Publikum hörte er jetzt nicht mehr, der Zigarettenrauch, der in einer ungesunden Wolke an ihm vorüberzog, störte ihn nicht mehr. Nur die Musik schien die physischen Schranken seines Körpers zu überwinden, in ihn einzudringen und wie ein Plektron jeden seiner Nerven zum Klingen zu bringen. Er wusste, was er suchte, oder meinte zumindest, es zu wissen. Mit geschlossenen Augen versuchte er, sich zu konzentrieren. Er war nicht auf einen Akkord oder eine Note aus, sondern auf ein Muster. Ein Muster, das seines war, nach dem er sein Stück komponiert hatte, eine Art genetischer Anweisung oder molekularer Struktur, welche die Einzigartigkeit jeden Schöpfers ausmachte. Die Melodie, die die Musiker jetzt spielten, kannte er nicht. Manchmal kam sie ihm wie eines der Themen von Stockmans Platte vor, eine auf den Kopf gestellte Bachsche Fuge und irgendein Bluesklassiker, den zu erkennen er nicht imstande war. Aber das Muster war darin nicht wiederzufinden, es war nicht da an diesem Abend, es war nicht vorhanden in den Klaviernoten, die Stockman mit der gleichen Selbstvergessenheit spielte wie bei dem Konzert im Coliseu.

Wie durch einen Spalt in einer steinernen Mauer begann Hugo nun, die Musiker atmen zu hören, dann Publikum. Ein säuerlicher Geruch nach Zitrone und Rauch stieg ihm in die Nase. Er schlug die Augen auf. Von der Bühne aus blickte Stockman ihn an. Seine Finger lagen nach wie vor auf den Tasten des Klaviers und begleiteten das Gitarrensolo. Aber ohne jeden Zweifel beobachtete er ihn. Hugo erwiderte den Blick einige

Sekunden lang. Dann, so als wäre nichts geschehen, verfiel der Pianist wieder in seine übliche Introvertiertheit. Hugo bestellte einen dritten Martini. Er war sich sicher, dass dieser Blick den Beginn von etwas bedeutete.

Am Ende, nach dem Schlussapplaus, fragte er das Mädchen, das ihm den Platz zugewiesen hatte, unter dem Vorwand, die Musiker begrüßen zu wollen, wo sich die Künstlergarderoben befänden. Das Mädchen deutete auf eine Tür neben der Bar. Betrunken und mit dem Gefühl, beim Gehen seine Bewegungen nicht mehr unter Kontrolle zu haben, fand er sich in einem Flur voller Menschen wieder. Es gab eine Reihe von Bewunderern, die zu warten schienen, um mit den Musikern sprechen zu können. Dann begriff er, dass die Schlange nur zu einer einzigen Tür führte, die ständig offen stand. Wenn einer herauskam, ging der Nächste hinein. Die Leute, die herauskamen, machten ein andächtiges Gesicht, als hätten sie soeben ein Genie kennengelernt, und lächelten wie angesteckt von diesem Segen in sich hinein. Ausnahmslos alle waren dort, um von Stockman empfangen zu werden. Die anderen Musiker kamen nacheinander diskret aus einer anderen Garderobe heraus, gingen an den Wartenden vorbei und verließen den Flur in Richtung Bar.

Hugo schwitzte heftig. Der Alkohol war fatal für ihn gewesen, und einen Moment lang glaubte er, er werde sterben, als er dort im Halbdunkel stand, flankiert von zwei Mädchen, die vor Aufregung offenbar nicht an sich halten konnten. Die eine von ihnen stampfte wie wild mit dem Fuß auf den Boden, so dass Hugo sie am liebsten angeschrien hätte, sie solle wenigstens im Rhythmus stampfen. Dennoch war er dankbar für das

Dämmerlicht: So würde ihn zumindest niemand mit Stockman verwechseln. Endlich war er an der Reihe. Der Mann, der vor ihm in der Garderobe gewesen war, ein Kerl in den Sechzigern, kam mit einem Stapel lauter gleicher CDs in der Hand heraus, die vermutlich alle von dem Pianisten signiert worden waren. Hinter Hugo war der Druck der dicht gedrängt stehenden Schlange fast greifbar. Also tat er einen Schritt vorwärts, dann noch einen und spürte, wie er in die Höhle des Löwen geschoben wurde.

Ohne sich um die Folgen zu kümmern, schloss er hinter sich die Tür und verriegelte sie. Noch hatte er Stockman nicht angeschaut. Dann sah er, dass neben der Tür ein hoher Hocker stand, und nahm darauf Platz. Der Pianist saß ebenfalls mit übergeschlagenen Beinen auf einem Drehstuhl und hielt einen Stift in der Hand. Sie blickten sich an: Sie waren einander entschieden ähnlich, dachte Hugo, auch wenn Stockman das Haar etwas länger trug und die Brille auf dem Tisch abgelegt hatte, jene neue Brille mit dem wuchtigeren Gestell, die ihm hervorragend stand, verlieh sie ihm doch das Aussehen eines eingebildeten Intellektuellen.

»Haben Sie etwas, das ich signieren soll?«, fragte Stockman und sah überrascht zu der verschlossenen Tür.

»Ob ich was habe?«

»Etwas zum Signieren«, wiederholte Stockman mürrisch.

Hugo wühlte mit der rechten Hand in seiner Manteltasche. Er fand die Eintrittskarte für den Club und reichte sie dem Pianisten.

»Das hier?«, fragte Stockman skeptisch.

»Etwas anderes habe ich nicht«, antwortete Hugo.

Stockman legte die Karte auf den Tisch und signierte sie nach einem kurzen Seitenblick in den Spiegel auf der Rückseite. Dann gab er Hugo die Karte zurück, der widerstrebend lächelte und sie wieder in die Manteltasche steckte, sich aber nicht von der Stelle rührte.

»Kann ich sonst noch etwas für Sie tun?«, erkundigte sich Stockman.

»Ja, das können Sie«, antwortete Hugo und verschränkte die Arme. »Ich war bei Ihrem Konzert im Coliseu. Beeindruckend.«

»Hm«, murmelte Stockman.

»Waren das alles Originalstücke von Ihnen?«

»Ein paar Klassiker. Und Improvisationen. Warum fragen Sie?«

»Mir schien es so, als hätte ich etwas gehört, das ich weder aus Ihrem Repertoire noch von den Klassikern kannte. Es kam mir auch nicht wie eine Improvisation vor.«

Stockman runzelte die Augenbrauen. Dann streckte er die Beine aus, setzte die Brille auf und beugte sich vor. Er wollte Hugo aus der Nähe betrachten, offenbar hatte er seine Neugier geweckt.

»Sie sind mir im Publikum aufgefallen. Sie waren allein und hatten die Augen geschlossen. Es schien so, als schliefen Sie.«

»Ich habe mich auf die Musik konzentriert, mehr nicht.«

»Gut. Kann ich Ihnen also sonst noch irgendwie behilflich sein? Dort draußen warten viele Leute.«

Hugo ließ sich nicht einschüchtern. Der Alkohol in ihm hatte sich jetzt in ein allumfassendes Selbstvertrauen verwandelt und ihm jeden Zweifel, den er vielleicht gehabt hatte, genommen: Der Typ dort vor ihm war eine Mogelpackung. Ein außergewöhnlicher Pianist, keine Frage, aber auch ein Betrüger und ein Dieb.

»Sagen Sie mir eines«, bat er und stützte das Kinn in die Hand.

»Wie fühlt man sich so in Ihrer Lage? Macht es Ihnen Spaß, dass all die Leute dort draußen auf Ihre Barmherzigkeit hoffen?«

Verblüfft lehnte Stockman sich auf seinem Stuhl zurück.

»Ich glaube, mein Freund, Sie gehen jetzt besser«, sagte der Pianist. »Mir scheint, Sie haben ihr Teil gehabt.«

In dem Augenblick klopfte jemand an die Tür der Garderobe.

»Einen Moment«, rief Hugo mit lauter Stimme.

»Ich meine es ernst«, sagte Stockman mit Nachdruck.

»Ich gehe schon. Aber eines will ich Ihnen noch sagen: Im Coliseu haben Sie ein Stück gespielt, das Ihnen nicht gehört. Ich will nicht wissen, was Sie damit vorhaben. Sie sind von uns beiden der Berühmte. Mich kennt keiner.«

Stockman runzelte abermals die Augenbrauen. Es war offenkundig, dass er nicht verstand.

»Wovon reden Sie?«

»Ich möchte nur wissen, wie Sie es geschafft haben. Wie es Ihnen gelungen ist, etwas zu stehlen, das lediglich in meinem Kopf geschrieben stand. Erklären Sie mir das, und ich gehe und lasse Sie in Ruhe.«

Stockman betrachtete ihn lange. Zum ersten Mal deutete er ein Lächeln an.

»Sie glauben also, ich hätte Ihnen etwas gestohlen.«

»Ich glaube das nicht, ich bin mir sicher.«

»Dann darf ich Sie fragen, woher Sie die Brille haben, die Sie da tragen.«

Wieder klopfte es an der Tür. Draußen rief jemand den Namen des Pianisten.

»Einen Moment noch«, antwortete Hugo abermals mit lauter Stimme; er hörte das Gemurmel der Leute auf dem Flur. Dann nahm er die Brille ab, hielt sie in der rechten Hand und verfluchte sich innerlich, weil er sich gezwungen sah zu lügen.

»Diese Brille hier? Die habe ich schon immer gehabt.«

»Macht es Ihnen etwas aus, wenn ich sie mir mal anschaue?«

Hugo blieb unbeweglich stehen, bis sich Stockman halb von seinem Stuhl erhob, sich vorbeugte und ihm sanft die Brille aus der Hand nahm. Er betrachtete sie einige Sekunden lang und schien zufrieden zu sein.

»Diese Brille gehört mir«, sagte Stockman. »Oder wenigstens *hat* sie mir gehört. Sehen Sie den weißen Querstrich hier auf dem Gestell? Und die kleine Gravur auf der Innenseite? Das sind meine Initialen. Wahrscheinlich haben Sie sie für die Marke gehalten. Sie haben sich geirrt. Ich habe die Brille vor kurzem verloren. Wo haben Sie sie gefunden?«

Hugo antwortete nicht. Stockman beugte sich erneut vor und gab ihm die Brille zurück.

»Nun, egal. Ich habe jetzt eine andere. Die Sache ist doch die: Wer hier in dieser Garderobe etwas hat, das nicht ihm, sondern dem anderen von uns beiden gehört, das sind Sie mit meiner Brille. Wenn Sie weiterhin behaupten, es sei Ihre und sie sei es immer gewesen, dann muss ich Sie ganz entschieden für einen

Lügner halten. Oder zumindest für jemanden, der bei einer Lüge ertappt wurde, in der er sich verstrickt hat, und deshalb muss er jetzt bis zum bitteren Ende weiterlügen. Andererseits macht es mir Sorgen, dass jemand so hinter mir her ist. Sie waren im Coliseu, jetzt sind Sie hier. Sie deuten an, ich hätte Ihnen etwas gestohlen, und dabei präsentieren Sie sich mit einem Gegenstand, der mir gehört, an der offensichtlichsten Stelle, die es gibt: in Ihrem Gesicht. Muss ich mir Sorgen machen?«

»Sorgen worum?«, fragte Hugo gedemütigt.

»Zum Beispiel um Ihre geistige Gesundheit.«

»Meine geistige Gesundheit geht Sie nichts an. Ich bin hergekommen, um Ihnen zu sagen, dass Sie an jenem Abend eine Komposition von mir gespielt haben, und ich möchte diese Garderobe erst verlassen, wenn ich weiß, wie Sie davon Kenntnis erlangt haben, da ich sie noch nie jemandem gezeigt habe.« Er atmete tief ein und stand auf. »Ich gebe zu, die Brille gehört Ihnen. Sie war im Coliseu, und ich habe sie mitgenommen. Der Mann, der sie gefunden hat, dachte, wir seien Brüder, auch ihn habe ich angelogen. Und wissen Sie was? Neulich habe ich jemandem in Ihrem Namen ein Autogramm gegeben.« Hugo war sich bewusst, dass das alles immer absurder klingen musste, aber die einzige Lösung bestand darin, so wie Stockman gesagt hatte, bis zum bitteren Ende weiterzumachen. »Glauben Sie, dass ich verrückt bin? Nun, ich finde, ich habe das Recht, jemandem etwas zu stehlen, der mir etwas gestohlen hat. Etwas sehr viel Bedeutenderes als eine Brille, wenn Sie mich fragen.«

Langsam stand Stockman ebenfalls auf. Stehend, mit baumelnden Armen, blickten die beiden einander an.

Sie waren genau gleich groß und hatten die gleiche leicht gekrümmte Körperhaltung, so als wögen ihre Arme schwerer als die Schultern und irgendetwas zöge sie unvermeidlich zu Boden.

»Sind Sie jetzt fertig?«, fragte der Pianist.

»Eine Melodie in Cis-Dur.«

»Es gibt viele Melodien in Cis-Dur.«

»Sie wissen ganz genau, wovon ich spreche.«

»Ich habe nicht die geringste Ahnung«, erwiderte Stockman mit säuerlicher Stimme, deren Tonfall seine Schuld verriet, befand Hugo.

Wieder klopfte es an der Tür, dieses Mal noch heftiger. Hugo zitterte innerlich, nahm sich jedoch sehr zusammen, um es sich nicht anmerken zu lassen.

»Ich vermute, überall auf der Welt gibt es Leute wie Sie«, sagte Stockman. »Sie leben in dem Irrglauben, irgendwo und irgendwann habe jemand ihnen das genommen, was ihnen zustand. Und dann bringen sie den Rest des Lebens damit zu, dieses Etwas, das in Wahrheit nie existiert hat, wieder zurückzubekommen.« Stockman legte eine Pause ein. »Das ist traurig. Noch trauriger ist, dass Sie in mir, einem Ihnen völlig Unbekannten, die Ursache Ihres Unglücks sehen.«

»Wir sind uns nicht völlig unbekannt«, beharrte Hugo und stellte fest, dass er die Brille wieder aufgesetzt hatte. »Vielleicht kennen wir uns schon seit je, ohne es zu wissen. Bei dem Konzert haben Sie eine Komposition gespielt, an der ich jahrelang gearbeitet habe. Ich habe es Ihnen bereits gesagt. Diese Komposition befindet sich nicht auf Ihrer CD. Sie stammt auch von keinem anderen Musiker und war keine Improvisation. Es ist meine Komposition. Und wenn wir sie teilen, dann gibt es dafür nur zwei mögliche Erklärungen.«

Vor der Tür rief ein Mann mit aufgebrachter Stimme nach Stockman.

»Die wären?«

»Die erste: ein unvorstellbares und fast unmögliches Zusammentreffen, dass nämlich zwei Menschen an zwei verschiedenen Orten auf der Welt zur gleichen Zeit in ihrem Leben Note für Note dieselbe Melodie komponieren. Die zweite Möglichkeit: Wir sind Zwillinge.«

Stockman fuhr sich mit der Hand über den Mund und kratzte sich leicht den Bart. Mit dem besorgten Blick eines Arztes, der Hugo ärgerte, schaute er ihn an.

»Zwillinge?«

»An welchem Tag sind Sie geboren?«

»Das ist nicht so einfach zu beantworten.«

»Sie wissen nicht, an welchem Tag Sie geboren wurden?«

»Ich bin als ganz kleines Kind ins Heim gekommen. Das genaue Datum ist nicht bekannt.«

»War es im August?«

Stockman schien von der Frage überrascht zu sein, die weniger eine Frage als vielmehr eine Feststellung war.

»Ich glaube ja.«

»Wie alt sind Sie?«

»Dreiundvierzig.«

»Ich wusste es.«

Es wurde abermals nach Stockman gerufen. Jemand versuchte, von draußen die Tür zu öffnen, der Knauf bewegte sich.

»Es ist besser, wenn Sie die Tür entriegeln«, riet der Pianist.

»Bei meiner Geburt ist mein Zwillingsbruder gestorben«, beeilte sich Hugo zu sagen, denn er spürte, dass die Zeit verrann wie Körner in einer Sanduhr. »In gewisser Weise kann man sagen, dass ich ihn getötet habe. Er ist gestorben, damit ich überleben konnte. Mein ganzes Leben lang habe ich geglaubt, dass es stimmte. Damit das alles hier einen Sinn für mich ergibt, muss ich an die Möglichkeit besagten Zusammentreffens glauben, das im Grunde genommen beide Hypothesen bestätigt. Dass wir nämlich zur selben Zeit das gleiche Stück komponiert haben. Wir haben damit genau zum selben Zeitpunkt in unserem Leben begonnen, und ohne es zu wissen, haben wir es komponiert, um uns begegnen zu können, weil wir vor langer Zeit getrennt worden sind.«

»Das ist völliger Wahnsinn.«

»Deshalb haben wir genau das gleiche Thema komponiert«, sagte Hugo nachdrücklich, als wenn sich durch das Aussprechen der Worte alles perfekt ineinanderfügen würde. Hinter ihnen wurde immer heftiger an der Tür gerüttelt.

»Bitte öffnen Sie die Tür«, ermahnte Stockman ihn.

In dem Moment hörte man einen Schlag, und die Schrauben des Türgriffs sprangen aus ihrer Verankerung. Der Knauf fiel zu Boden, und die Tür ging auf.

Der Türsteher, der vor dem Eingang des Clubs gestanden hatte, starrte Hugo drohend an. Dann blickte er nach Bestätigung heischend zu Stockman hinüber.

»Der Herr wollte gerade gehen«, sagte der Pianist, setzte sich wieder und schlug erneut die Beine übereinander.

Hinter dem Türsteher machten Dutzende von Menschen ein neugieriges Gesicht und versuchten zu begreifen, was sich in der Garderobe abgespielt hatte.

Sie verfolgten Hugo, als dieser, begleitet vom Türsteher, den Weg zurück zur Bar und die Treppe hinaufging und einsam in die kalte Nacht eintauchte. Als er an diesem Abend gedemütigt und gefangen in einer immensen inneren Revolte zu Bett ging, hörte er noch das Gemurmel der boshaften, kleingeistigen Leute, die in missbilligendem Ton über den Mann getuschelt hatten, der aus der Garderobe des Wunderpianisten abgeführt worden war.

Er verbrachte den ganzen Tag auf einer Bank im Park damit, die Leute anzustarren, die vorübergingen. Es war Dienstag oder vielleicht auch Mittwoch oder Donnerstag, er konnte es nicht sagen, und es war ihm eigentlich auch egal. Er wusste, es war ein Wochentag, denn von Zeit zu Zeit sah er Jungen und Mädchen mit Ranzen auf dem Rücken lachend und eilig auf dem Weg in die Schule vorbeikommen. Er hatte sich eine Zeitung gekauft, jedoch nicht in der Absicht, sie zu lesen. Er wollte nur etwas in den Händen haben, das sein schlampiges, verwahrlostes Äußeres überspielte. Die Zeitung ruhte auf seinem Schoß und wehte mit jedem Windstoß leicht auseinander.

Die Begegnung mit Stockman Tage zuvor hatte ihn in einen komaartigen Zustand versetzt. Er wusste, dass er am Leben war, und fühlte sich dennoch tot. Während er dort im Park saß, erinnerte er sich an einige Dinge mit eigentümlicher Klarheit: an den Moment, als Catherine, die Geigenbauerin, ihm gesagt hatte, er brauche wohl ein wenig Zeit für sich. Dann war es also das, was mit einem Menschen passierte, wenn er sich diese Zeit nahm? Diese dem Wahnsinn so nahekommende Einsamkeit, diese bedrückende und schockierende Entdeckung der Wahrheit, diese Gewissheit, dass er sich sein ganzes Leben lang geirrt hatte? Stockman war sein Zwillingsbruder und, davon hatte er sich überzeugt, die bessere Version seiner selbst. Wie es zu diesem Unglück hatte kommen können, vermochte er nicht zu sagen. Es interessierte ihn auch nicht. Doch die Existenz des einen erklärte die des anderen für nichtig: Er wusste nun, was auch immer er unternähme, sosehr er sich auch bemühte, sosehr seine Kreativität und sein Instinkt ihm den Weg weisen wollten – dieser Weg wäre besetzt von einem anderen, von seiner anderen Hälfte, die er seit je für tot gehalten hatte, von der stärkeren, lebenstüchtigeren Hälfte. Von der Hälfte, die ohne das Krebsgeschwür des Zweifels geboren worden war.

Auch an die Worte seiner Mutter und an den Scheck erinnerte er sich, den sie ihm gegeben hatte, damit er die Hypnotiseurin zu Rate zöge. Wenn die Welt, so wie es ihm offensichtlich zu sein schien, ganz klar in zwei nicht miteinander vereinbare, in ständiger Feindschaft befindliche Sphären geteilt war – die physische und die spirituelle Welt –, dann war es durchaus möglich, dass jemand, der mit dieser spirituellen Welt in Kontakt stand, ihm vielleicht helfen könnte, da die seinen Schlaf raubende innere Revolte vor allem aus dem Nichtverstehen herrührte. Er wusste, egal wie viele Worte er auch verlor, egal wie oft er in die Garderobe eines Unbekannten eindrang, er würde weder den Unbekannten noch Júlia noch seine Mutter davon überzeugen können, dass sie die auseinandergerissenen Glieder einer Kette waren, getrennt durch Zeit und Raum über vier Jahrzehnte.

Er schlug die Zeitung auf und versuchte, die Nachrichten zu lesen, merkte aber sogleich, dass es unmöglich war. Seine Gedanken waren mit nichts anderem beschäftigt als mit der unglaublichen Geschichte seines Lebens. In den Tagen zuvor hatte er versucht, auf dem *Nutella* zu spielen. Doch selbst der Kontrabass erschien ihm nun wie ein fremdes Instrument, ein amorphes, ständig ruhendes Ding, das sich von ihm abgewandt hatte. Ein ums andere Mal hatte er die *Dulcineia* zu spielen versucht. Doch schon bald hatte er begriffen, dass die Melodie, je mehr er sich anstrengte, sich in den Pausen, die die einzelnen Noten miteinander verbanden, davonschlich. Je mehr seine Finger nach den richtigen Tönen suchten, um ein bestimmtes Gefühl auszudrücken – so jedenfalls hatte er die Musik stets verstanden –, umso mehr verwandelte sich dieses Gefühl in Scheitern, in Sentimentalität.

Als der Nachmittag schon halb vorüber war, stand er auf, um etwas zu essen. Er betrat ein Restaurant, bestellte ein Sandwich, das er im Stehen am Tresen aß, und kehrte dann zurück in den Park. Die Leute blickten ihn verstohlen an wie einen Penner oder einen Exzentriker, mit der den hochzivilisierten Zeitgenossen eigenen Angst auf der Straße von einem anderen menschlichen Wesen angesprochen zu werden. Er saß zwei weitere Stunden herum. Die Zeitung hatte er im Restaurant vergessen, daher fing er an, die Blätter an den Bäumen zu zählen, um so seine Gedanken auszuschalten, wo er nicht imstande war, sie durch andere zu ersetzen. Dann sah er sie: Dulcineia und Mateus. Sein Neffe trug eine unheimliche Vampirmaske, die im Nacken mit einem Gummiband befestigt war. Der Junge stolperte beim Gehen, da er wegen der Maske nichts sehen konnte. Dulcineia bemerkte Hugo und lächelte.

»Ist heute Karneval?«, fragte er.

»Karneval ist schon eine Weile her«, antwortete sie. »Aber Mateus hat diese Maske als Andenken behalten und trägt sie jetzt jeden Tag nach dem Kindergarten.«

»Onkel Hugo«, sagte Mateus mit erstickter Stimme hinter der Maske.

Hugo hockte sich nieder und schob die Maske an den spitzen Plastikeckzähnen hoch.

»Dracula«, sagte Hugo. »Das bin ich.«

Sie gingen im Park spazieren. Dulcineia fragte ihn, was er in der letzten Zeit gemacht habe. Hugo antwortete ausweichend und log, er habe hier und dort nach Arbeit gesucht. Sie wollte wissen, ob er weiterhin spiele, und während die Eckzähne der Maske in das Käsesandwich bissen, das die Hausangestellte Mateus gegeben hatte, erkundigte der Junge sich nach der Barkasse.

»Ich habe in der letzten Zeit nicht viel gespielt«, sagte Hugo. »Ich will zusehen, dass ich im Leben etwas Vernünftiges mache.«

Dulcineia blickte ihn traurig an wie jemand, der im Schnelldurchlauf dem unumkehrbaren Niedergang eines Menschen beiwohnt. Dann nahm sie Mateus das Sandwich aus der Hand, schob die Maske hoch und ließ ihn abbeißen.

»Ich finde, Sie sollten weiter versuchen zu spielen«, sagte Dulcineia. »Musik ist ein schwieriger Beruf.«

»Sehr schwierig«, pflichtete Hugo ihr bei.

»Und lassen Sie sich nicht von den Leuten beeinflussen.«

»Von welchen Leuten?«, fragte Mateus beim Kauen.

»Von niemandem«, sagte Dulcineia und streichelte dem Jungen übers Haar.

»Ich gehe da rüber«, kündigte Mateus an und rannte über den Rasen auf eine Gruppe älterer Jungen zu, die dort Fußball spielte.

»Von welchen Leuten?«, wiederholte Hugo die Frage und lächelte.

Dulcineias braune Augen leuchteten in der Nachmittagssonne, ihr offenes Haar wehte im Wind.

»Von Ihrem Schwager«, antwortete sie ein wenig verlegen. »Ich weiß, dass Sie nicht gut miteinander können. Ihre Schwester hat mir erzählt, was in dem Geschäft passiert ist. Ich glaube nicht, dass Sie das mit Absicht gemacht haben.«

»Das habe ich auch nicht«, bestätigte Hugo. »Aber das bedeutet nicht, dass ich schuldlos bin.«

»Schuldig sind wir alle«, sagte sie. Sie waren unter einem Baum stehen geblieben, dessen kleine, in dem zu Ende gehenden Winter vertrocknete Blätter in großer Zahl vor ihren Füßen niederfielen. Aus der Entfernung schien es so, als vergnügte Mateus sich mit den Jungen beim Fußballspielen. »Wir alle sind von Geburt an schuldig, weil wir sündigen. Ich glaube an Gott. Sie auch?«

»Ich weiß nicht.«

Sie hob die Hand und legte sie ihm auf die Brust.

»Er ist bei uns, auch wenn wir uns verlassen fühlen. Ich spüre, dass Sie sich verlassen fühlen. Und traurig. Anders als beim ersten Mal, als ich Sie gesehen habe.«

Hugo war bewegt, ohne zu wissen, warum. Er wollte schon Dulcineias Hand nehmen, aber sie zog sie sofort zurück und blickte in Richtung des Kindes, das hinter dem Ball herlief, offenbar ohne ihn je zu erreichen.

»Entschuldigung«, sagte Hugo.

»Keine Ursache«, erwiderte Dulcineia.

Sie setzten sich nebeneinander auf eine der Parkbänke.

»Wenn Sie an Gott glauben, dann glauben Sie auch an Geister«, verkündete Hugo.

»Ich denke schon.«

»Und an Gespenster.«

»Ist das nicht dasselbe?«

»Im Prinzip ist ein Gespenst wohl der Geist eines Verstorbenen.«

Dulcineia begann, geräuschlos an den Nägeln zu kauen; offenbar machte das Thema sie nervös.

»Mein Vater ist bereits verstorben«, sagte sie.

»Das tut mir leid.«

»Schon gut. Es ist lange her.«

»Und glauben Sie nun an Gespenster?«

»Sie meinen, ob ich glaube, dass mein Vater hier umgeht?«

»Zum Beispiel.«

»Ja, vielleicht. Manchmal kann ich ihn spüren. Aber nur ganz kurz und flüchtig.«

»Das wäre schön«, sagte Hugo.

»Was?«

Hugo atmete tief die Frühlingsluft ein.

»Ich dachte immer, Geister und Gespenster seien nur etwas für abergläubische Menschen.«

»Und, haben Sie Ihre Meinung geändert?«

»Ich glaube ja. Jetzt denke ich, dass sie hier unter uns leben.« Er wandte sich zur Seite, um Dulcineia ins Gesicht zu blicken. »Ich habe ein Gespenst gesehen. Oder besser gesagt, ich werde von ihm gequält. Es ist mein Zwillingsbruder, der sechs Stunden nach der Geburt gestorben ist. Wir sind in fast allem identisch. Und doch unterscheiden wir uns in fast allem.«

Dulcineia wirkte erschrocken. Sie hatte die Augen aufgerissen und knetete die Finger ihrer gefalteten Hände.

»Sind Sie sicher, dass es er ist?«

Hugo nickte.

»Wenn er es nicht ist, dann ergibt für mich nichts einen Sinn, und es wäre besser, wenn ich hier auf der Stelle sterben würde.«

»Sagen Sie das nicht.«

»Wir haben zu viele Dinge gemein.«

»Und wenn er von Ihnen das Gleiche denkt?«

»Was meinen Sie damit?«

»Wenn er ebenfalls denkt, dass Sie ein Gespenst sind, das ihn quält?«

Hugo runzelte die Augenbrauen und spürte, wie er auf der Bank ein wenig in sich zusammensackte. Dulcineia hatte eine Frage aufgeworfen, die er sich selbst nie gestellt hatte: Was, wenn Stockman real und er das Gespenst wäre? Und wenn Stockman auch sein ganzes Leben lang gesagt worden wäre, dass er einen Zwillingsbruder gehabt hatte, der in frühester Kindheit gestorben war, um sich dann mehr als vierzig Jahre später über seine Identität lustig zu machen? Und wenn es so wäre, warum hatte der Pianist ihm das dann verheimlicht? Vielleicht, weil ihm das Leben, das er führte, gefiel. Es war ja auch nicht schwierig, sein Leben zu mögen. Vielleicht wollte er auch nur, dass das Gespenst verschwinde, um weiter seinen Weg des Erfolgs gehen zu können.

Hugo antwortete Dulcineia nicht. Eine Minute später kam Mateus weinend zu ihnen gelaufen. Er rieb sich mit der Faust das rechte Auge, die Wange war gerötet. Dulcineia fragte ihn, was passiert sei. Unter Schluchzen berichtete er, die Worte halb verschluckend, die Jungen hätten ihn mit dem Ball getroffen, als er hinter ihnen hergerannt sei. Dulcineia nahm das Kind in den Arm und versuchte, es mit Worten zu trösten, die Hugo nicht hören konnte, weil sie sie ihm ins Ohr flüsterte. Hugo blickte zum Rasen: Die anderen Jungen spielten ungerührt weiter Fußball. Der Schmerz, den sie seinem Neffen zugefügt hatten, kümmerte sie nicht.

Nach dem Zwischenfall gingen sie nach Hause. Hugo beschloss, sie zu begleiten; langsam schlenderten sie durch die Straßen. Auf halbem Weg hörte Mateus auf zu weinen; er schien den Vorfall plötzlich völlig vergessen zu haben und war wieder ganz und gar mit seiner Vampirmaske beschäftigt. Als sie in die Nähe von Júlias und Francos Wohnung gelangten, wollte Hugo sich von ihnen verabschieden, aber da hatte Mateus bereits ihm die linke und Dulcineia die rechte Hand gegeben und schaukelte zwischen den beiden.

»Sie können mit uns hochkommen und eine Kleinigkeit essen, wenn Sie mögen«, sagte Dulcineia zu ihm. »Ihre Schwester und Ihr Schwager kommen erst später nach Hause, so gegen halb acht.«

Hugo beschloss, mit hinaufzugehen. Sie betraten die tadellos aufgeräumte Wohnung, und Dulcineia ging in die Küche, um den Nachmittagsimbiss zu bereiten, während Mateus seinem Onkel im Wohnzimmer einen Zeichentrickfilm vorführte. Dann kam Dulcineia mit einem Teller herein. Hugo und Mateus aßen jeder zwei der kleinen Kochschinkensandwiches, Dulcineia aß nur eines. Mateus legte sich auf dem Sofa bei seinem Onkel in den Schoß und schlief auf der Stelle ein. Dulcineia bedeutete Hugo, leise zu sein, nahm das fest schlafende, verschwitzte Kind auf den Arm und brachte es ins Bett.

Als Dulcineia aus dem Kinderzimmer wieder herauskam, stand Hugo unschlüssig im Flur. Wortlos, ohne jede Erklärung, fingen sie an, sich zu küssen. Sie schmeckte nach Kaffee, er vermutlich nach Zigaretten. Hugos Hände suchten Dulcineias Taille, dabei berührten seine Fingerspitzen ihre Brüste. Er konnte nicht sagen, wie sie ins Schlafzimmer gekommen waren, ob sie, die mit dem Rücken zur Tür stand, ihn hineingeführt hatte, oder ob er, der ihr gegenüberstand, es gewesen war. In der von Mateus' schwerem Atmen unterbrochenen Stille der Wohnung legten sie sich auf Júlias und Francos Bett, das nach frischer Wäsche roch, und fingen an, sich zu entkleiden. Dulcineia zögerte und brauchte eine Weile, bis sie ihre Befangenheit überwunden hatte. Er dagegen küsste sie ungestüm, von einer ihm unbekannten Erregung erfasst, und knetete ihre Brüste, bis sie vor Schmerz einen kleinen Schrei ausstieß. Nach einer Weile drehte er sie auf den Bauch, betastete ihre Hinterbacken und spürte, wie seine Finger sich in ihr Fleisch gruben. Dann küsste er sie leidenschaftlich.

Sie hatten Sex. Dabei saß sie auf ihm und brachte ihn mit immer schnelleren Bewegungen zu einem raschen Orgasmus, der mehr Erleichterung als Lust war. Sie wollte schon schreien, hielt sich aber den Mund zu, damit kein Laut über ihre Lippen kam außer einem unterdrückten Keuchen.

Nach dem Sex lagen sie halbnackt nebeneinander.

Ihre Kleider waren am Boden verstreut. Draußen ging langsam der Nachmittag zu Ende, ein Rest Tageslicht warf lange Schatten ins Zimmer. Dulcineia wirkte erschöpft und müde, ihre halb geschlossenen Augen suchten erholsamen Schlaf.

»Lass mich nicht einnicken«, bat sie Hugo.

Eine Minute später war sie jedoch bereits eingeschlafen. Hugo stand auf. Die Wohnung war in beinahe vollständiger Dunkelheit versunken. Er hörte jetzt den Atem beider, den seines Neffen und den der Hausangestellten. Während er bloß im Hemd und auf Socken durch die Wohnung ging, gefiel ihm für einen kurzen Moment die wenn auch abwegige Vorstellung, dass es seine Wohnung wäre, dass der im Kinderzimmer schlafende Junge sein Sohn und die Frau im Bett seine Frau wäre. Aus irgendeinem Grund tröstete ihn der Gedanke; er fühlte sich weniger traurig als nach dem Ende des kurzen Moments der Lust. Die Lust war immer irgendwann zu Ende, und an ihre Stelle trat anschließend der Schmerz über ihre Abwesenheit. Es war nicht möglich, von der Lust in einen neutralen Zustand der Ruhe hinüberzugleiten, überlegte er, während er in der Küche einen Schluck Kaffee aus einer dort herumstehenden Tasse nahm (der Kaffee war kalt). Auf die Lust folgte immer ein schwarzes Loch, das mit Alchimie gefüllt werden musste. Zum Beispiel mit Kaffee, häufiger aber noch mit Alkohol.

Beim Durchstöbern der Schränke fand er eine halbvolle Flasche Wodka. Er setzte sie sich an die Lippen und nahm einen großen Schluck. Die Mischung aus Wodka und Kaffee war angenehm. Dann verließ er die Küche und öffnete die Tür direkt gegenüber. Er war schon in dem Raum gewesen, aber nur einmal. Ihm fiel ein, dass Franco ihm verboten hatte, sein Studio zu betreten. Aber Franco war nicht zu Hause und Júlia auch nicht. Er ging hinein.

Die Bezeichnung Studio war übertrieben, dachte Hugo. Es war nicht mehr als ein länglicher Raum mit einem langen Tisch, auf dem sich zwei Computer befanden, ein Fotoapparat, der aussah, als ob er teuer gewesen wäre, etliche Mappen und eine Schautafel, auf der Dutzende Fotos befestigt waren. An dem Format erkannte er, dass es Bilder waren, die Franco mit seiner allenthalben benutzten Lomo aufgenommen hatte. Im Licht, das vom Flur hereinschien, schaute er die Fotos durch. Auf vielen davon erblickte er Júlia, Mateus, Leute, die er nicht kannte. Sie waren auf der Straße, im Restaurant, auf Festen aufgenommen worden. Und dann, im oberen Teil der Tafel, entdeckte er sich selbst. Zuerst musste er schmunzeln, als er sich auf einem Bild neben Júlia und Mateus am Tisch beim Abendessen erkannte. Auf einem anderen war er allein mit einer Gabel in der Hand vor einem Teller mit Hähnchen und Salat und einer Flasche Mineralwasser mit Zitrone zu sehen. Dann verging ihm das Schmunzeln. Er trat näher an die Tafel heran und spürte, wie sein Herz schneller schlug, wie ihm der Atem stockte und ein Kribbeln in den Gliedern einen Ohnmachtsanfall oder eine Panikattacke ankündigte. Er suchte nach dem Lichtschalter, fand ihn auch, und im Studio wurde es blitzhell.

Auf den beiden Fotos war ein Mann zu erkennen, der genauso aussah wie er, der jedoch eine Brille trug – Stockmans Brille. Mit dem Gefühl, dass die Wirklichkeit ihm jeden Moment entgleiten werde, riss er die Fotos von der Schautafel und betrachtete sie aus nächster Nähe. Der Mann, der darauf zu sehen war – auf dem ersten Foto redete er, beobachtet von Júlia, mit Mateus, auf dem zweiten führte er zerstreut die Gabel zum Mund –, war hochgewachsen, hatte lange, knochige Finger, graues Haar und trug genau die gleiche Brille, wie er sie jetzt trug. Das bin ja ich, dachte Hugo verblüfft. Und gleich darauf: Aber das kann nicht ich sein.

Die Fotos in der Hand, taumelte er aus dem Studio. Als er wieder im Flur war, ließ er sie los, das glänzende Papier mit den Abbildungen darauf entglitt seinen Fingern und segelte kreiselnd auf den von Mateus beim Spielen malträtierten Holzfußboden. Unter Schock und halbnackt, stand er mitten im Flur, während Dulcineia im Schlafzimmer ihrer Arbeitgeber schlief, als die Wohnungstür aufging und Franco hereinkam.

Er hatte seinem Schwager keinerlei Widerstand entgegengesetzt. Selbst wenn er es gewollt hätte, sein Körper hätte ihn im Stich gelassen. Jetzt lag er im Bett, sein linkes Auge war zugeschwollen, und er versuchte sich zu erinnern, was geschehen war.

Anfänglich war Franco ebenso gelähmt gewesen wie er selbst. Sie hatten einander lange angestarrt. Franco hatte ihm Fragen gestellt, zunächst in verblüfftem Ton, dann empört, zuletzt wutentbrannt. Hugo war unfähig gewesen zu antworten. Den schlaffen Penis zwischen den Beinen baumelnd, war er zur Seite getreten, um Franco durchzulassen, der mit der Rücksichtslosigkeit eines Stiers auf das Schlafzimmer zugestürmt war. Wenig später sah er ihn mit Dulcineia am Arm wieder herauskommen. Das weinende Mädchen hielt die Kleider umklammert und presste sie gegen die Brust, der Busen schlenkerte unkontrolliert hin und her, während sein Schwager sie mit beherrschter Gewalt zur Tür führte und ihr zu gehen befahl. Dulcineia warf Hugo noch einen letzten Blick voller Scham und Verzweiflung zu, ehe sie für immer verschwand. Dann kam Franco auf ihn zu und schlug ihm ohne Vorwarnung mit der Faust ins Gesicht. Hugo spürte nichts, nur dass sein Körper sich nach unten krümmte und er hinfiel. Dabei schlug er mit dem Gesicht auf den Boden. Blutstropfen spritzten auf die Fotos.

Er versuchte zu sprechen, versuchte, alles zu erklären. Er wollte Franco sagen, dass er ihn hasse, aber dass die Dinge, sofern Franco bereit wäre, ihm zuzuhören – er wollte ihm sagen, dass ein anderer, der in allem mit ihm identisch und doch in allem anders war, in sein Leben eingebrochen war –, irgendeinen Sinn ergeben könnten und dass dieser Sinn sie vielleicht einander näherbringen oder zumindest eine Brücke zwischen ihnen schlagen könnte. Als Franco bemerkte, dass die Studiotür offen stand und dass drinnen Licht brannte, versetzte er ihm einen Fußtritt in den Magen. Er brüllte irgendetwas, das Hugo nicht verstand, hob die zu Boden gefallenen Fotos auf, ging – pausenlos schreiend – einige Sekunden lang ins Studio hinein, löschte das Licht, kam wieder heraus und schloss krachend die Tür. Hugo versuchte aufzustehen, aber es war, als habe sein Körper aufgehört, ihm zu gehorchen. Franco packte ihn am Arm und zerrte ihn hinter sich her. Hugo ließ sich von ihm ins Wohnzimmer schleifen und setzte sich auf einen Stuhl in Erwartung von Anweisungen.

Nun blickte er zu dem Kontrabass, auf dem eine Schicht aus Staub lag, der in die Ritzen des Resonanzkastens gedrungen war. Er musste an Júlia denken. Unwillkürlich fiel ihm das offene, nicht zugeschwollene Auge ebenfalls zu.

Seine Schwester war kurze Zeit später nach Hause gekommen. Vielleicht hatte Franco sie angerufen, aber das war nicht weiter wichtig. Er hörte, wie die beiden im Eingang miteinander sprachen. Hörte, wie erst sie und dann Franco und schließlich beide laut wurden, so als gäbe es einen neutralen Punkt der Empörung, an dem sie sich treffen konnten. Anschließend kam Júlia ins Wohnzimmer, wo Hugo sehr aufrecht saß. Aus seinem Mund tropfte Blut aufs Hemd. Hugo hörte, wie sein Schwager mit schweren Schritten durch den Flur lief; wahrscheinlich kam er aus dem Studio, wo seine Fotos – oder die von Stockman, denn sie waren ein und derselbe – vermutlich für immer verloren waren. Júlia sah blendend aus. Sie hatte das Haar zu einem Pferdeschwanz zusammengebunden und trug einen dunklen Hosenanzug, der, obwohl sie schwanger war, ihre schlanke Figur betonte. Doch in ihrem Blick lag Zorn. Als sie Hugos Zustand bemerkte, verwandelte sich der Zorn in Kummer. Sie ging wieder hinaus und kam mit einem Eisbeutel und einem feuchten Tuch zurück. Beide legte sie vor ihren Bruder auf den Tisch, aber er rührte nichts davon an, der Blutgeschmack im Mund gefiel ihm. Júlia fing an, auf und ab zu gehen und erklärte ihm, wie gravierend das sei, was er getan habe. Ihr Gesicht wurde von Minute zu Minute immer röter und ihre Gestik immer wütender.

Tatsächlich fürchtete Hugo sich mehr vor seiner Schwester als vor zwanzig Ausgaben seines Schwagers zusammen. Franco war ein Rohling, aber Hugo glaubte eigentlich, dass Franco ihn nur deshalb geschlagen hatte, weil er in sein Revier – seine Wohnung, sein Studio – eingedrungen war. Júlia hingegen redete von Mateus, der in seinem Zimmer im hinteren Teil der Wohnung nach wie vor von alledem nichts ahnend schlief. Und Mateus hatte einen besonderen Platz in Hugos Herzen. Júlias Worte, mit denen sie ihm vorwarf, die Familie zu destabilisieren und den Jungen mit seinen gerade mal fünf Jahren in die schreckliche Lage zu versetzen, einen Menschen aus seinem Leben entschwinden zu sehen – Dulcineia, die tagtäglich um ihn gewesen war. Ihre Worte, mit denen sie ihm vorwarf, ihren Mann zur Weißglut zu bringen und ihre Nerven zu strapazieren, und das, obwohl sie schwanger sei – Júlias Worte schmerzten ihn. So sehr, dass er, ohne es zu merken, in Tränen ausbrach, die sich mit dem Blut zu einer schmutzigen Flüssigkeit vermischten.

Er versuchte zu sprechen, versuchte, sich zu erklären. Er erzählte ihr von Stockman und dem Konzert, sprach von dem Zwillingsbruder, der nie gestorben war, von den Fotos, die Franco von ihm gemacht und auf denen er einen anderen entdeckt hatte, der ihn zuvorkommend anschaute. All das kam wirr und verdreht aus ihm heraus, in genuschelten, von einem nicht lokalisierbaren Schmerz verschluckten Worten, einem Schmerz, der nicht in der Gesichtshälfte saß, auf die er gefallen war, und auch nicht in dem Auge, auf das Franco ihn mit der Faust geschlagen hatte. Er sah, wie Júlia sich vor ihn hinsetzte, die Augen geschlossen, und leicht den Kopf schüttelte. Er sah, wie seiner Zwillingsschwester eine Träne über die Wange lief, die sie sogleich mit dem Handrücken fortwischte. Dann hörte er, wie sie zu ihm sagte, zum Wohle aller – dem ihrer Familie, seinem eigenen – sei die einzige Lösung in dieser Katastrophe, dass Hugo sich fernhalte. Fern von ihr, von Franco und von Mateus. Vor allem von Mateus.

Hugo drehte sich um und umklammerte das Kopfkissen. Er drückte es so fest, dass er aufhörte, seinen eigenen Atem zu spüren. Schließlich, als schon der Morgen graute und eine einsame Taube auf der Brüstung seines Fensters klagend gurrte, schlief er ein.

Verrückt vor Einsamkeit.

Anabela wohnte in einer ruhigen und diskreten, von Bäumen gesäumten Straße, deren Häuser auf einen kleinen gepflegten Park zeigten, vor dem eine alte Frau an einem Stand Obst feilbot. Hugo kaufte bei ihr eine Orange und setzte sich auf eine Bank. Langsam schälte er die Frucht. Es kam ihm so vor, als hätte er in letzter Zeit (wie viel Zeit mochte inzwischen wohl vergangen sein?) nichts anderes getan, als auf Parkbänken herumzusitzen und darauf zu warten, dass die Zeit verging. Anabelas Stimme hatte ihm am Telefon gefallen. Er hatte den Scheck in der Tasche eines Mantels entdeckt, denselben Scheck, den er jetzt bei sich trug und der nun noch zerknitterter war, versehen mit der geschwungenen Unterschrift seiner Mutter, die ihn an lange vergangene Zeiten erinnerte, in denen er ihre Handschrift oft genug auf den erfundenen Begründungen für seine Fehltage gefälscht hatte.

Er aß die Orange und warf die Schalen in einen Papierkorb. Beim Aufstehen bemerkte er, dass sein Hemd von ihrem Saft durchnässt war. Er ging um den Park herum und klingelte an einem dreistöckigen Gebäude. Der Türsummer ertönte. Er stieg die Treppen hinauf und blieb vor einer Tür stehen, auf der zu lesen war: *An-*

abela Baptista. Noch bevor er geklopft hatte, ging die Tür auf. Vor ihm erschien eine dünne Frau mit langem, glänzendem Haar und sehr grünen Augen mit dichten, schwarz getuschten Wimpern. Sie lächelte Hugo an. Er versuchte, ihr Lächeln zu erwidern, doch er brachte nur ein schmerzverzerrtes Gesicht zustande.

Anabela bat ihn herein. Sie durchquerten zunächst einen Wohnraum, ehe sie in ein kleines, spärlich eingerichtetes Sprechzimmer mit zwei einander gegenüberstehenden Sesseln und einem Schreibtisch gelangten. Hinter dem Schreibtisch hing ein Plakat aus Italien von der Premiere des Films *Amarcord* im Jahr 1973. Als Anabela zu dem Schreibtisch ging, um aus einer Schublade eine Uhr zu holen, betrachtete Hugo sie. Sie war oben herum sehr mager, die Hüften waren extrem schmal, und ein Po schien unter dem Rock gar nicht vorhanden zu sein. Als sie sich ihm wieder zuwandte, lächelte sie ihn immer noch an, als wäre sein Gesicht ein Grund zur Freude.

»Wollen Sie mich mit dieser Uhr hypnotisieren?«

Anabela lachte, setzte sich und schlug die Beine übereinander. Die Uhr stellte sie auf der Armlehne des Sessels ab.

»Damit kontrolliere ich nur die Zeit. Ich trage keine Armbanduhr.« Ihre Stimme klang angenehm und beruhigend, befand Hugo. Wenn er die Augen schlösse, während sie sprach, würde er sich wahrscheinlich problemlos hypnotisieren lassen.

»Ihre Mutter hat mir gesagt, dass Sie zu mir kommen würden. Es hat eine Weile gedauert.«

»Ich finde Orte nur schwer.«

Anabela hörte auf zu lächeln und blickte ihn interessiert an.

»Wie kann ich Ihnen helfen?«

»Gar nicht.«

»Dann frage ich anders: Was führt Sie hierher?«

Hugo blickte sie an und spürte, wie sein eigenes Gesicht in Traurigkeit versank.

»Ich sehe Gespenster. Oder ich bin selbst ein Gespenst. Ich weiß es nicht.«

Im Raum entstand eine Stille. Anabela schien nach einer Antwort auf seine schockierenden Worte zu suchen.

»Ihre Mutter hatte etwas von Alkoholproblemen erwähnt.«

»Wenn es darum ginge, wäre ich zu den Anonymen Alkoholikern gegangen.«

»Aber Sie sind hierhergekommen.«

»Ja.«

»Warum glauben Sie, dass ich Ihnen helfen kann?«

»Ich weiß nicht, ob Sie mir helfen können. Aber wenn Sie mich für den Rest meines Lebens hypnotisieren könnten, wäre das nicht schlecht.«

Sie hustete und wechselte ihre Sitzposition. Auf einmal schien ihr ein wenig unbehaglich zu sein, so als hätte er sie vor eine unlösbare Aufgabe gestellt.

»Gespenster sind nicht mehr als die Übersetzung und Projektion unserer selbst in etwas anderes.«

»Da kann ich Ihnen vollkommen zustimmen«, antwortete Hugo.

»In Wirklichkeit existieren sie nicht. Sie sind nicht real.«

»Doch, sie sind sogar ziemlich real.«

»Was verstehen Sie unter einem Gespenst?«, fragte sie und beugte sich vor.

»Eine Person, die nicht existieren sollte – Verzeihung, die eigentlich nicht existieren *kann* –, und die trotzdem existiert.«

»Wer ist diese Person?«

»Mein Zwillingsbruder.«

Anabela runzelte die Augenbrauen.

»Ich dachte, Sie hätten eine Zwillingsschwester.«

»Bei unserer Geburt waren wir zu dritt.«

»Und was ist dann passiert?«

Hugo erzählte es ihr. Aus Anabelas Gesicht sprach eine Mischung aus Mitleid und professioneller Zurückhaltung.

»Sie haben gesagt, er erscheine ihnen als Gespenst. Passiert das zum Beispiel im Traum?«

Hugo lachte; es war ein kurzes, fast groteskes Lachen.

»Es kann überall passieren. Es könnte auch hier und jetzt sein. Die Person, von der ich spreche, ist lebendig. Quicklebendig. Sie heißt Luís Stockman, und abgesehen davon, dass sie mir genau gleicht, ist sie völlig anders. Stockman hat alles, was ich nicht habe, und obendrein hat er mir noch das Einzige gestohlen, was mir gehörte.«

»Stockman. Der Name kommt mir irgendwie bekannt vor.«

»Der Pianist.«

»Ach so.«

Anabela schien immer verwirrter. Gleißendes Morgenlicht fiel in das Sprechzimmer und auf das *Amarcord*-Plakat, so dass die im Laufe der Zeit eingerissenen Ränder deutlich zu erkennen waren. Sie stand auf, ging zum Fenster und ließ die Jalousien herunter. Dann setzte sie sich wieder. Hugo erzählte ihr alles: von dem ersten Mal, als er Stockman gesehen hatte, von der Komposition, die dieser im Coliseu gespielt hatte und die ursprünglich seine war, von dem Augenblick, als sie sich in der Garderobe eines Jazzclubs gegenübergestanden hatten, von der Brille, die er jetzt trug, und von den Fotos, die er in Júlias Wohnung gefunden hatte.

»Ich verlange von Ihnen keine Zauberei«, schloss er und beugte sich, die Ellbogen auf die Knie gestützt, nach vorn. »Ich verlange von Ihnen nicht, dass Sie mir erklären, was vor sich geht. Ich bitte Sie darum, mich zu hypnotisieren, damit ich das vergesse. Damit ich ihn vergesse.«

Anabela hatte nachdenklich die Finger verschränkt. Hugo vermutete, dass sie inzwischen bereits entschieden hatte, lieber einen Psychiater zu Rate zu ziehen oder vielleicht sogar die Polizei zu rufen.

»Mir scheint«, erwiderte Anabela, »dass wir das Problem an der Wurzel packen müssen.«

»Und was ist die Wurzel des Problems?«

»Die Komposition, die Stockman Ihnen Ihrer Ansicht nach gestohlen hat.«

»Es ist meine Komposition«, versicherte Hugo ihr aufgebracht. »Stockman ist nicht darauf eingegangen, als ich ihn mit der Sache konfrontiert habe. Er hat ausweichend geantwortet. Er hat gelogen.«

»Wie lange ist es her, dass Sie mit der Komposition begonnen haben?«

Hugo versuchte, sich zu erinnern, wann er an jener Ecke im Alten Hafen von Montreal stehengeblieben war, aber er konnte es nicht genau sagen.

»Ich glaube, vor einigen Jahren.«

»Und aus welchem Grund haben Sie sie nie vollendet?«

»Weil sie sich mit der Zeit verändert hat. Sogar der Name.«

»Wie heißt sie jetzt?«

Hugo zögerte.

»*Dulcineia.*«

»Finden Sie es nicht merkwürdig, dass die Komposition sich im Laufe der Jahre so oft verändert hat?«

»Warum merkwürdig?«

»Ich will damit lediglich andeuten«, fuhr Anabela fort, indem sie sich zurücklehnte und ihn freimütig anblickte, »dass diese Komposition möglicherweise so verformbar ist, dass sie jeder anderen gleichen kann.«

Hugo verzog höhnisch den Mund.

»Wollen Sie damit etwa sagen, dass ich an jenem Abend im Coliseu nur das gehört habe, was ich hören wollte?«

Anabela antwortete nicht. Stattdessen stand sie auf und ließ die Jalousien noch weiter herunter. Im Sprechzimmer war es nun fast vollständig dunkel. Sie setzte sich wieder hin und bat ihn, die Augen zu schließen. Dann begann sie, ihm scheinbar belanglose Fragen über seine Kindheit zu stellen. Er sollte sich verschiedene Szenen mit seiner Schwester, mit seinen Eltern, mit seinen Schulfreunden vorstellen. Dann machten sie einen Zeitsprung und landeten in den Jahren, die er in Montreal verbracht hatte. Anabelas Stimme schien sich immer weiter zu entfernen, und trotzdem war es so, als flüstere sie ihm ins Ohr. Auch die Temperatur in dem Raum schien angestiegen zu sein, oder es war seine Körpertemperatur, eine Hitze, die seine Glieder schwer werden ließ.

Er sah sich, wie er im Bistro à Jojo an der Wand lehnte und den Kontrabass hielt, der an seinem linken Bein entlangstrich und dessen Resonanzkörper sanft gegen seinen Bauch schwang. Zu seiner Linken sah er Édouard, der den Kopf über die Tasten gebeugt hatte, und durch die Fensterscheiben, die mit kleinen, wie Taue auf einem Schiffsdeck geflochtenen Lichterketten geschmückt waren, sah er den Schnee, der unablässig auf den Gehweg fiel. Anabela hörte er bereits nicht mehr. Was er hörte, war seine eigene, von dem höheren Ton einer Frau überlagerte Stimme, mit der er sich selbst sagte, dass er, wenn er schon in der Rue Saint-Denis sei, auch die Kneipe verlassen und bis zur Ecke der Rue Saint-Paul und der Rue Saint-Sulpice laufen und versuchen könne herauszufinden, woher die Stimme kam, die ein altes französisches Lied sang, vielleicht *La Mer* oder *Claire de Lune*. Er sah sich durch die vereisten Straßen gehen. Sah, wie er sich bückte, mit der bloßen Hand in den Schnee neben dem Gehweg griff und ihn zwischen den Fingern zerfließen ließ. Ihm war nicht kalt. Langsam setzte er seinen Weg fort, es war nicht weit.

Er ging die Rue Saint-Denis hinunter und betrachtete die Passanten, die wie Statuen in ihrer zuletzt eingenommenen Haltung erstarrt waren – einige mitten im Satz mit offenem Mund, ein Mann beim Anleinen seines auf ewig stummen Hundes, ein Mädchen, das etwas in seinem Rucksack suchte. Er sah, wie er links in die Rue de Notre-Dame einbog und zum Alten Hafen hinunterging. Er kannte die Straßen dort besser als die jeder anderen Stadt, er konnte sie mit geschlossenen Augen durchqueren. Und das tat er auch. In der Ferne erblickte er die Jacques-Cartier-Brücke und den zugefrorenen See, der so voller früher in ihm versunkener Dinge lag, die nun unter einer festen, undurchdringlichen Schicht aus Weiß gefangen waren, dass er über die Ufer treten wollte. Schritt für Schritt sah er die Ecke näher kommen. Es hatte aufgehört zu schneien. Ein paar Schneeflocken, die letzten, fielen noch vom Himmel mit der Langsamkeit der leichtesten aller Federn.

Dann erblickte er ihn. Auf der gegenüberliegenden Seite der Kreuzung kam genau aus der Gegenrichtung ein Mann auf ihn zu. Er konnte die Stimme des Mädchens zwar singen hören, aber der Ton klang in diesem Augenblick verzerrt und voller Echo.

Sie kamen exakt im selben Moment bei der Kreuzung an. Der Mann auf der anderen Straßenseite glich ihm aufs Haar. Er beobachtete ihn eine Weile, zunächst ohne zu wissen, was er davon halten sollte. Dann ging er langsam zur Mitte der Kreuzung, wo sie sich treffen mussten. Der andere tat genau das Gleiche. Sein Gesichtsausdruck indes jagte ihm einen heillosen Schrecken ein. Wenn er dort sich selbst begegnete, aus welchem Grund hatte dann seine andere Hälfte das arrogante, machiavellische Antlitz eines Teufels? Aus welchem Grund blickte er ihn auf diese Weise an, in Erwartung des Moments, in dem sie einander berühren würden, um das zu vereinen, was seit dem allerersten Moment getrennt gewesen war? In diesem Augenblick verwandelte sich der Gesang in schrillen, regelrecht unerträglichen Lärm. Von höchster Panik erfasst, wich er Schritt um Schritt zurück, während der andere auf ihn zukam, und floh dann, fand aber hinter sich nichts als Leere.

Wie jemand kurz vor dem Ertrinken tauchte er wieder an die Oberfläche. Seine Kleidung war schweißnass. Anabela beobachtete ihn mit einem Ausdruck größter Besorgnis – oder vielleicht auch des Entsetzens, dachte Hugo. Er erhob sich aus dem Sessel und stürzte, ohne sich zu verabschieden, zur Ausgangstür.

Schlaflos verbrachte er die Nacht und lief unaufhörlich in seiner Dachwohnung auf und ab. Um fünf Uhr morgens klopfte ein Nachbar in Bademantel und Pantoffeln geräuschvoll an die Tür. Hugo öffnete. Als der Mann ihn erblickte, wich er einen Schritt zurück. Ausgesprochen höflich in Anbetracht der Uhrzeit bat er ihn darum, nicht mehr hin- und herzulaufen, er, seine Frau und ihr erst wenige Monate alter Sohn könnten nicht schlafen.

»Ich dachte, das Haus sei unbewohnt«, antwortete Hugo, ehe er die Tür wieder schloss.

In dem kleinen Badezimmer warf er einen Blick in den Spiegel und verstand die Zurückhaltung des Nachbarn. Sein Auge war noch immer geschwollen, das ungekämmte und seit vielen Tagen nicht gewaschene Haar hatte anarchische Formen angenommen, die bedrohlichen Wellen glichen. Er war unrasiert, wobei der Bart auf der einen Seite stärker wuchs als auf der anderen. In sein Gesicht hatten sich tiefe Augenringe gegraben, so als wäre er vor kurzem gestorben und jemand hätte ihn wieder aus dem Grab geholt. Es war ein Gesicht, das von großer Qual zeugte, dachte er, aber es war nicht das Gesicht eines schlechten Menschen. Es war nicht das Gesicht, das er an jener Kreuzung gesehen hatte, die spöttische Fratze, die wie sein Zerrbild in einem Spiegel auf einem Jahrmarkt ausgesehen hatte.

Ohne Rücksicht auf den Nachbarn ging er weiter in der winzigen Wohnung auf und ab und musste an die Worte Dulcineias und an die seiner Mutter denken. Letztere hatte zu ihm gesagt, Gott habe auf dieser Welt nicht zwei von seiner Sorte haben wollen. Ihm jedoch kam es so vor, als ob genau das Gegenteil wahr sei: Gott hatte ihn auf die Welt geschickt, damit er seine andere Hälfte fand, denjenigen, der verkleidet als Pianist berühmt geworden war, dessen Aufgabe indes darin bestand, seine Wirklichkeit in Brand zu setzen. Dulcineia jedoch – die Frau, mit der er geschlafen hatte, in einem Bett, das keinem von ihnen beiden gehörte – hatte zu ihm gesagt, Gott sei selbst dann bei ihm, wenn er sich verlassen wähne. Sie hatte recht, dachte er. Jetzt, wo er alles verloren hatte, fühlte er sich zu allem imstande. Er hatte in sich selbst Kräfte entdeckt, von denen er nicht wusste, dass er sie besaß, Kräfte, die nicht die eines Menschen waren. Sie entsprangen einem Geschenk.

Der am Boden liegende *Nutella* war eingestaubt. Die Feuchtigkeit in der Dachwohnung hatte ihm geschadet, und der schon ziemlich ramponierte Resonanzkasten wies jetzt neue Risse auf. Gefasst setzte er sich neben den Kontrabass und legte seinen Arm darauf, so als wollte er ihm seinen Schmerz und seine Hoffnung mitteilen. Das war der Freund, der ihm noch geblieben war. Ein Freund aus Holz, ohne Gesicht und ohne Herzschlag, aber im Gegensatz zu fast allen anderen war der *Nutella* unfähig, ihn zu belügen. Seine Saiten und seine Skala sagten stets die Wahrheit, die aus seinen Fingerspitzen sprach. Er hatte keine Lust zu spielen, vielleicht war er auch tatsächlich nicht dazu imstande. Ihm war danach, das Instrument zu umarmen und mit ihm dort sitzen zu bleiben, es zu beschützen, zu beobachten, wie es Tag für Tag in seinem ursprünglichen Zustand eines unbeseelten Gegenstands allmählich versteinerte.

Verrückt vor Einsamkeit.

Einige Tage lang schlief er auf dem Fußboden. Wie viele genau, wusste er nicht. Nachdem er sich einmal neben den Kontrabass gelegt hatte, stellte er fest, dass es dort viel behaglicher war als im Bett. Das Licht war dort weniger grell, da der Platz weiter vom Fenster entfernt lag, und die Geräusche von der Straße schienen weiter weg und flüchtiger zu sein. Anfangs tat ihm der Rücken von dem rohen Holz des Fußbodens weh. Ab und an kam es vor, dass sich ihm ein Splitter in die Fußsohle oder in die Hand bohrte. Dann stand er auf, ging ins Badezimmer, zog ihn sich mit schmutzstarrenden Fingern heraus, indem er so lange drückte und presste, bis sein Fleisch blutrot anlief. Anschließend kehrte er an seinen Platz neben dem *Nutella* zurück und rollte sich wie ein Embryo im Mutterleib zusammen, die Hände als Kopfkissen übereinandergelegt.

So verging eine lange Zeit. Das einzige Lebenszeichen aus der Außenwelt war das Licht, das kam und ging. Die Nacht folgte auf den Tag und der Tag auf die Nacht, unveränderlich im beunruhigenden Rhythmus der Zeit. Oft träumte er von dem, worauf Anabela, die Hypnotiseurin, ihn hingewiesen hatte, von der *Wurzel* des Problems. Dem Ursprung. Dem Moment, in dem er in seinem Inneren auf die Komposition gestoßen war, die der andere später für sich beanspruchen sollte. War der andere womöglich schon immer da gewesen? War er stets an seiner Seite gewesen und hatte grinsend und hinterlistig den passenden Moment abgewartet, um sich zu erkennen zu geben? Wäre es das Gesicht Stockmans, das er erblicken würde, wenn er schneller als möglich über seine Schulter schaute, oder würde er sich selbst sehen, von außen, und den anderen abwartend, geduldig, über seinen Rücken gebeugt? Ein Schatten an einer Straßenecke, der ihn verfolgte, ihm gleich und völlig anders, sein Abbild und sein Gegenbild?

Zeit und noch mehr Zeit. Einmal mehr wusste er nicht, wie viel genau. Eines Morgens erwachte er nach einem langen, von Gespenstern bevölkerten Schlaf. Der Traum hatte sich noch einmal wiederholt, und als er die Augen öffnete, konnte er eingraviert hinter seinen Lidern noch das Bild eines Mannes sehen, der langsam und gebeugt durch einen Schneesturm davonging. Beunruhigt und ein wenig entsetzt, stand er unverzüglich auf. Er wusste, was er zu tun hatte. Er musste herausfinden, wo Stockman lebte, und in seinem Unterschlupf die Partitur der *Dulcineia* finden. Wenn ihm das gelänge, würde er zwei Dinge wissen: Erstens, dass sein Double die Melodie nicht improvisiert hatte, und zweitens, dass irgendwo eine Aufzeichnung seines einzigen Werks existierte, das ihm von einem Geschöpf im Dienste des Bösen gestohlen worden war.

Er ging nur hinaus, um die Zeitung und in einem Restaurant gegenüber von seinem Haus etwas zu essen zu kaufen. Dem fliegenden Händler gab er ein wenig Kleingeld, und wenn er Brötchen kaufte, zerpflückte er eines davon und warf die Brösel auf den Gehweg, wo sich die Tauben, die Hungernden dieser Welt, auf der Suche nach Nahrung versammelten. Er aß wenig und durchforstete täglich die Zeitung auf der Suche nach Stockman. Wochenlang, so jedenfalls schien es ihm, fand er nichts bei seinem eingehenden

Studium der Konzertanzeigen. Es war, als wäre der Pianist im Wissen um seinen Zorn aus der Welt verschwunden und hätte sich abwartend in einer Höhle versteckt. Eines Tages jedoch wurde er fündig. Es handelte sich nicht um ein Konzert Stockmans und noch nicht einmal um einen Gastauftritt bei dem Konzert eines anderen Künstlers. Die Ankündigung betraf einen Vortrag über Musikimprovisation, der in einem alten Museum in einem historischen Teil Lissabons stattfinden sollte. Als Hugo die Zeilen las, erfasste ihn ein unkontrollierbares Schaudern: Seine Hände begannen zu zittern, so dass ihm die Seiten der Zeitung herunterfielen und auf dem Fußboden landeten. Der öffentliche Auftritt Stockmans war für den nächsten Tag angekündigt.

In dieser Nacht schlief er nicht. Leise atmend lag er neben dem *Nutella* und versuchte, von den Geräuschen der Nacht die Stimmen besänftigen zu lassen, die unaufhörlich in seinem Kopf widerhallten. Wie viel Zeit mochte vergangen sein, seit er in die Dachwohnung eingezogen war? Es mussten viele Wochen sein, aber wie viele? Oder wie viele Monate? Neugierig blickte er auf die erste Seite der Zeitung. Man schrieb den 13. Mai. Innerlich musste er lachen bei dem Gedanken, dass er, sofern das Datum stimmte, seit seiner Ankunft in Lissabon nur drei Monate gebraucht hatte, um herauszufinden, wer er war. Er lachte auch bei dem Gedanken, dass es womöglich schon der 13. Mai des darauffolgenden Jahres war. Wenn es so wäre, umso besser, dachte er. Wenn bereits ein weiteres Jahr vergangen wäre, hätte Júlia ihm vielleicht vergeben. Mateus wäre ein Jahr älter und noch kräftiger, die Korkenzieherlocken würden ihm bis zur Schulter herunterreichen. Vielleicht wäre auch Dulcineia verziehen worden. Ein Glücksgefühl blitzte in ihm auf bei der Vorstellung, wie sie in das Haus seiner Schwester zurückkehrte und den kleinen Jungen in die Arme schloss. Wenn ein weiteres Jahr vergangen wäre, hätte vielleicht er selbst alles vergessen oder die Kraft gefunden, die grausame Wahrheit zu ignorieren, dass seine andere Hälfte ihn ausgeplündert und in diesem Zustand zurückgelassen hatte, als Außenseiter des Lebens.

Am nächsten Tag wartete er ab, bis der fliegende Händler sein Wägelchen zusammengepackt hatte und pfeifend die Straße hinuntergegangen war. Er wartete ab, bis die Lichter des Restaurants auf der anderen Straßenseite angegangen waren. Nun wusste er, dass es Zeit war aufzubrechen. Er ging die Treppe hinunter, trat in die weiche, warme, wolkenlose Nacht hinaus und machte sich auf den Weg. In Hemdsärmeln, einer verschossenen Hose und denselben Schuhen, die er schon seit Jahren trug, wählte er die Strecke entlang dem Fluss. Er musste ungekämmt und ungepflegt aussehen, denn er spürte, dass die Passanten ihn anstarrten. Es machte ihm wenig aus. Ein Mädchen im Trainingsanzug lief an ihm vorüber. Jugendliche mit Bierflaschen in der Hand sangen auf der anderen Straßenseite. Es dauerte, bis er beim Museum angelangt war. Er wusste zwar, wo es lag, hatte aber absichtlich den längeren Weg gewählt und war unnötig durch Straßen und noch mehr Straßen gelaufen, als wollte er die unvermeidliche Begegnung mit dem Schicksal hinauszögern.

Schließlich erblickte er oben auf einer Anhöhe mit Aussicht auf den Fluss das Museum. Vor dem Eingang parkten viele Wagen. Die Laternen in dem danebenliegenden Park beleuchteten die Fassade, vor der eine Treppe zu einem Absatz mit zwei Marmorsäulen führte, auf denen die Skulpturen einer Nymphe und eines melancholischen Mannes thronten. Er beschloss, nicht hineinzugehen. Stattdessen suchte er sich ein in Reichweite gelegenes Gebüsch, setzte sich an einen Baum und betrachtete die Fassade des Gebäudes. Auf der nahen Uferstraße fuhren die Autos vorüber. Er zündete sich eine zerdrückte Zigarette an, die er in seiner Hosentasche fand, und wartete. Er rauchte die Zigarette bis auf den Stummel herunter und machte sie dann im Gras aus. Ein Windstoß wehte ihm die Gerüche der Jahreszeit in die Nase. Zum ersten Mal bemerkte er, dass es Frühling war und dass der metallische, nüchterne Geruch des Winters sich verflüchtigt hatte. Er riss ein Büschel Gras aus und schnupperte mit geschlossenen Augen daran. Dann bemerkte er eine gelbe Blume und beugte sich vor, um daran zu riechen. Die Erde schien, von neuem Leben erfüllt, zu atmen. Dennoch machte ihn das Bewusstsein von der Vergänglichkeit der Zeit traurig.

Als der Mond schon hoch am Nachthimmel stand, sah er die Leute aus dem Museum kommen. Einige blieben stehen, um sich eine Zigarette anzuzünden, andere unterhielten sich auf der Treppe. Aus der Entfernung konnte er nicht hören, was sie sagten, aber er fand das Stimmengemurmel und das Rascheln des Windes in der Baumkrone angenehm. Dann erblickte er ihn. Er kam allein heraus. Hugos Puls schlug schneller. Im Schutz des Baumstamms stand er auf und stellte fest, dass er den nächsten Schritt nicht bedacht hatte, dass er eigentlich in der Hoffnung dorthin gekommen war, Stockman niemals zu treffen, dass dieser dank eines glücklich-unglücklichen Umstands durch die Hintertür hinausgehen oder nicht zu dem Vortrag erscheinen würde. Aber nun ging er dort in dunklem Blazer, Hemd und Krawatte, in der linken Hand eine Mappe, und überquerte den kleinen Parkplatz. *Wahrscheinlich ist er Linkshänder*, dachte Hugo. *Und ich bin Rechtshänder.*

Einen Moment lang glaubte er, Stockman werde in einen der Wagen steigen, aber der Pianist machte einen Bogen um eine Reihe Autos und ging dann auf dem Gehweg die Straße hinunter. Hugo tauchte aus seinem Versteck auf und folgte ihm vorsichtig in gebührendem Abstand. Er hatte bereits angefangen, sich auszumalen, wie das Haus seines Zwillingsbruders aussehen mochte, sofern dieser denn nach Hause ginge. In seiner Vorstellung wohnte Stockman in einem unermesslichen Flur, der sich von der Eingangstür bis in die Unendlichkeit erstreckte, flankiert von Regalen so hoch das Auge reichte, in denen Bände standen, die sich bis in alle Ewigkeit fortsetzten und die all das enthielten, was er ihm in vierzig Jahren geraubt hatte: Jeden Gedanken, jedes Gefühl, jede Note, allesamt aufgezeichnet in einer endlosen Folge, die erst mit der Auslöschung seiner selbst von dieser Welt enden würde, in dem Moment, in dem er schließlich das verlieren würde, was ihm noch geblieben war – ein Gesicht, ein Körper, eine physische Präsenz.

Bei der Vorstellung erschauderte er und spürte plötzlich, wie seine Beine schwach wurden. Es war das gleiche Gefühl der Panik, das er empfunden hatte, als er in Francos Büro das Foto seines Gegenbildes gesehen hatte. Er atmete tief durch und versuchte sich zusammenzunehmen. Nach einigen Minuten bog Stockman nach links in eine abschüssige Straße ein, und mit einmal befanden sie sich in einer Wohngegend ohne Verkehr, in der sich linker Hand teuer wirkende Häuser erhoben. Als er begriff, dass Stockman und er die einzigen Menschen auf der Straße dort waren, blieb er jäh stehen; das Geräusch seiner Schritte hätte gewiss die Aufmerksamkeit des Pianisten erregt. Verdeckt von einem am Straßenrand parkenden Geländewagen wartete er, bis Stockman ins Haus hineingegangen war. Er versuchte abzuschätzen, wie viel Zeit vergangen war, und als er glaubte, dass zwei oder drei Minuten vorüber waren, kam er hinter dem Auto hervor, überquerte die Straße und stand, nachdem er einen Treppenabsatz hinaufgegangen war, vor der Tür.

Es gab nur eine Klingel, was bedeutete, dass Stockman der einzige Bewohner des Hauses war. Er blickte zu den Seiten, aber das Haus schien keinen anderen Eingang zu besitzen. Es war ein niedriges, lediglich zweistöckiges Gebäude. Oberhalb seines Kopfes befand sich ein kleiner schmaler Balkon, gerade einmal zwei Fenster breit. Hugo hatte nun, da er wusste, wo der andere wohnte, beschlossen, am nächsten Tag wiederzukommen, als er beim Blick auf die Tür feststellte, dass sie offen stand. Oder besser gesagt, sie war angelehnt, wie um ihn indirekt zum Eintreten einzuladen. Das beunruhigte ihn. Hatte Stockman seine Anwesenheit womöglich bemerkt? Erwartete er ihn dort drinnen vielleicht mit einem Blumentopf in der Hand, bereit, ihn mit einem gezielten Schlag in den Nacken zu treffen?

Er trat einen Schritt zurück. Dann legte er, unfähig, sich zu zügeln, eine Hand auf die Klinke und drückte sie leicht nach unten. Die Tür sprang auf und zeigte auf einen dunklen Flur. Sein Herz raste, als litte er unter schlimmster Tachykardie. Er trat in den Flur und schloss hinter sich geräuschlos die Tür. Angesichts der Stille im Haus, eingesperrt in sich selbst, war das Einzige, was er hören konnte, sein eigener Herzschlag, das Blut, das wild in seinen Adern pulsierte. Schritt für Schritt tastete er sich durch die Dunkelheit voran und begriff, als er eine am Haken aufgehängte Jacke berührte, dass er sich in einer kleinen Diele befand. Als Nächstes fanden seine Finger eine weitere Tür. *Die ist bestimmt verschlossen*, überlegte er, in der Situation wäre das nur folgerichtig gewesen. Doch als er den Türknauf ertastet hatte und ihn langsam drehte, sprang die Tür auf.

Sie führte in einen riesigen, vom Mondlicht erhellten Raum, einem Mond, der jenseits der großen Fenster in der Schwärze des Himmels schwebte, eine gelbgefärbte, nahezu vollkommen runde Kugel. Rechter Hand befand sich der Küchentresen, dessen Konturen er indes nicht ganz erkennen konnte. Links in der Nähe eines der Fenster stand ein Flügel, in der Mitte des Raumes ein breites Sofa, ein Musikregal und ein Tisch mit zahllosen Büchern darauf. Es war ein minimalistischer, spärlich eingerichteter, kalter Raum, ebenso kalt wie Stockman. Am Ende des Raumes, hinter dem Klavier, gab es einen weiteren Flur. Einen Fuß vor den anderen setzend, ging er an dem Küchentresen vorbei und bemerkte neben einem Schneidebrett einen metallisch glänzenden Messerblock. Wie im Traum sah er seinen Arm sich ausstrecken und seine Hand eines der Messer ergreifen, dessen Schneide pfeifend aus dem Schlitz glitt. Das Messer war schwer und lang; als das gespenstische Licht der Nacht darauf fiel, blitzte seine Klinge auf.

Er kniete sich neben den Tisch und stöberte in den Büchern, fand aber nichts. Dann ging er zu dem Klavier und entdeckte auf dem Notenständer zwei Notenhefte, die er auf den Klavierdeckel legte und öffnete. Die Blätter waren leer. Nicht eine einzige Note stand darauf, lediglich die numerierten Querlinien und der Violinschlüssel am Anfang einer jeden Linie waren bei allen aufgedruckt. Er schloss die Hefte wieder und stellte sie zurück auf den Ständer. Dann wartete er einen Moment und lauschte. Das Haus wirkte unbewohnt, obwohl er wusste, dass Stockman erst vor kurzem hineingegangen war. Nun wagte er sich in den Flur, an dessen Ende sich eine weitere Tür befand. Zu seiner Linken erhob sich ein schmales, fast bis zur Decke reichendes Regal, dessen Böden vollgepfropft waren mit genau den gleichen Heften, wie sie auf dem Klavier standen: Alle hatten einen hellblauen Deckel und dünne Seiten. Er legte das Messer ab und begann mit dem untersten Regalboden direkt über den Dielen. Er schlug ein Heft auf, dann noch eines und noch eines und stapelte sie neben sich, bis sich ein unordentlicher Haufen gebildet hatte. Die Hefte waren allesamt leer. Der Violinschlüssel, die Linien, die Numerierung standen wohl darin, aber keine einzige Note. Er arbeitete sich die Regale hoch, das zweite, das dritte, das fünfte, bis hinauf zum siebten, öffnete Dutzende Hefte, alle waren leer. Die *Dulcineia* befand sich in keinem davon, aber auch keine andere Komposition.

Verschwitzt blickte er zu Boden, wo die verstreut herumliegenden Hefte von der Nichtigkeit seines Unterfangens zeugten. Daneben lächelte das Messer ihn an. Er nahm es wieder an sich und ging weiter durch den Flur. Da das Licht, das durch die Fenster fiel, dort nicht mehr hinreichte, war die Dunkelheit noch dichter. Schon vor der Tür spürte er, dass Stockman dort drinnen war. Seine Faust hielt das Messer noch fester umschlossen, und er spannte die Finger an. Dann drückte er die Klinke herunter und trat zurück, um die Tür zu öffnen.

Es war ein Schlafzimmer. In der Mitte stand ein Doppelbett, daneben ein Stuhl, über dessen Lehne ein Hemd, eine Hose und eine Krawatte hingen. Rechts befand sich ein weiteres Fenster mit halb geschlossenen Gardinen. Das Licht, das hereinschien, verlieh dem Raum die Atmosphäre eines Schwimmbads, aus dessen Tiefe ein bläulicher Schimmer an die Oberfläche stieg. Zunächst dachte er, das Bett sei leer, doch dann bemerkte er, dass Stockman bis unters Kinn zugedeckt darin lag. Sekundenlang hielt er den Atem an. Ganz langsam trat er näher und spürte, wie der Holzfußboden unter seinen Schuhsohlen kaum hörbar knarrte. Der Pianist lag auf dem Rücken und schlief ruhig, ohne einen Ton von sich zu geben. Er schien tot zu sein. Hugo ging so nah wie möglich an das Bett heran, hielt die linke Hand über Stockmans leicht geöffneten Mund und fühlte den warmen Hauch des Schlafs.

In dem Moment begriff er, weswegen er hierhergekommen war. Die Erkenntnis war für ihn wie die Feststellung von etwas ganz Offensichtlichem, von etwas, das viel zu lange verborgen gewesen war und das nun, als das Leben sich für ihn in eine Sackgasse verwandelt hatte, in dieser krankhaften Klarheit zutage trat. Vertrauensvoll setzte er sich auf das Bett, bemüht, seinen

Zwillingsbruder nicht aufzuwecken. Zärtlich schaute er ihn an – den ihm Gleichen, der in allem anders war, den er kaum kennengelernt hatte und den er doch seit unvordenklicher Zeit kannte. Seit einer Zeit vor seiner Geburt, hatte er doch mit ihm den Beginn der Welt und die Anarchie aller Dinge geteilt. Er strich ihm mit dem Handrücken über die Wange, spürte sein unrasiertes Gesicht und den feinen Schweißfilm, den der Schlaf stets mit sich bringt. Langsam, mit der Sorgfalt, mit der man ein Lot ausrichtet, hielt er Stockman die Klinge an die Kehle. Er atmete tief ein und schloss die Augen. Dann vollführte er, als hätte er diese Handbewegung schon viele Male geübt, einen sauberen Schnitt von links nach rechts. Als das Blut die Laken dunkelrot färbte, verließ er das Zimmer und schloss die Tür.

Die Nacht gehörte ihm. Die ganze Nacht.

Vorsichtig, um den Nachbarn nicht aufzuwecken, stieg er die Treppen hoch. Es war heiß in der Dachwohnung, deshalb zog Hugo Hemd und Hose aus. In Unterhose und Socken suchte er im Kasten des *Nutella* sein Notenbuch. Er blätterte es durch und riss ein noch nicht mit Noten vollgeschriebenes Blatt nach dem anderen heraus. Es waren nicht viele Seiten, aber sie reichten aus. Dann öffnete er das Fenster, um die frische Nachtluft hereinzulassen, und setzte sich an den Tisch in der Mitte der Wohnung. Zu seiner Rechten legte er die Blätter auf einen Stapel, nahm das oberste und begann zu schreiben.

Er wusste nicht, wo er anfangen sollte, und begann deshalb mit dem Ende. Dann ging er langsam zurück in seiner Erinnerung, die gegen seinen Willen anarchisch hin und her sprang, während der Stift, ohne innezuhalten, die Blätter mit den Notenlinien und den Violinschlüsseln mit seiner Handschrift füllte. Vor allem versuchte er, die Wahrheit niederzuschreiben: die Wahrheit über Stockman, die Wahrheit über sich selbst, die Wahrheit über die gestohlene Komposition. Er schrieb die Wahrheit über den totgeglaubten Zwillingsbruder, die Wahrheit über seine Familie, und zum Schluss schrieb er wie zum Abschied die Noten einer Komposition auf, die seit langem in ihm verloren war. Als er fertig war, hörte er draußen das Kreischen der Möwen. Ein Hahn krähte im frühen Morgengrauen. Das war der Moment, in dem er aufstand und ins Badezimmer ging. Mit der Flasche flüssigen Abflussreinigers, den er für die Toilette benutzte, kehrte er zurück. Er schaltete die Musikanlage ein und legte die Fugen von Bach auf. Dann plazierte er den Kontrabass um und stellte ihn in die Nähe vom Fenster. Er kam ihm viel schwerer vor als früher: Als er ihn vom Boden hochhob, spannten sich die Spinnweben, bis sie rissen, und der Resonanzkörper beklagte sich, als er das Instrument, ohne auch nur den Stachel herauszuziehen, hinter sich herschleifte. Er spürte, wie Tränen eines merkwürdigen Glücks ihm in die Augen stiegen. Dann blickte er zum Mond, der sich am Himmel zu verstecken begann, und auf die Dächer der Stadt. Unter einem davon wähnte er Mateus, der tief und fest in der Seelenruhe der Kindheit schlief. Dann schraubte er den Verschluss der Flasche auf und trank ihren Inhalt in einem Zug aus. Das Letzte, was er hörte, war die Musik, deren Noten in Kaskaden auf einen Abgrund zustürzten. Das Letzte, was er hinter seinen geschlossenen Augen sah, war der Mann, der verloren in einem Schneegestöber davonging; er überließ es der Zeit, sich der Sache anzunehmen.

ZWEITER TEIL

In den letzten zwölf Jahren meines Lebens habe ich Luís Stockman sehr nahe gestanden. Ich wage sogar zu sagen, dass ich sein bester Freund war – oder vielleicht der Freund, dem er am meisten vertraut hat, vor allem nach seiner Abreise. Seine Geschichte ist kompliziert und voller merkwürdiger Details. Kennengelernt habe ich Stockman, als ich gerade meinen ersten Roman veröffentlicht hatte. Es war um die Jahrtausendwende, und sowohl er als auch ich hatten zu diesem Zeitpunkt die Grenze zu den Dreißig überschritten, ohne dass wir in unserem Curriculum etwas vorweisen konnten, worauf wir hätten besonders stolz sein können. Ich schrieb Erzählungen und Buchbesprechungen für Literaturzeitschriften und arbeitete gelegentlich als Journalist; er, mit einer Begabung, die noch nicht deutlich zutage getreten war, gab nicht sonderlich ehrgeizigen Schülern Musikunterricht und spielte ab und zu in Jazzcombos, wenn ein Pianist gebraucht wurde. Wir waren jung und voller Hoffnung. Worauf, weiß ich nicht genau. Vielleicht nährten wir die typische Überheblichkeit der Jugend, die uns jahrelang vorgaukelt, dass unser Leben nicht banal oder gewöhnlich sein wird, dass uns Größe bestimmt ist, doch wussten wir noch nicht, dass jeder Größe das gleiche Maß an Elend entspricht.

Ich hatte ihn über eine ehemalige Freundin kennengelernt. Wir hatten eine kurze Beziehung gehabt, waren aber Freunde geblieben, und ein paar Monate später machte sie mich mit Luís Stockman bekannt, dem

Mann, mit dem sie nun zusammen und in den sie über beide Ohren verliebt war. Mein erster Eindruck von Stockman war nicht der beste. Mag sein, dass ich noch von der kindischen Eifersucht beeinflusst war, die selbst mehrere Monate nach dem Ende einer Beziehung in unser Urteil einfließt; keine Ahnung. Jedenfalls wirkte Stockman auf mich schüchtern, mitunter düster, ein dünner Typ, groß und linkisch, ohne Selbstvertrauen, der seinem Gegenüber den Eindruck von hoffnungslosem Versagen vermittelte. Kurios ist, dass ich einige Zeit später, als wir uns in einem Café trafen und zum ersten Mal miteinander sprachen, von ihm hörte, dass er von mir genau den gleichen Eindruck gehabt hatte – dass ich depressiv und introvertiert sei, nicht viel mitzuteilen hätte und zu sehr mit mir selbst beschäftigt sei, um die Gesellschaft anderer Menschen genießen zu können.

Mein erster Eindruck von ihm war vollkommen verkehrt; sein Eindruck von mir mochte zutreffend sein. Seitdem trafen wir uns ziemlich regelmäßig. Kurz darauf war Stockman wieder solo und ich auch; wir waren praktisch gleich alt, interessierten uns für dasselbe – Bücher, Musik, Frauen –, und wie es zu einer bestimmten Generation gehört, war ich viel zu träge, um mich für das, was ich erreichen wollte, ordentlich anzustrengen, und irrtümlich glaubte ich, dass es ihm genauso gehe. Wir redeten Abende und Nächte hindurch, und fast immer tranken wir billigen Wein, bis wir keinen ganzen Satz mehr zustande brachten. In solchen Momenten nahm Stockman die Brille ab, rieb sich kräftig die Augen und pfiff dazu irgendeine Melodie; und ich, der ich zu spät gelernt hatte, mich in Gesellschaft zu benehmen, hielt nach unbegleiteten Mädchen Ausschau und ging dann doch verbittert allein nach Hause.

Aber in dieser Geschichte geht es nicht um mich. Ich nehme an, wer dieses Buch lesen will, weiß genug über seinen Autor: Seit Anfang dieses Jahrhunderts veröffentliche ich Romane und habe seither eine akzeptable Karriere gemacht, mit Höhen und Tiefen, ohne den Ehrgeiz von einst. Ich bin verheiratet und habe zwei Töchter; ich bin im Rahmen des Möglichen glücklich, bis auf die Zeiten größeren Stillstands, wenn ich vergeblich nach einem Stoff fahnde, der mich ausreichend begeistert, um darüber ein neues Buch zu schreiben. In solchen Zeiten wissen meine Studenten an der Universität, dass sie mir weder zu viele Fragen stellen noch mir Erzählungen oder Romanentwürfe aufdrängen dürfen. Ich kann einfühlsam sein, aber ich kann auch ein bissiger, zynischer und scharfer Kritiker sein. Meine Frau hat im Laufe der Jahre gelernt, diese Phasen zu erkennen und vorauszusehen, und mit der ihr eigenen Ungerührtheit lässt sie mich den größten Teil des Tages in Ruhe, ruft nur von Zeit zu Zeit von der Arbeit zu Hause an, um zu hören, ob ich noch lebe oder schon von meinen Qualen aufgefressen bin.

Ich befand mich gerade in einer solchen Phase, als ich über einen Bekannten erfuhr, dass Stockman ohne Vorwarnung nach Kanada gereist war und wichtige Konzerte während der Sommermonate, die seit geraumer Zeit ausverkauft waren, abgesagt hatte. Meine erste Reaktion war Verwunderung: Wir waren die besten Freunde, und ich wusste, immer wenn er eine Reise unternehmen wollte oder etwas Einschneidendes in seinem Leben geschah, rief er mich an und fragte nach meiner Meinung oder wollte mein Einverständnis hören. So war Stockman, und so war auch ich – obwohl bereits über vierzig Jahre alt, waren wir nach wie vor mit einer Aufrichtigkeit voneinander abhängig, die sich im Laufe der Jahre nur noch verfestigt hatte; wir waren das Fundament, das uns half, beim anderen Zweifel und Unsicherheit mit entschiedenen Worten zu zerstreuen.

Trotz seines Erfolgs und meiner relativ komfortablen Situation im Literaturbetrieb hatten wir noch immer jede Menge Zweifel. Genau genommen verstärkten sie sich im Laufe der Jahre, und auch wenn sie immer seltener wurden, waren sie dann, wenn sie auftraten, umso verheerender. Es war nicht ungewöhnlich, dass Stockman mich nachts um drei Uhr anrief, um mir zu sagen, dass seine Platte, die einzige, die er bis dato aufgenommen hatte (obwohl er Hunderte von Stücken komponiert hatte), ein Riesenscheiß sei – trotz der großartigen Kritiken – und dass er am nächsten Tag ein öffentliches Angebot für sämtliche noch vorhandenen Exemplare machen würde, um sie dann in den Müll zu werfen. Es war nicht ungewöhnlich, dass ich, ein anscheinend etablierter Schriftsteller mit ein paar tausend treuen Lesern, gelegentlich eine so große Schaffenskrise hatte, dass ich mich in irgendein Quartier im Süden des Landes zurückzog, meinen Freund anrief, ihm erzählte, ich hätte meine Frau und Töchter verlassen (in diesen Verzweiflungsmomenten glaubte ich, die ständige Beanspruchung durch die Familie sei für meine Schreibblockade verantwortlich), und hoffte, er komme zu mir, wir würden zusammen zu Abend essen, zusammen trinken, und er würde mich nach Lissabon mit zurücknehmen. Beschämt bat ich meine Familie um Entschuldigung, und das Leben ging weiter, wie es immer weitergeht, ohne Rücksicht auf unsere Launen.

Meine Unsicherheitsanfälle traten jedoch in wesentlich größeren Abständen auf als bei Stockman. Seit wir uns kannten, war es vielleicht drei Mal dazu gekommen. Bei ihm waren die Phasen, in denen er aus dem Gleichgewicht geriet, häufiger und intensiver. Ich glaube, die Gründe dafür hingen mit der bewegten Kindheit meines Freundes zusammen, über die ich noch sprechen werde, und mit seinem obsessiven Naturell, das immer sein ausgeprägtester Charakterzug war.

In den ersten Jahren unserer Freundschaft schrieb ich regelmäßig, vor allem Erzählungen und Kurzgeschichten, die in Abständen in Zeitungen und Zeitschriften erschienen; den Sommer über schrieb ich an Romanen. Stockman jedoch hörte nie auf zu arbeiten, auch wenn er es selten zugab. Manchmal sah ich ihn eine oder zwei Wochen lang nicht; wenn ich ihn dann traf, sagte er, er habe Winterschlaf gehalten. Jahre später gestand er, dass er sich dann in dem winzigen Apartment, in dem er wohnte, verkrochen hatte und Musikstücke komponierte, die niemals das Licht der Welt erblicken sollten. Wie ein Besessener schrieb er ein Notenblatt nach dem anderen voll, unfähig, die sprudelnde kreative Ader zu drosseln, das Merkmal des Genies, wie in seinem Fall.

Seine Besessenheit hörte nicht bei der Musik auf. Wie mit dem Klavier war es auch mit den Frauen, der Politik oder den Lokalen, in denen er verkehrte. Obwohl ich ihn durch eine Freundin von uns beiden kennengelernt hatte, wurde mir schnell klar, dass seine Wirkung auf Frauen ganz anderer Art war als meine –

eher das Gegenteil. Ich ließ mich, fromm wie ein Lamm, an die Hand nehmen; Stockman war ein Alptraum an Leidenschaft und Hingabe. Die Freundin, die ihn mir vorgestellt hatte, verschwand kurz darauf von der Bildfläche, dann folgte eine ganze Reihe von Affären, und alle begannen und endeten auf die gleiche Art: Er verliebte sich wie wahnsinnig, schlug den Frauen vor, bis an ihr Lebensende zusammenzubleiben, und einen oder zwei Monate später rief er mich mitten in der Nacht betrunken an, spielte Dissonanzen auf dem Klavier und sagte mit vom Rauchen heiserer Stimme, alles sei vorbei und er wolle nie wieder eine Frau. Das Seltsamste dabei war, dass Stockman zwar unter diesem absurden Verhalten litt, aber immer selbst für das Ende der Beziehung verantwortlich war. Wenn er anfangs ein hingebungsvoller Liebhaber war, so überkamen ihn schon bald Langeweile, Überdruss und das Bedürfnis, etwas Neues auszuprobieren. Es war, als suchte er in jeder neuen Beziehung eine Hälfte, die ihm fehlte, ein Stück von ihm, das man ihm genommen hatte, seit er sich erinnern konnte, und das er jedes Mal in eine andere Frau projizierte, um ihr dann das Leben zur Hölle zu machen und sie mit Glanz und Gloria zu verstoßen.

Ich machte also gerade so eine Phase durch, in der mir jegliche Kreativität fehlte – und auch jegliche Art von Stoff, der mich hätte begeistern können –, als ich hörte, dass er nach Montreal gereist war. Wir hatten uns seit ein paar Wochen nicht gesehen, und ich hatte in dieser Zeit zwischen dem Ende des Studienjahres an der Universität und dem Alltag, der meine Zeit in Anspruch nahm, nicht allzu oft an meinen Freund gedacht. Ich wusste, dass es ihm gutging. Er lebte mit einer schönen und intelligenten Frau in einer geräumigen Wohnung; seine Platte, nach jahrelangem Planen, Zögern und Abändern aufgenommen, war plötzlich ein Verkaufserfolg sowohl im Inland als auch im Ausland. Er hatte für mehr als zwei Jahre Konzerttermine, sein Ruf war auf einmal gefestigt, vom Enfant terrible des Jazz – oder praktisch unbekannten Künstler, was auf dasselbe hinausläuft – war er zum verehrten Musiker geworden mit einer großen Schar von Fans, die sich von anderen Musikgenres ab- und Stockmans Eklektizismus zugewandt hatten. Die Platte, zuvor ständig verschoben – es hatte eine Ewigkeit gedauert, bis er die Studioaufnahmen als gut genug für eine Veröffentlichung befunden hatte –, war ein endlich eingelöstes Versprechen. Vor der Platte war Stockmans Name unter Jazzliebhabern wegen seiner ungewöhnlichen Hingabe bei Konzerten bekannt gewesen (seine Verehrer, die Fachleute, warteten ungeduldig auf seine Plattenaufnahme); und diese Verehrer sorgten dafür, dass er bekannt wurde, da sich unter ihnen zahllose Kritiker, Journalisten, Meinungsmacher und wichtige Leute aus dem Kulturleben befanden. Sowie das Album erschienen war, verstummten ebendiese Stimmen nicht, bevor nicht alle Welt von Stockmans brillantem Können erfahren hatte und das sagenumwobene Meisterwerk bekannt war, an dem fast ein Jahrzehnt lang gearbeitet worden war.

Ein ganzes Jahrzehnt war es nicht, aber es waren sieben Jahre. Während dieser Zeit, in der er wie besessen an jeder einzelnen Note von jedem der zehn Stücke feilte, veröffentlichte ich fünf Romane. Der Unterschied war, dass im Gegensatz zu seinem einzigen Werk, das perfekt und präzise, absolut präzise war, meine Werke unvollkommen und ungenau waren. Ich hatte zwei Töchter, ich musste für ihr Essen, ihre Kleider und ihre Schule aufkommen und konnte es mir also nicht leisten, nur alle zehn Jahre ein Buch zu veröffentlichen. Als Resultat davon wies mein Werk Qualitätsschwankungen auf; es war ein Kampf gegen die Zeit, manche Bücher waren besser als andere, je nach der Geschichte (und meiner Verfassung), die ich in dem entsprechenden Jahr hatte finden können.

*

Anfangs glaubte ich, Stockmans Reise habe mit einer Liebe zu tun, und deshalb maß ich dem Ganzen keine große Bedeutung bei. Zwar war er im letzten Jahr seiner Freundin treu geblieben, zumindest behauptete er das – Teresa war Theaterschauspielerin, begabt und selbständig genug, um einen Mann wie ihn zu halten –, dennoch war nicht ausgeschlossen, dass er bei einem Konzert hier oder da, in diesem oder einem anderen Land, eine Verehrerin kennengelernt hatte und sich in einem seiner unkontrollierten Liebesanfälle auf den Weg nach Kanada gemacht hatte, um diese Liebe zu leben (und später zu verwerfen). Ich rief bei ihnen an und gab vor, nicht zu wissen, dass mein Freund nicht da war. Teresa nahm ab und bestätigte mit Grabesstimme, dass er sich nicht in Lissabon befand. Ich fragte vorsichtig, ob etwas passiert sei. Sie zögerte kurz, dann, anscheinend etwas verwirrt und mitgenommen, fügte sie hinzu, es habe in der Woche vor seiner Abreise einen Vorfall gegeben, und auch die Polizei sei involviert gewesen. Das machte mich ziemlich besorgt, und ich fragte Teresa, ob sie etwas mehr dazu sagen könne, ob es ein ernstes Problem sei, ob es Stockman gutgehe. Sie antwortete lediglich, soweit sie wisse, sei er am Leben und es gehe ihm gut. Dann sagte sie, sie wolle nicht weiter darüber sprechen und mein Freund müsse mir selbst erklären, was geschehen sei, denn sie sei davon genauso überrascht worden wie ich. Ich hatte den sich geradezu aufdrängenden Eindruck, durch besagten Vorfall, gleich welcher Art er war – worauf näher einzugehen Teresa kein Interesse hatte, zumindest nicht am Telefon und zumindest nicht mir gegenüber –, war zwischen ihnen ein Graben entstanden. Ich fragte sie, ob sie wisse, wo genau Stockman sich befinde, und sie antwortete, sie habe keine Ahnung. Eines Nachts habe er ihr mitgeteilt, dass er nach Montreal reisen werde, und am nächsten Tag habe er den Koffer gepackt und sei verschwunden, ohne eine Nachricht zu hinterlassen. Da ich sehr beunruhigt war, konnte ich ihr das Versprechen abringen, sich bei mir zu melden, falls er von sich hören ließe. Wir beendeten das Telefonat, und im selben Augenblick wurde mir klar, dass ich dieses Mal vielleicht wirklich Grund hatte, mir Sorgen zu machen.

Ein paar Tage nachdem ich mit seiner Freundin gesprochen hatte, rief Luís in der Nacht an. Ich stand verschlafen auf und ging ins Wohnzimmer zum Telefon. Meine Frau wachte auch auf und fragte, wer es sei; eine meiner Töchter erschien im Schlafanzug und rieb sich die Augen, noch halb im Traum und verwirrt von dem lauten, irritierenden Klingeln des Apparats auf dem Tisch neben dem Sofa. Ich nahm ab: Es war er. Ich bat ihn, einen Moment zu warten, gab der Kleinen einen Kuss und schickte sie zurück ins Bett. Statt durch den

Flur zu ihrem Zimmer zu laufen, ging sie zu unserem. Vermutlich lag sie, am Daumen nuckelnd, bereits auf meinem Platz im Bett, als ich Stockmans verstörte Stimme hörte.

»Weißt du, wie spät es ist?«, fragte ich.

»Elf Uhr abends.«

»Hier ist es vier Uhr nachts.«

»Es ist doch nicht das erste Mal, oder?«

»Aber vielleicht das letzte Mal. Sie hasst dich schon, weil du immer in der Nacht anrufst.«

Ich sprach von meiner Frau. Wir begannen unsere Gespräche fast immer in diesem nicht ganz ernst gemeinten, etwas aggressiven Ton; das gehörte zum Ritual.

»Wo bist du?«

»In Montreal. In einem Hotel in der Innenstadt, keine Ahnung, wie es heißt.«

»Was tust du da? Hier machen sich alle Sorgen um dich.«

»Sagen wir, ich habe beschlossen, ein Sabbatjahr einzulegen«, antwortete er. Im Hintergrund konnte ich die Autos hupen hören. Ich stellte mir vor, dass er am offenen Fenster stand und hinausblickte, während seine langen Finger sich wie Spinnenbeine um den Hörer legten. Ich setzte mich aufs Sofa, rieb mir die Augen und nahm das Telefon ans andere Ohr.

»Du willst ein ganzes Jahr bleiben? Einfach so mir nichts, dir nichts?«

»Wenn Gott am siebten Tag geruht hat, kann der Mensch das auch.«

»Ich dachte, das hatte irgendetwas mit Ernten zu tun.«

»Ich muss dir etwas erzählen. Hast du Zeit?«

Ich sah auf die Uhr: zwölf Minuten nach vier.

»Natürlich. Die Kinder stehen erst in drei Stunden auf.«

Obwohl seine Stimme glasklar klang, wirkte sie, als käme sie von sehr, sehr weit her. Während er sprach, ging mir dies durch den Kopf, der Gedanke an die Schallgeschwindigkeit, an die Zeitspanne zwischen dem Moment, in dem die Worte von seinen Lippen kamen, und dem Augenblick, wenn ich sie hörte. Sollte er plötzlich sterben, wäre er für mich noch ein paar Sekunden länger am Leben, überlegte ich, morbide wie immer. Diese lächerlichen Gedanken wichen bald der Aufmerksamkeit, mit der ich mir notgedrungen anhörte, was Stockman erzählte. Seine Stimme veränderte sich im Laufe der Stunde, die wir am Telefon verbrachten. Am Ende klang sein Ton fast makaber, und ich fürchtete zum ersten Mal, dass er viel schlimmer dran war, als ich geglaubt hatte.

Die Polizei hatte nach dem Abendessen vor seiner Tür gestanden. Teresa hatte geöffnet. Sie war erschrocken, als sie zwei Polizisten in Uniform erblickte und diese nach Stockman fragten. Dann hatte sie ihren Freund gerufen, der im Studio komponierte. Als er an die Tür kam, begriff er kaum, worum es ging, denn er hatte intensive Tage hinter sich mit Konzerten und Verpflichtungen, die der Erfolg mit sich bringt, und hatte jede freie Minute genutzt, um an neuen Stücken zu arbeiten, die auf seinen Improvisationen auf der Bühne basierten. Der eine Polizist erklärte etwas verlegen, man habe sie zu ihm geschickt, um zu überprüfen, ob er am Leben sei, denn offenbar habe ein Selbstmörder einen Brief hinterlassen, in dem er gestand, ihn getötet zu haben. Der andere Polizist fügte hinzu, dass es sich vermutlich um falschen Alarm handele, um den geschmacklosen Scherz eines Verrückten, und dass sie bedauerten, ihn gestört zu haben. Ungläubig fragte Stockman nach dem Namen des Mannes, der den Brief hinterlassen hatte. Die Polizisten antworteten, darüber wüssten sie nichts, sie hätten gerade ihre abendliche Streife gefahren und einen Anruf von höherer Stelle erhalten, sich der körperlichen Unversehrtheit des Herrn Stockman zu vergewissern. Stockman ließ nicht locker, er fragte nach Einzelheiten, und die Polizisten erwiderten abermals, sie könnten ihm keine Details nennen, weil sie nichts wüssten; sie hätten nur einen Befehl ausgeführt, das sei alles. Stockman argumentierte, wenn sein Name in dem Brief stehe, sei es wohl selbstverständlich, dass er Näheres wissen wolle. Der eine Polizist ging zum Streifenwagen, und als er zurückkam, sagte er zum Pianisten, ein Ermittler von der Kriminalpolizei werde sich mit ihm in Verbindung setzen, um die Angelegenheit zu erläutern. Das Absurde war, dass einer der Polizisten Stockman um ein Autogramm bat. Vermutlich hatte er noch nie seine Musik gehört und würde sie vermutlich auch nie hören. Aber er hatte bemerkt, dass Stockman prominent war.

»Wenn wir in der Situation gewusst hätten, welche Ironie des Schicksals das war«, sagte mein Freund. »Ein unbekannter Musiker begeht Selbstmord und hinterlässt einen Brief, in dem er den imaginierten Mord an einem erfolgreichen Musiker gesteht. Ein selten unpassender Augenblick, mich um ein Autogramm zu bitten.«

Stockman war jedoch so verwirrt gewesen, dass er ihm schließlich sein Autogramm auf einen Zettel gekritzelt hatte.

Am nächsten Tag rief der Mann von der Kripo an.

Offenbar hatte sich in einer Lissabonner Mansarde ein Mann umgebracht und einen langen Abschiedsbrief hinterlassen. Der Selbstmord wies eigenartige Umstände auf. Der Mann hatte eine Flasche Ätznatron getrunken, eine Platte von Bach auf permanentes Replay gestellt und sich neben einen alten Kontrabass gelegt. Der Nachbar unter ihm hatte die Musik, die ihm und seiner Familie seit Tagen unablässig auf die Nerven ging, endgültig satt und wollte bei ihm klingeln, aber die Tür stand offen. Das folgende Szenario bot sich ihm: Der Mann blutete aus dem Mund, hatte aber ein Lächeln auf den Lippen; Möwen waren durch das Fenster hereingekommen und hatten angefangen, an dem Toten herumzupicken. Nachdem die Behörden auf einem Tisch den Brief gefunden hatten – ein halbes Dutzend in perfekten Zeilen mit der Hand beschriebene Seiten –, waren sie alarmiert und hatten, weil es womöglich einen Mord gegeben hatte, noch am selben Abend zwei Streifenpolizisten zu Stockmans Wohnung geschickt. In dem Brief gestand der Mann, an ebendiesem Abend meinen Freund umgebracht zu haben, den er in seinem Brief abwechselnd »Zwilling«, »Gegenbild« und »Dieb« nannte.

Als Erstes hatte Stockman den Polizisten gefragt, ob der Selbstmörder eine Brille getragen hatte. Der Polizist muss die Frage höchst befremdlich gefunden haben, denn er brauchte mehrere Sekunden, bis er antwortete. Dann bestätigte er, man habe neben dem Toten eine Brille gefunden. Stockman fragte, ob er die Brille sicherstellen könne und ob er den Brief lesen dürfe. Sie verabredeten sich noch für den gleichen Tag. Als Stockman zur Wache kam, führte der Polizist ihn in sein Büro. Die Brille, erklärte mir Stockman, gehöre ihm; die Initialen seines Namens waren diskret auf der Innenseite der von einer weißen Linie durchzogenen Bügel eingraviert (ich erinnerte mich sofort an seine Brille, seit langem trug er dasselbe Modell). Dann hatte Stockman dem Polizisten erklärt, dass er den Selbstmörder gekannt habe; dass dieser ihn nach einem Konzert angesprochen und die Brille getragen habe, die er kürzlich verloren hatte.

»Wieder so ein völlig durchgedrehter Fan«, bemerkte der Kripomann. »Solche Fälle haben wir schon mehrmals gehabt. Aber normalerweise bleibt es bei einer Anzeige und einer Verwarnung.«

Wie es scheint, sagte mein Freund dazu nichts. Genau genommen hörte er gar nicht mehr, was der andere sagte. Stattdessen las er aufmerksam das halbe Dutzend chaotisch beschriebene Seiten. Es hatte ihn schockiert, dass der Selbstmörder Notenblätter benutzt hatte; als wollte er damit die Musik für immer verfluchen. Nach dem Geständnis am Anfang, in dem er erklärte, Stockman sei im Schlaf getötet worden, ließ der Selbstmörder sich lang und breit über die Wege der Wahrheit und der Lüge aus. Er sprach unablässig von der *Wahrheit*, als wäre sie eine vom Menschen unabhängige Instanz; er sprach auch von Personen, die der Pianist nicht kannte, von einem Kind, einer Familie; aber er sprach ebenfalls von Stockman und stellte ihn als Usurpator dar. Während dieses Telefonats mitten in der Nacht hörte ich zum ersten Mal von der Komposition.

»Er war fest davon überzeugt, dass ich ihm ein Thema geklaut hatte. Dass ich ein Dieb bin, einer, der hier unterwegs ist, um ihm seine Identität zu stehlen. Erinnerst du dich an das Konzert im Coliseu? Er sagte, er sei da gewesen und ich hätte irgendwann ein Stück gespielt, das er komponiert habe. Jede einzelne Note, in Cis-Dur. Ich habe keine Ahnung, was er damit meinte. Er wirkte betrunken. Dann behauptete er, dass wir deswegen Zwillinge sein müssten, weil es ausgeschlossen sei, dass zwei Menschen zur selben Zeit an zwei verschiedenen Orten in der Welt dasselbe Stück schreiben, es sei denn, es gäbe zwischen ihnen eine Wesensverbindung.«

»Und das hat dir eingeleuchtet?«

»Überhaupt nicht«, antwortete er. Die Antwort erleichterte mich in gewisser Weise. Ich blickte aus dem Fenster; in der Ferne kündigte sich der Morgen in einer hellen Linie über dem Fluss an. Doch die Erleichterung währte nur einen winzigen Moment. »Anders gesagt, vielleicht habe ich diesen Gedanken abgewehrt«, sprach er weiter. »Tatsache ist, ich habe ihn zwar nur ein Mal gesehen, aber es ist nicht zu leugnen, dass wir uns ähneln. Uns ähnlich waren. Zumindest äußerlich. Und dann sind mir Zweifel gekommen, denn obwohl ich beschlossen hatte, ihn zu ignorieren, haben seine Worte an irgendetwas gerührt. Er hat ein seltsames Gefühl in mir ausgelöst, verstehst du? Das Gefühl, dass ich in dem Augenblick einen Traum erlebte oder dass ich vielleicht endlich aus einem Traum erwachte. Etwas in der Art.«

Der letzte Teil seiner Antwort beunruhigte mich. Ich kannte Stockman gut. Nach so vielen Jahren der Gemeinsamkeit konnte ich erkennen, was seine Obsessionen auslöste, und fast immer fing es so an: mit einem Zweifel, einem dunklen Fleck, seine Gedanken schwankten zwischen Zustimmung und Ablehnung, widersprachen sich.

Er fuhr in der Geschichte fort. Der Mann hatte auf

den vielen Seiten wiederholt, was er ihm persönlich über seinen toten Zwillingsbruder gesagt hatte. Ein makabres Detail, aber aus irgendeinem Grund hatte Stockman es behalten und war dann erschrocken, als er die Zeilen las, während der Kripomann vor ihm saß und ihn schweigend beobachtete. Es war eine Beschreibung der Geburt von ihnen beiden mit äußerst seltsamen Einzelheiten, so als wären sie im Grunde nur einer, durch einen fremden oder übernatürlichen Willen voneinander getrennt, doch nun von einem Schicksal vereint, gegen das auch dieser Wille nichts auszurichten vermochte. Stockman zufolge war es der Brief eines Mannes, der vollkommen den Verstand verloren und in seinem Kopf eine Parallelwelt konstruiert hatte, in der alle Dinge im Verborgenen miteinander verbunden waren, alles durch scheinbare Widersprüche miteinander vereint, die sich aber eines Tages als richtig herausstellen würden. Auf der letzten Seite sprach er von seiner Familie. Von einer Mutter und einem Vater; von einem Mädchen namens Dulcineia und einem kleinen Jungen, außerdem davon, was er von diesem Kind gelernt hatte. Er sagte, der Junge habe ihm »den verborgenen Sinn der Welt« gezeigt. Auf dieser Seite wurde die Schrift immer enger und wirrer, es gab viele durchgestrichene oder neu geschriebene Wörter, und es war nicht einfach zu entziffern, was er hatte sagen wollen.

Stockman machte eine Pause. Ich hörte, dass er sich eine Zigarette anzündete. Ich erinnerte ihn daran, dass er vor fast fünf Jahren das Rauchen aufgegeben hatte. Er antwortete nicht. Da holte ich mir auch eine Zigarettenschachtel, die ich in einer Schublade im Wohnzimmerschrank versteckt hatte, öffnete ein Streichholzheft, das seit Monaten unberührt in einem sauberen Aschenbecher lag, riss ein Streichholz an und zündete eine Zigarette an. Ich ahnte, dass mein Freund mir noch nicht alles erzählte hatte oder dass er vielleicht das Wichtigste noch erzählen musste. Und ich hatte recht.

»Auf den beiden letzten Seiten standen keine Buchstaben«, hörte ich ihn sagen. »Nur eine Überschrift: *Dulcineia*. Und darunter eine Partitur. Mit demselben Stift geschrieben; dieselbe Farbe, derselbe Abdruck der Handfläche auf dem Papier. Es war eine Komposition oder der Anfang einer Komposition.«

»Und?«, fragte ich neugierig; mir war schwindlig von dem Rauch, den meine Lunge seit langer Zeit nicht mehr kannte.

»Es ist meine Komposition. Das heißt, sowie ich auf die Partitur blickte, hörte ich sie auch schon. Ich habe sie seit Jahren im Kopf, aber nie aufgeschrieben. Und ich bin sicher, dass ich sie nie einem anderen Menschen gezeigt habe. Aber ich erkenne sie hundertprozentig. Eine Melodie, die mir so vertraut ist wie meine eigenen Hände.« Wieder machte er eine Pause. Ich hörte ihn den Rauch ausstoßen. »Und dann steht sie da, aufgeschrieben von einem mir vollkommen Fremden, dem ich nur ein einziges Mal begegnet bin und der gesagt hat, wir müssten Zwillinge sein.« Er lachte, aber ich bemerkte, dass ihm überhaupt nicht zum Lachen zumute war. »Es war völlig ausgeschlossen, dass er diese Komposition kannte, verstehst du? Sie ging mir seit Jahren durch den Kopf, aber aus irgendeinem Grund habe ich sie nie so weit bearbeitet, dass ich sie aufschreiben oder in einem Konzert ausprobieren wollte.«

»Aber wenn ich das richtig verstehe, hat er gesagt,

du hättest beim Konzert im Coliseu ein Stück von ihm gespielt?«

»Das ist ausgeschlossen«, antwortete Stockman. »Oder wenn das stimmt, dann bin ich der Verrückte. Aber nein, das ist ausgeschlossen. Die Musiker hätten gewusst, ob ich etwas Neues oder etwas außerhalb unseres Repertoires gespielt habe, und hätten mich darauf angesprochen. Und jetzt taucht dieses Stück auf, aufgeschrieben von einem Mann, den allem Anschein nach kein Mensch kannte, bevor er sich in einem fünften Stock, an einen Bass geklammert, umgebracht hat. Die Schlussfolgerung daraus ist nicht einfach. Die Schlussfolgerung lautet, dass er aller Wahrscheinlichkeit zum Trotz womöglich recht hat. Vielleicht findet sich die einzige Erklärung dafür an einem fremden Ort, fernab jeder Wahrheit. Weder schwarz noch weiß, verstehst du? Grau. Irgendwo dazwischen.«

Ich glaube, genau mit diesen Worten drückte Stockman sich aus. *Dazwischen*, sagte er noch einmal. *Wir befinden uns dazwischen.* Wieder ein langes Schweigen, unterbrochen vom Gehupe im nächtlichen Montreal, und die Stille in meiner Wohnung wurde nur hin und wieder durch das Summen des Kühlschranks in der Küche unterbrochen. Die Unterschrift am Ende des Briefs hatte den Namen des Toten verraten. Es war schon nach fünf Uhr, als wir auflegten. Ich schlief auf dem Sofa. Zwei Stunden später erwachte das Haus, und ich war so verschlafen, dass ich nicht sagen konnte, ob das Telefongespräch tatsächlich stattgefunden hatte oder nur ein Traum gewesen war.

Vielleicht lag es an der Geschichte, die Stockman erzählt hatte, vielleicht war es der Umstand, dass wir in der Nacht telefoniert hatten; ich weiß es nicht. Mag sein, dass beides mich so durcheinandergebracht hatte, dass ich ihn bei diesem ersten Telefonat gar nicht fragte, was er eigentlich in Montreal machte. Nichts von dem, was er mir in dieser Nacht erzählte, hatte mit Kanada zu tun. In den folgenden Monaten begriff ich allmählich, dass Stockman nach dem Gespräch mit dem Kripomann mehrere Tage lang Erkundigungen über die gespenstische Figur eingeholt hatte, die sich in sein Leben gedrängt hatte. Und dass er mit seiner Besessenheit und dem zwanghaften Verlangen, Fragen zu Dingen zu stellen, zu denen man keine Fragen stellen sollte, sich über die Vergangenheit des Selbstmörders informiert hatte, und dies hatte ihn direkt zu einer fünftausend Kilometer entfernten Stadt geführt, wo er vermutlich glaubte, Antworten zu finden. Während dieser Tage hatte er kaum mit Teresa gesprochen, er war die ganze Zeit abwesend, zog sich entweder in sein Studio zurück oder lief durch die Stadt und vermied es, mit seiner Freundin darüber zu reden. Als diese ihn fragte, was los sei, wirkte Stockman verwirrt und erschöpft und antwortete ausweichend.

In den folgenden Monaten tauschten wir uns oft aus. Am Telefon, immer, wenn es in Lissabon Nacht war; per E-Mail, wenn er bereit war, sich an einen Computer zu setzen; und in gewisser Weise per Telepathie. Unsere Freundschaft war so gefestigt und tief verwurzelt, dass ich mitunter das Gefühl hatte, er sei körperlich anwesend, als könnte er mir aus einer anderen Stadt auf der anderen Seite des Atlantiks seinen Seelenzustand übermitteln. Wenn ich in trauriger oder melancholischer Stimmung war, erhielt ich kurz darauf traurige oder melancholische Nachrichten von ihm. Wenn ich mich angeregt und voller Energie fühlte, stellte ich an seiner Stimme und seinen Worten fest, dass auch er sich für etwas begeisterte, eine neue Entdeckung gemacht hatte, irgendeiner Art von Wahrheit näher gekommen war.

Das war der Freund, den ich seit je kannte. Was in der heutigen Gesellschaft als positive Eigenschaft gilt – die Entschlossenheit –, kann in manchen Fällen zu einem gefährlichen Fehler werden, den man Besessenheit nennt. Oder Verbohrtheit. Oder schlicht und einfach Achtlosigkeit. Nicht in Bezug auf die Dinge, denen unsere Verbohrtheit gilt, aber in Bezug auf alles andere. Es ist nur verständlich, dass Teresa wenige Monate nach seiner Abreise die gemeinsame Wohnung verließ und nie mehr dorthin zurückkehrte. Stockman machte das offenbar nichts aus. Auch machte es ihm offenbar nichts aus, dass sein Agent und die Musiker, die mit ihm spielten, es aufgegeben hatten, ihn nach dem Sommer zur Rückkehr nach Lissabon zu bewegen. Die abgesagten Konzerte hatten Schaden angerichtet und zu Verlusten geführt; sie mussten sich von dieser unglücklichen Situation erholen und die Angebote annehmen, die sie für die Zeit zwischen September und Jahresende erhielten. Stockmans Agent rief mich sogar zu Hause an. Keine Ahnung, woher er meine Telefonnummer hatte. Ich weiß, dass er mich an einem Nachmittag anrief, als ich von der Rückkehr meiner Töchter nach Hause zu schreiben versuchte. Am Telefon meldete sich eine heisere Stimme, die, ohne sich für die Störung zu entschuldigen, mir einzureden versuchte, der Pianist müsse so schnell wie möglich dazu gebracht werden, nach Hause zu kommen. Ich sagte, ich würde alles tun, was in meiner Macht stehe. Das war natürlich gelogen; was konnte ich schon tun? Einerseits hatte mein Freund sich auf die Suche nach etwas gemacht, das für ihn von existenzieller Bedeutung war; andererseits gaben die Menschen, die er hier zurückgelassen hatte – alle bis auf mich –, ihn allmählich auf.

Das meine ich, wenn ich von Besessenheit und Achtlosigkeit spreche. Stockman hätte mit Teresa über die Sache sprechen, hätte sie anrufen können, so wie er mich angerufen hatte, und ihr die Geschichte erzählen können, auch wenn sie in den Ohren seiner Freundin noch so abwegig geklungen hätte. Ich glaube, dass Teresa die Bedingungen akzeptiert und sich geduldet hätte. Dasselbe (oder Ähnliches) hätte für den Agenten und die Musiker gelten können. Ein Anruf zu christlicher Zeit, in dem er in sanftem Ton die komplizierte Situation erklärt und um Geduld gebeten hätte, wäre ausreichend gewesen. Natürlich hat Stockman nichts dergleichen getan. Er hat weder Teresa noch seinen Agenten, noch seinen Adoptivvater oder sonst jemanden in Lissabon angerufen, nur mich. Und selbstverständlich hat so ein Verhalten seinen Preis. Doch wer kann mit Sicherheit sagen, wie er in Stockmans Lage agiert hätte? Eines Tages wird ein Mensch tot aufgefunden, nachdem er einen Brief geschrieben hat, in dem er den Mord an einem Menschen gesteht, der noch am Leben ist. Das ist meiner Ansicht nach Grund genug für den noch Lebenden, ziemlich verwirrt zu reagieren.

Obwohl wir beste Freunde sind, bleibt Stockmans Vergangenheit für mich eine Art Sage. Nach dem, was er mir im Laufe der Zeit erzählt hat, weiß ich, dass er seine leiblichen Eltern nie gekannt und während der ersten vier Lebensjahre in einem Heim gelebt hat. Dann wurde er von einem Ehepaar adoptiert, das in Zambujeira wohnte: Maria und Luís Stockman. Sie gaben dem Kind den Namen des Stiefvaters. Als sie sich zur Adoption entschlossen, waren sie ein kinderloses Ehepaar um die vierzig; sie pflegten einen unauffälligen Lebensstil, finanziert durch einen Anteil an einem florierenden Weinhandel. Maria Stockman starb, zwei Jahre nachdem Luís und ich uns kennengelernt hatten. Der Vater lebt noch, ist vierundachtzig Jahre alt und wohnt in einem Heim; im vergangenen Jahr hatte er eine Thrombose erlitten, kann seitdem nicht mehr sprechen und muss rund um die Uhr versorgt werden.

Stockman wuchs in einer ganz anderen Umgebung auf als die meisten Menschen unseres Alters; die waren Städter, liebten Rockmusik und verkehrten in den heruntergekommenen Kneipen im Lissabonner Bairro Alto. Er lebte in Zambujeira, und als er das Alter für das Gymnasium erreicht hatte, zog die Familie nach Lissabon. Ich glaube, dass dieser Wechsel für ihn ein Schock war, weil er im Unterschied zu allen anderen Kindern seiner Schule in einem Dorf aufgewachsen war, keine Freunde hatte – er war als Kind ungewöhnlich schüchtern – und die Vorliebe seines Vaters für klassische Musik und Jazz teilte. Ich stelle ihn mir als einen sehr zurückhaltenden Jungen vor, der Schwierigkeiten hatte, sich in Gruppen einzufügen oder soziale Konventionen zu akzeptieren, ein Fremder im eigenen Land. Ich stelle ihn mir vor, wie er allein auf dem Schulhof steht und die Welt um sich herum beobachtet, sie aber nicht verstehen kann. Wir haben uns ein paar Mal über diese Zeit in seinem Leben unterhalten. Der Vater hatte offensichtlich früh sein Talent erkannt und ihn an einer Musikschule angemeldet. Anfangs hasste Stockman diese Schule. Die Lehrer merkten schnell, dass Notenübungen für ihn zu einfach waren. Da die anderen Schüler langsamer lernten, langweilte er sich ständig. Die Lehrer überredeten den Vater dazu, ihm ein Klavier zu kaufen, was eine Herausforderung bedeutete, selbst für einen von Natur aus schon so gereiften Jungen. Zunächst spielte Luís nur dem Vater zuliebe. Nach dem Abendessen setzten sich die Eltern ins Wohnzimmer und hörten sich an, welche Fortschritte er in den Harmonien machte und welche neuen Melodien er lernte. Er war ein vielversprechender Pianist, doch, wie er mir anvertraute, ohne jedes Gefühl, jede Spur von Genialität, ganz frei von jener Besessenheit, die ihn später berühmt machte.

Als die Eltern ihm einen Privatlehrer besorgten, verließ er die Musikschule. Sie engagierten einen Deutschen, einen seit rund zwanzig Jahren in Lissabon ansässigen Sechzigjährigen, der inzwischen als einer der besten Klassiklehrer galt, ein autoritärer, Disziplin verlangender Mann, der nur Wunderkinder akzeptierte. Infolge etwas morbider Umstände wurde Stockman sein letzter Schüler. Der Lehrer hieß Otto Klein, und im Gegensatz zu seinem Namen war er sehr groß, über zwei Meter, und hatte chronische Rückenschmerzen. Mein Freund hat mir oft von ihm erzählt. Er beschrieb ihn immer wie eine Figur aus einer Kindergeschichte, eine Art Marionette mit überlangen Gliedmaßen und hohlwangigem Gesicht, der sich neben ihn ans Klavier setzte, bei jedem falschen Ton wie wild mit den Armen fuchtelte und auf Deutsch Beleidigungen brüllte, wenn ein Schüler den Blick von der Patitur abwandte. Ich habe nie begriffen, ob Stockman Klein gehasst hatte oder ob er den alten Klavierlehrer eigentlich so sehr respektierte, dass die einzige Möglichkeit, ihn zu beschreiben, ohne verletzend zu sein, darin bestand, ihn als hysterischen und senilen Mann darzustellen, der ihm die Nachmittage nach dem Unterricht damit vergällte, dass er ihn zwang, jede Note haargenau nach der Partitur zu spielen.

Ich hab niemals überprüft, ob die folgende Geschichte wahr ist – das musste ich auch nicht, denn ich habe immer auf die Ehrlichkeit meines Freundes vertraut –, auch wenn sie mir jetzt, da ich sie niederschreibe, so phantasievoll vorkommt wie Stockmans Beschreibungen von Klein. Vielleicht ist sie es auch, zumindest teilweise. Doch wie man weiß, ersetzt die Phantasie alles, was die Erinnerung abwehrt, und das kann man niemandem anlasten.

Es geschah während einer Veranstaltung; Stockman war fünfzehn oder sechzehn Jahre alt und trat zum ersten Mal solo auf, bei einem Klassikkonzert, gespielt von jungen Nachwuchsmusikern. Ich stelle mir einen angemieteten Theatersaal voller gerührter Väter und Mütter vor; ich stelle mir einen roten Vorhang vor, der den Bühnenhintergrund verbirgt, und auf der linken Seite einen Konzertflügel, dessen schwarzer Deckel das Licht der Scheinwerfer reflektiert; ich stelle mir die Mäntel, die Mützen, die Handschuhe vor, die Weihnachtszeit (meinem Freund zufolge war es Frühling, aber ich besitze auch Phantasie und ein Gedächtnis). In der ersten Reihe saßen Luís' Vater und Mutter neben Otto Klein. An diesem Nachmittag sollte sein Lieblingsschüler die Klaviersonate Nr. 31 von Beethoven spielen, von Klein ausgesucht, ein melancholisches Werk, das vom Interpreten höchste Konzentration verlangt. Vielleicht war zu diesem Zeitpunkt noch nicht abzusehen, was Stockman tun würde – vermutlich hat man ihn damals, da er ein introvertierter Jugendlicher war, als eine Art noch zu formenden Ton betrachtet, und sowohl die Eltern als auch der Lehrer haben ihn unterschätzt. Erzählt hat Luís mir Folgendes: Nach dem Vorspiel konnte er seinen Elan nicht mehr bremsen und begann, neue Töne in Beethovens Komposition einzufügen. Während er die Sonate spielte – die sich durch äußerste Strenge, mathematische Präzision auszeichnet, wie der Lehrer im Unterricht von ihm verlangt hatte –, spürte er den unbezwingbaren Drang, über die Melodie zu improvisieren. Zuerst diskret eine Note hier, dann eine Dissonanz dort. Und als er im zweiten Satz war, entzogen sich seine Finger auf einmal vollkommen seiner Kontrolle. Er spielte nicht mehr die Sonate des deutschen Komponisten, sondern eine Improvisation über dieselben Akkorde, etwas gänzlich anderes, ein Stück, das in keiner Partitur nirgendwo auf der Welt existierte. Er schloss die Augen und überließ sich seinen Händen, sagte er zu mir; viele, viele Minuten lang spielte er seine eigene Sonate, die Sonate Nummer eins von Stockman, und als er die Augen aufschlug und in den Saal voller Eltern, Lehrer und anderer junger Musiker blickte, wartete er eine schmerzhafte Sekunde lang auf brausenden Applaus. Den ersten Applaus seines Lebens.

Doch was dann geschah, war das Gegenteil von brausendem Applaus, es war ein völliges Verstummen. Als er schweißgebadet, das nasse Haar an der Stirn klebend, die Augen aufschlug, stellte er fest, dass niemand zur Bühne blickte. Stattdessen herrschte Flüsterstille, Leute liefen hin und her, und vor der ersten Reihe sah er einige Menschen im Halbkreis herumstehen. Er konnte sich nur noch an den Blick erinnern, den sein Vater ihm zugeworfen hatte, ihm, der noch am Klavier saß, der Einzige im Raum, der unwiderruflich allein war – ein Blick, der halb Bestürzung, halb Scheitern ausdrückte. Der Klavierlehrer Klein lag leblos auf dem Boden, ein Riese, der kaum in seinen dunklen Anzug passte. Er hatte einen Herzinfarkt erlitten. Er war gestorben, während er mit anhörte, wie sein letzter Schüler Beethovens Werk, das sie über Monate eingeübt hatten, völlig entstellte. Ich weiß noch, als ich diese Geschichte vor Jahren hörte, konnte ich mir ein Lachen nicht verkneifen, verstummte aber sofort, als mir bewusst wurde, mit welch ernster Miene Luís sie erzählte. Was mir nach dem Stoff einer schwarzen Komödie klang, hatte ihn zutiefst betroffen gemacht, und es ist gut möglich, dass der Perfektionismus, der ihm sein Leben lang wie eine Sucht anhing, in diesem Schreckensmoment seinen Ursprung hat.

Während derselben Phase seines Lebens gab es noch ein zweites prägendes Erlebnis. Im ersten Jahr unserer Freundschaft hat er mir mehrmals davon erzählt, ohne sich dessen bewusst zu sein, dass er sich wiederholte. Im Allgemeinen kam es zu dieser Wiederholung, wenn wir betrunken waren, wenn wir in einer Kneipe Wein tranken und unser Leben auf unbestimmte Zeit vertagten (ich hatte noch nicht mein erstes Buch veröffentlicht, und er war weit entfernt davon, ein anerkannter Pianist zu sein; ich war, wie schon gesagt, faul und hielt ihn für faul). Es ist ein so merkwürdiges Ereignis, dass ich es immer mit der Phase des Übergangs assoziiere, wenn ein Jugendlicher zu etwas anderem wird, nicht unbedingt zu einem Mann, aber zum Entwurf eines Mannes.

Es geschah, als Stockman siebzehn Jahre alt und noch unsicher, zurückhaltend, unauffällig, vielleicht verwöhnt war. Er hatte nur einen Freund. Dieser Freund hatte eine Freundin. Und für diese Freundin war er entflammt.

»Wahrscheinlich war sie abgrundtief hässlich«, sagte er und trank noch einen Schluck Wein. »Aber was wissen wir mit siebzehn schon über Schönheit?«

Sie besuchten alle dasselbe Gymnasium und wohnten im selben Stadtteil. Hin und wieder ging Stockman zu seinem Freund und sah sich mit ihm heimlich aus der Videothek geliehene Pornofilme an. Er vertraute mir an, dass er die Filme scheußlich fand; aber er sah sie sich, von den Bildern leicht angeekelt, an, weil er glaubte, damit könne er die Freundschaft zu dem Typen aufrechterhalten, der sich bewusst auf dem Weg zur Bedeutungslosigkeit befand. Eines Tages erschien auch die Freundin. Er konnte sich genau an die Szene erinnern. Sie saßen im Wohnzimmer auf dem Sofa vor dem Fernseher, in dem ein Fußballspiel lief. Es war Sommer. Die Fenstervorhänge waren zugezogen, auf einem Tischchen lag eine bestickte Decke, das Hausmädchen hatte zwei Gläser mit Saft und eine Schale mit Keksen darauf gestellt. Es klingelte. Wie das Mädchen hieß? Das wusste er nicht mehr. Doch er erinnerte sich, dass er sie oft in der Schule gesehen hatte, in den Fluren, im Café; er hatte sich eingeredet, dass sie wundervoll war.

(Ich sehe ihn jetzt vor mir, wie seine sehr langen Finger die blasse Stirn kratzen, ich spüre seinen Alkoholatem, während er diese Geschichte erzählt.)

Das Mädchen kam, kurz nachdem das Hausmädchen gegangen war. Der Freund, von dem Stockman wusste, dass er ein Idiot war, aber eben der Einzige, der ihn akzeptierte, ohne Fragen zu stellen, machte ihr die Tür auf und kam mit ihr Hand in Hand zurück. Sie hatten noch nie ein Wort gewechselt, der Freund machte sie miteinander bekannt; sie lächelte, er errötete. Das Mädchen setzte sich zwischen sie. Ohne zu fragen, legte der Freund eine Videokassette ein. Es war ein Pornofilm. Alle drei sahen schweigend zu, nur der Freund kicherte jedes Mal, wenn ein neuer Akteur auftrat. Sie kaute Kaugummi. Stockman hatte sich an die Sofalehne gedrückt und sich ein Kissen auf die Hose gelegt, um seine latente Erektion zu verbergen. Der Film lief weiter. Als eine explizite Sexszene kam, hielt das Mädchen sich die flache Hand vor den Mund. Stockman glaubte, sie müsse sich übergeben, doch zu seiner großen Überraschung fing sie an zu lachen. Offenbar amüsierte sie das, was die Akteure auf dem Bildschirm machten. Er seinerseits war vor Scham knallrot geworden und mit seinen siebzehn Jahren nicht in der Lage, seine Erregung zu unterdrücken. Kurz darauf bemerkte er, dass die Hand des Mädchens auf dem Bein seines Freundes lag. Auch dieser hatte sich mit einem Kissen bedeckt, doch aus einem anderen Grund: Sie hatte seinen Hosenschlitz geöffnet und masturbierte ihn.

Stockman war wie gelähmt und unfähig, auch nur ein Wort zu sagen. Er hörte den Rhythmus ihrer Hand, während sie alle drei auf den Bildschirm des Fernsehers starrten. Es wirkte nicht einmal als Ernüchterung, es war schlicht und einfach unbegreiflich, was da geschah. Nach wenigen Minuten standen der Freund und das Mädchen auf und verließen das Wohnzimmer, während er das Kissen festhielt. Er blieb allein zurück, mit dem Pornofilm auf dem Bildschirm. Dann konnte er sich nicht mehr beherrschen. Er öffnete seinen Hosenschlitz und begann zu masturbieren. Er hörte das Stöhnen der Akteure auf dem Bildschirm, und er konnte das Stöhnen der beiden im Schlafzimmer hören. Da öffnete sich die Wohnzimmertür. Stockman rollte auf dem Sofa zur Seite, um seinen Penis zu verbergen. Doch sein gerötetes, erhitztes Gesicht und der Film im Fernsehen verrieten alles der Mutter seines Freundes, einer großen, schlanken Frau, die jetzt von der Wohnzimmertür zu ihm herüberblickte. Ihm blieb nicht einmal Zeit, sich zu entschuldigen, denn die Frau hielt kurz inne, dann kam sie herein, lehnte die Tür an und sagte: »Lass dich von mir nicht stören.«

Lass dich von mir nicht stören, wiederholte Stockman immer, wenn er die Geschichte erzählte: magische Worte. Die Frau sprach sie aus, lächelte ihm zu, verließ den Raum und schloss die Tür hinter sich. Stockman masturbierte weiter, und wenige Augenblicke später wischte er sich mit den Servietten ab, die neben den Keksen lagen. Er verließ das Haus, ohne sich zu verabschieden, und sprach nie wieder mit seinem Freund.

An diesem Tag, versicherte er mir, habe er seine Schüchternheit abgelegt – nicht nur Frauen gegenüber, sondern in jeder Hinsicht.

Im Laufe der Jahre habe ich mich oft gefragt, was mich eigentlich mit Stockman verband. Wir waren nicht schon seit je befreundet; Freuden und Kummer der Kindheit hatten wir nicht miteinander geteilt. Im Gegenteil: Als wir uns kennenlernten, waren wir erwachsen, zwei fast fertig geformte Männer, auch wenn wir – oder ein Teil von uns – zutiefst unreif blieben. Wenn es diese unreife Seite war, die uns miteinander verband, dann kann es wahr sein, dass die Menschen oberflächliche Geschöpfe sind, die unaufhörlich nach ihrem Gegenbild suchen. Die so oft verkündete Theorie, dass Gegensätze sich anziehen, funktioniert nicht in der eher schlichten Welt der Männerfreundschaften.

Als wir uns zum ersten Mal sahen, führten wir uns beide wie Teenager auf. Der Anlass war überraschend: die Präsentation meines ersten Buches. Meine damalige Ex-Freundin, ich will sie N. nennen, erschien in der Buchhandlung in Begleitung von Stockman, als einer der Redner einen sterbenslangweiligen Vortrag über die künftigen Qualitäten des Autors hielt. Sie lächelte; er sah aus wie tot, sehr blass und dünn, als existierte er nur im Profil, mit einem viel zu großen Jackett und einer dunklen Brille, die er nicht abnahm. Von meinem Platz auf dem Podium aus sah ich, dass er sich nicht bewegte. Ich bereute, N. eine Einladung zur Vorstellung meines Buches geschickt zu haben. Wir hatten unsere Beziehung vor ein paar Monaten beendet, waren aber in Kontakt geblieben, und da ich es kindisch fand, jede Verbindung abzubrechen, nur weil die Liebe erloschen ist, hatte ich darauf bestanden, dass wir uns weiterhin trafen. Nun war sie da, begleitet von einem Unbekannten, der geheimnisvoller war als ich, womöglich auch interessanter, eindeutig weniger befangen, als ich mich in diesem Augenblick fühlte. Als ich etwas sagen sollte, stammelte ich sinnloses Zeug; ich konnte meine Aufmerksamkeit weder von N. abwenden, weil ich ihr gegenüber noch Besitzansprüche hegte, noch mich darauf konzentrieren, was ich sagte. In gewisser Weise ruinierte Stockmans Anwesenheit meine erste literarische Veranstaltung; und obwohl es nicht seine Schuld war, denn er hatte nichts anderes getan, als dort zu stehen und hinter einer lächerlichen dunklen Brille eine improvisierte Bühne zu beobachten, war der restliche Abend zum Scheitern verurteilt.

Es folgte ein Abendessen, an das ich keine besonderen Erinnerungen habe. Der Verlag lud ein, und auf meine Bitte hin schlossen sich N. und Stockman der kleinen Gruppe an, die aus ein paar Verwandten von mir, den Rednern und drei Vertretern des Verlags bestand. Wir saßen uns am Tisch gegenüber. Als Stockman sich setzte, nahm er die Brille ab. Er hatte müde, traurige Augen wie ein Hund nach stundenlangem Laufen. Er ging mit dem Besteck ungeschickt um, war zu groß für ein Restaurant mit sehr eng stehenden Tischen und sprach kaum mit der stets kommunikativen N., die sich mit meinem Vater, den sie kurz davor kennengelernt hatte, und mit dessen Frau unterhielt. Mir gingen dabei zwei paradoxe Gedanken durch den Kopf. Der erste war, dass N. sich einen Mann ausgesucht hatte, der mir klar unterlegen war, ein schüchterner Typ ohne Selbstvertrauen, der sich versteckte, der nicht sprach, der sich anscheinend vom Leben abgewandt hatte, bevor dieses sich von ihm abwenden konnte. Der zweite Gedanke war, dass ich, ungeduldig und ebenfalls meiner eigenen Fähigkeiten unsicher, auf ihn wie ein Trottel wirken musste, ein Schreiberling zweiter oder dritter Klasse, der es nicht schaffte, den Blick von seiner Ex-Freundin zu lassen, und unaufhörlich die trägen und unerklärlichen Bewegungen ihres neuen Begleiters minuziös taxierte.

Nach dem Essen gingen die meisten Leute nach

Hause. Zurück blieben N., Stockman, eine leicht angetrunkene Verlagsassistentin und ich. Warum Stockman und N. geblieben waren, habe ich erst viel später erfahren. In dem Augenblick interessierte mich das nicht, ich wollte, dass sie blieben. Ich wollte, wenn schon nicht einen Vergleich ziehen, dann zumindest ein wenig Zeit mit ihnen verbringen, als eine Art masochistisches Erlebnis oder aus später Eifersucht. Ich schlug ein Lokal in der Nähe des Restaurants vor, doch Stockman war dagegen. Zum ersten Mal hörte ich seine Stimme, eine tiefe, überraschend ruhige Stimme. Er schlug ein anderes Lokal vor; wir nahmen ein Taxi. Es war eine Kellerbar mit geschlossener Tür, man hörte deutliche Jazzklänge und das Stimmengemurmel von ein paar Gästen, versteckt in Nischen mit Tischen und abgewetzten Sofas. Es war die Art von Lokal, die ich mochte, aber noch nicht kannte. Wir setzten uns, bestellten Getränke. N. redete die ganze Zeit, weil sie aus Verzweiflung redete, sie redete, weil sie reden konnte, die Wörter ratterten aus ihrem Mund wie aus einem Maschinengewehr; es wurde viel gelacht. Stockman neben ihr rauchte eine Zigarette nach der anderen und trank schweigend Wein. Die Verlagsassistentin blieb eine halbe Stunde, dann verließ sie uns. Sie stieg auf hohen Absätzen unsicher die Stufen zur Tür hinauf, hielt sich dabei krampfhaft am Treppengeländer fest und verschwand in der Nacht. Ich hätte sie zum Auto begleiten müssen, tat es aber nicht. Stattdessen starrte ich auf N.s geschminkten Mund, während sie mich von ihrem derzeitigen Glück zu überzeugen versuchte. Mitunter griff sie nach Stockmans Hand und drückte sie kräftig; sie neigte sich zu ihm und lehnte den Kopf an seine Schulter. Er rührte sich nicht und reagierte auch nicht auf N.s Liebesattacken, die ich früher erlebt hatte und die mir nun, obwohl sie nicht mir galten, auf die Nerven gingen. Dann erwähnte sie, Luís sei Musiker.

»Ich bin kein Musiker«, erwiderte er, womit er zum ersten Mal sein Schweigen brach. »Ich bin Musiklehrer und gelegentlich Pianist.«

»Was ist der Unterschied?«, fragte ich, etwas dümmlich lachend.

»Der ist riesengroß«, sagte er, trank einen Schluck Wein und zündete die nächste Zigarette an. N. rückte zur Seite; in ihrem Blick sah ich Respekt vor Stockman. »Ein Instrument spielen und es unterrichten können ist das eine; aber in der Lage zu sein, aus dem Nichts etwas zu schaffen und das weiterhin zu tun, das ist etwas ganz anderes.«

»Das ist ein semantisches Problem, meinst du nicht?«, fragte ich.

»Hältst du dich für einen Schriftsteller?«, fragte Stockman zurück.

»Ich denke, ja«, antwortete ich in leicht arrogantem Ton. »Immerhin habe ich etwas aus dem Nichts geschaffen.«

»Ein Buch macht dich nicht zum Schriftsteller. Es macht dich allenfalls zu einem, der das Glück hatte, das Ende des ersten Kilometers eines Marathons zu erreichen.«

»Aber du komponierst«, warf N. ein und sah Stockman an. »Wunderschöne Kompositionen.«

»Es gibt Schriftsteller, die nur ein einziges Buch geschrieben haben, und wir nennen sie Schriftsteller«, bemerkte ich.

»Mit wem vergleichst du dich?«, fragte Stockman,

und er wirkte, als wäre er aus einem Traum aufgeschreckt. »Mit Salinger? Planst du also, der Welt dein Vermächtnis zu hinterlassen und dich bis ans Ende deiner Tage in eine Hütte irgendwo im Wald zurückzuziehen?«

»Salinger hat noch mehr Bücher geschrieben.«

»Ist aber nur für eines bekannt geworden.«

»Wie Swift«, erwiderte ich. »Oder Daniel Defoe.«

»Oder Adolf Hitler«, entgegnete Stockman.

Die Spannung währte sekundenlang. Zum ersten Mal, seit ich sie kannte, schwieg N. und biss sich auf die Unterlippe. Schließlich sagte der Pianist – oder der Klavierlehrer:

»Wenn du von Salinger oder Daniel Defoe sprichst, ist es das Gleiche, als wenn ich im Zusammenhang mit meiner Arbeit von Liszt oder Glenn Gould spreche. Wir müssen vorsichtig damit sein, Vergleiche zu ziehen. Da besteht die Gefahr, dass wir wie Haie im Gewand von Delphinen auftreten.«

»Was für ein blöder Vergleich«, sagte ich, inzwischen betrunken, und trank mein Glas leer. »Was haben Haie mit Delphinen zu tun?«

»Beide lieben das Wasser«, sagte Stockman. »Nur dass Delphine schöne und intelligente Säugetiere sind, und Haie sind hässliche, dumme und opportunistische Fische, die nach allem schnappen, was glänzt.«

Dabei blieb es. Ich verschanzte mich in beleidigtem Schweigen, und Stockman kehrte zu seiner friedlichen Undurchsichtigkeit zurück. Er setzte seine dunkle Brille wieder auf, saß da, trank den Rest aus der Weinflasche und rauchte N.s Zigaretten. Sie wirkte untröstlich, fast traurig, als wäre es für sie beim Planen dieser Begegnung fast selbstverständlich gewesen, dass wir dieses Lokal als beste Freunde verlassen würden, geeint durch eher geistige Dinge als Verliebtheit, durch weniger heikle Bande als Sex. Ich, halb betrunken, wollte N. mit zu mir nehmen und mit ihr schlafen, aus Rache für das, was ich als intellektuelle Arroganz ihres neuen Freundes verstanden hatte (was aber nur Aufrichtigkeit gewesen war, doch das wusste ich noch nicht); was Stockman betraf, ließ sich unmöglich sagen, was er dachte. Falls er durch das Gespräch enttäuscht oder verärgert war, zeigte er es nicht.

Schon bald hatte ich den Abend vergessen. Das Leben ging weiter, und ich hätte den Pianisten aus meiner Erinnerung gestrichen, wenn er mich nicht ein paar Wochen nach der Buchvorstellung angerufen hätte. Meine Nummer hatte N. ihm gegeben, obwohl sie – und das wollte er mir unbedingt am Telefon sagen – nicht mehr zusammen waren. Er schlug vor, uns auf ein Glas zu treffen; ich fragte, warum. Er antwortete, wenn auf ein Glas zu viel sei, könnten wir uns zu einem Kaffee nach dem Mittagessen treffen. Und so begegneten wir uns zum ersten Mal allein, in einem belebten Café am Chiado – eine vollkommen unerwartete Situation, in der wir uns darüber austauschten, welchen Eindruck wir aufeinander gemacht hatten. Erstaunlicherweise genau den gleichen, und zwar nicht den allerbesten: In den Augen des jeweils anderen waren wir schwermütig und misstrauisch und vermittelten den Eindruck von verzweifelten Versagern. Der Grund, weshalb Stockman mich hatte treffen wollen und zum Telefon gegriffen hatte, war ein anderer. Er hatte mein Buch gelesen. Er hatte es bei der Buchvorstellung gekauft, im Gegensatz zum größten Teil der Leute, die an dem Abend erschienen waren, und er hatte es von vorn bis hinten sorgfältig gelesen, Kommentare an den Rand geschrieben und die Passagen unterstrichen, die ihn am meisten interessierten.

»An dem Abend hast du vielleicht gedacht, es sei N., die nach dem Essen bleiben wollte«, sagte er. »Tatsächlich aber wollte ich es. Und weißt du warum?«

»Sag es mir.«

»Weil ich nicht glauben wollte, dass du so blöd bist, wie du gewirkt hast.«

Über diese entwaffnende Aufrichtigkeit, die ich noch nie bei einem Menschen erlebt hatte, musste ich lachen, doch gleich darauf wurde ich schlagartig ernst und versuchte, mir die Ereignisse der damaligen Stunden in Erinnerung zu rufen. Ich hatte mich wirklich wie ein Idiot aufgeführt. Ich hatte eine unverständliche Rede gehalten, viel zu intensiv N. und Stockman angestarrt, mich gegenüber den Menschen um mich herum schlecht gelaunt verhalten, hatte Eifersucht und Besitzanspruch gezeigt. Natürlich hatte ich wie ein Idiot gewirkt, und natürlich hatte ich danach auch nichts unternommen, um mich zu rehabilitieren, als ich mich unter Rotweineinfluss mit Stockman auf eine absurde Diskussion über Kunst einließ.

»Da musst du einen noch schlechteren Eindruck bekommen haben«, sagte ich.

»Stimmt«, antwortete er, »aber dann habe ich dein Buch gelesen.«

Was er anschließend sagte, wurde zum Paradigma unserer Beziehung; der Moment, in dem auf beiden Seiten die Regeln der üblichen Grenzen zwischen Bekannten außer Kraft gesetzt werden und eine Flamme auflodert, die eine Freundschaft lang brennt. Es fällt mir schwer, mich an alle seine Worte zu erinnern, denn

Stockman machte mich nervös oder ließ mich zumindest befürchten, dass gleich etwas Schreckliches über seine Lippen kommen würde. Offensichtlich respektierte ich ihn bereits, und zwar weit mehr, als man normalerweise einen Unbekannten respektiert: Seine Gestalt, seine Gestik, sein Ernst rechtfertigten ihn. Und weil ich ihn respektierte, fürchtete ich ihn auch. Dieser paradigmatische Moment übersetzte sich in einem Satz, den Stockman sagte, den einzigen Satz, den ich nicht vergessen konntc.

»Es ist kein großer Roman«, sagte er. »Aber er wurde mit so viel Emotion geschrieben, dass man ihm seine Mängel verzeiht. Was dir an Kopf fehlt, hast du an Herz im Überfluss, wusstest du das?«

So etwas sagt man nicht zu einem Fremden. Solch ein Lob – falls es denn ein Lob ist – spricht man nicht einem Menschen aus, der einem mit Misstrauen und Überheblichkeit begegnet ist. Am liebsten hätte ich ihn umarmt. Ich wollte vom Cafétisch aufstehen und ihn mit brüderlichen Umarmungen überhäufen, ihm sagen, dass er sich täusche, dass er selbst ein guter Mensch sei oder zumindest ein ehrlicher, dass manche Kritiker zwar das Buch gelobt und meiner Literatur absurde und überflüssige Attribute verpasst hätten, doch das seien nur Lügen, Gemeinplätze und avantgardistische Attribute, in keiner Weise vergleichbar mit dem, was Stockman gesagt hatte. Eine mir selbst nicht bewusste Wahrheit.

Vielleicht ist es das, was mich von diesem Augenblick an und für den Rest unseres Lebens mit Stockman verbunden hat.

Der erste Teil dieses Werks ist vollkommen wahr und vollkommen falsch. Ich sah mich durch die Umstände gezwungen, die Namen der meisten Personen zu ändern: Selbstverständlich hieß Hugo nicht Hugo; weder heißt seine Schwester Júlia, noch heißt deren Sohn Mateus. Auch Franco heißt nicht Franco. Ich habe sie natürlich alle gekannt – bevor und nachdem Stockman verschwunden ist. Ein paar Dinge habe ich mir dazu ausgedacht – die Figur Dulcineia zum Beispiel. Ich weiß, dass die Schwester und der Schwager des Mannes, der sich umgebracht hat, eine Haushaltshilfe hatten und dass sie Teil der Welt war, die Hugo bei seiner Rückkehr nach Lissabon vorfand, doch ich habe keine Ahnung, wie sie aussah oder wie sie hieß. Mir erschien es damals nur gerecht, dass es so war – dass ich inmitten der Hölle, die das Leben des Bassisten gewesen sein muss, ihm so etwas Ähnliches wie Liebe verschaffe, um seine Wunden zu lecken. Damit habe ich versucht, einem Menschen gegenüber, den ich nie kennengelernt habe, etwas Gerechtigkeit walten zu lassen, einem Menschen, der Stockmans Lebensweg verändert hat und gewissermaßen mittels unsichtbarer Fäden auch meinen.

Damit will ich sagen, dass ich niemals geplant habe, dieses Buch zu schreiben. Wenn ich es nun dennoch tue, scheint mir der gesunde Menschenverstand zu gebieten, dass ich es mit Anstand mache. Wenn ich Stockman respektiere, muss ich auch Hugo respektieren. Ich hatte das Privileg, Ersteren sehr persönlich kennenzulernen. Und ich habe den Nachteil, dass Letzterer mir vollkommen unbekannt ist. Also habe ich mich bemüht, den Unbekannten so zu beschreiben, als steckte ich in seiner Haut, und mir seine letzte

Zeit mit Hilfe von Dritten vorgestellt: durch Gespräche mit meinem Freund, Gespräche mit seinen Verwandten. Und ich habe versucht, sie mir so vorzustellen, wie Hugo sie erlebt hat, so wie er die Realität gesehen haben mag, also zwangsläufig anders, als seine Umgebung sie sah. Das ist, glaube ich, die Herausforderung für einen Schriftsteller: die Wahrheit von einem bestimmten Standpunkt aus zu finden. Natürlich war die Imagination hilfreich. Das ist sie immer, wenn es um Fiktion geht. Sie hilft uns auch im normalen Leben, damit dieses nicht zu einem Kokon wird, viel zu sehr mit sich selbst beschäftigt, zu eng in seinen Möglichkeiten. Ich habe noch nie ein Buch geschrieben, das durch und durch falsch war. Alle meine Bücher enthalten einen großen Teil Wahrheit, die Fiktion dient lediglich als Katapult. Aber noch nie habe ich ein Buch geschrieben, das so wahr ist und mir so viel abverlangt hat wie dieses. Erinnerungen können, wie man weiß, schmerzen.

Drei Tage nach Hugos Tod besuchte Stockman die Mutter des Selbstmörders. Der Brief hatte ihn zutiefst aufgewühlt. Plötzlich war er nicht mehr in der Lage, an anderes als an diesen Mann zu denken, der eines Abends in seine Garderobe gekommen war und erklärt hatte, er sei sein Bruder; der glaubte, ihn ermordet zu haben; der eine Partitur mit der Komposition hinterlassen hatte, mit der Stockman sich seit Jahren gedanklich beschäftigte. In einer E-Mail schrieb mein Freund mir, dass die Mutter Interesse bekundet hatte, ihn zu treffen.

»Sie möchte mit Ihnen sprechen«, hatte der Kripomann gesagt. »Ich denke, dass sie das alles auch sehr mitgenommen hat. Wir haben telefoniert. Ich habe versprochen, Ihnen ihre Adresse zu geben, falls Sie wollen.«

Stockman suchte sie in der Redaktion der Zeitschrift für Inneneinrichtung auf. Die Beerdigung hatte zwei Tage zuvor stattgefunden, die Mutter war von Kopf bis Fuß schwarz gekleidet. Nach seiner Aussage war sie eine Frau zwischen sechzig und siebzig, mit grauen Haaren, zarten Zügen und sehr liebenswürdig. Sie setzten sich einander gegenüber, eine Sekretärin, den Arm vor der Brust, servierte Tee.

Hugos Mutter war schön, sensibel und außerordentlich traurig. Sie sprach, als wäre das Ganze unvermeidbar gewesen, als hätte das Schicksal sie seit je auf den düsteren Moment vorbereitet, dass ein Kind vor ihr stirbt. Sie erzählte, dass Hugo sie vor kurzem nach dreijähriger Abwesenheit besucht hatte. Die Abwesenheit hing damit zusammen, dass ihr Sohn in Montreal lebte und selten nach Portugal kam; doch schon seit seiner Jugend ging er der Familie aus dem Weg.

»Ich glaube, er machte uns Vorwürfe«, sagte sie und nippte am Tee. »Alles machte er uns zum Vorwurf. Solange er hier lebte, warf er uns vor, wir seien zu präsent. Als er wegging, warf er uns vor, wir seien zu abwesend. Warum, weiß ich nicht. Wir haben immer alles getan, damit es ihm gutging. Aber er war ein unglücklicher Mensch. Das sah man in seinen Augen.«

Sie erzählte Stockman von den Problemen ihres Sohnes. Er trank zu viel, hatte ständig Depressionen, suchte selten um Hilfe nach. Er war zu ihr gekommen, weil er kurz nach seiner Rückkehr nach Lissabon kein Geld mehr hatte. Das Einzige, was ihn interessierte, war der alte Kontrabass, den er mit geliehenem Geld gekauft hatte, das er vermutlich nie hatte zurückzahlen können. Der Mutter zufolge besaß er kein großes Talent, oder falls er doch Talent hatte, wurde es nicht erkannt, was zusätzlich eine gewisse Paranoia nährte, die in den letzten Monaten zu einem noch ernsteren Problem geführt hatte.

»Nachdem er ein Konzert von Ihnen besucht hatte, war er davon überzeugt, dass Sie ihn plagiiert hätten«, sagte sie mit tränenfeuchten Augen. »Das erklärt den Brief an Sie, den er hinterlassen hat.«

Sie sprach diese Worte zerknirscht aus, als wollte sie für die Sünden eines anderen büßen oder als suchte sie eine Form, ihn zu trösten. Stockman entgegnete, das spiele keine Rolle. Er erzählte, dass er Hugo kennengelernt hatte, dass Hugo damals seine Brille trug, die er, Stockman, kurz zuvor verloren hatte. Und dass Hugo zu ihm gesagt hatte, dass sie sich seit je kennen würden, womit er andeuten wollte, dass sie Zwillinge seien. Da fing die Frau an zu weinen, hielt den Blick aber weiter fest auf ihn gerichtet. Was sie ihm dann sagte, erklärte er mir, habe ihn zutiefst erschüttert. Hugo hatte eine Zwillingsschwester, das stimmte. Bei der Geburt aber hatte es ein drittes Kind gegeben, einen eineiigen Zwilling von Hugo, der nach sechs Stunden gestorben war.

»Vielleicht hat er das nie überwunden«, sagte die Mutter und trocknete sich mit einem Papiertaschentuch die Tränen ab. »Wer weiß.«

Das Gespräch dauerte nicht viel länger. Warum sie ihn hatte kennenlernen wollen, wurde nicht recht klar, auch wenn Stockman vermutete, dass es ihre Art war, etwas gutzumachen, was nicht gutzumachen war: Ihr Sohn hatte sich das Leben genommen und einen Brief hinterlassen, in dem er gestand, den Mann getötet zu haben, der jetzt vor ihr saß. Vielleicht empfand sie es als Pflicht, mit diesem Mann zu sprechen und ihm eine Erklärung zu liefern; vielleicht war es wichtig, dass dieser Unbekannte etwas über die Wurzeln ihres Sohnes erfuhr.

Sie verabschiedeten sich in herzlichem Ton. Die Frau sah ihn liebevoll an, mit ihren vom Weinen geschwollenen Augen tat sie ihm leid. Aber mein Freund war schon nicht mehr ganz da. Die Mitteilung über den so bald nach der Geburt gestorbenen Drilling hatte ihn in einen Abgrund gestürzt. Jetzt befand er sich im freien Fall und näherte sich gefährlich den Tiefen einer Schlucht. Schwer zu sagen, was genau ihm durch den Kopf ging, ob Stockman von nun an glaubte, er sei Hugos verlorener Zwilling, ob er nun doch an das zu glauben begann, was die von dem anderen Mann geschriebene Partitur als unwahrscheinliche Möglichkeit nahelegte.

In einer E-Mail ein paar Monate später schrieb er: »*Ich fühle mich wie beschattet. Was heißt das anderes, als dass ich einen Schatten über mir habe?*«

Am Ende dieser Woche ist Luís nach Montreal gereist. Er hat den Flug gebucht, ein Hotelzimmer reserviert, sich von niemandem verabschiedet. Der erste Anruf, den er nach Lissabon getätigt hat, war, soweit ich weiß, der besagte nächtliche Anruf bei mir. Doch bezweifle ich, dass er abgereist ist, ohne Vorbereitungen zu treffen. Bestimmt kannte er jemanden in Montreal, der mit Musik zu tun hatte. Als er noch nicht berühmt war, hatte er mit vielen Jazzbands aus verschiedenen Ländern gespielt. Bei unserem zweiten Telefongespräch spätnachts erwähnte er, dass er aus dem Hotel, wo er die ersten Tage gewohnt hatte, zu einem Mann namens Miles Drummond gezogen sei, einem amerikanischen Schlagzeuger um die sechzig, mit dem er auf einem kleinen Festival in Glasgow gespielt hatte. Drummond kannte die gesamte Jazzszene in Montreal und hatte auch von Hugo gehört, war ihm aber nie begegnet. Er war es, der Stockman mit Édouard (fast überflüssig zu sagen, dass dies nicht sein richtiger Name war) bekannt machte, dem Pianisten, bei dem Hugo seinen ersten Musikunterricht erhalten hatte.

»Wir haben uns gestern getroffen«, sagte Stockman. Ich hatte wieder angefangen zu rauchen, und während unserer langen Gespräche steckte ich eine Zigarette nach der anderen an.

Der Pianist lebte in einem bescheidenen Haus mit einem Garten in der Rue de Gaspé. An diesem Tag gab es ein Nachbarschaftsfest mit einer mexikanischen Musikkapelle, die in der schmalen Straße zwischen den Häusern spielte. Es war heiß, erzählte er, es herrschte eine feuchte Hitze, und als er ankam, war sein Hemd durchgeschwitzt. Er lernte Édouards Frau und Kinder kennen. Die Frau war Französin, groß, schlank, sehr beschäftigt mit den Kindern. Édouard war klein, sah maghrebinisch aus und hatte einen schmalen Lippenbart. Er erinnerte ihn an einen Schauspieler der Stummfilmzeit. Sie saßen auf Kinderstühlen mitten auf der Straße, während die Kapelle spielte und die Nachbarn sich aus einer Kühlbox mit Bier versorgten. Die Kinder spielten mit Bällen und Kreiseln. Stockman sagte als Erstes, dass er, wie er ihm am Telefon erzählt hatte, ein Freund von Hugo sei und ebenfalls Klavier spiele. Der Klavierlehrer antwortete, Drummond habe ihm von ihm erzählt. Wusste Édouard, was passiert war? Als Stockman es ihm berichtete, wirkte der andere sekundenlang tief erschüttert; dann kam ein Kind in sehr schmutzigen Sachen und fragte nach Geld für ein Eis. Édouard nahm zwei Münzen aus der Tasche seiner Shorts und gab sie ihm; das Kind lief die Straße hinunter.

»Kommen Sie mit hinein«, sagte er.

Sie gingen ins Haus. Édouard humpelte. Sie setzten sich auf das Sofa im Wohnzimmer, im Raum war es unerträglich feucht, nur ein Ventilator, der an der Decke hing und sich bedrohlich drehte, sorgte für ein wenig Abkühlung. Édouard zog ein Taschentuch aus der Tasche, wischte sich über das Gesicht und trocknete sich den Lippenbart. Dann legte er ein Bein auf den Tisch.

»Sie entschuldigen bitte. Ich bin vor ein paar Monaten angefahren worden«, sagte er. »Das Bein wird nie wieder ganz gesund.« Sie schwiegen kurz. »Das war nur der erste Schock«, sprach er weiter. »Ist aber jetzt vorbei. Ich hatte schon so etwas erwartet. Ich hatte eine Ahnung, dass in dieser Woche etwas Furchtbares geschehen würde. Hin und wieder habe ich solche Vorahnungen.«

»Das konnten Sie nicht vorhersehen«, entgegnete Stockman.

»Wenn es nicht dort passiert wäre, dann wäre es hier passiert, verstehen Sie?«, fuhr Édouard fort, ohne auf ihn einzugehen. »Man merkte ihm schon lange an, dass er nicht mehr in dieser Welt war.«

»Können Sie das etwas näher erklären?«

»Waren Sie Freunde?«

»Gute Bekannte.«

»Wieso interessieren Sie sich dann dafür?«

»Er hat einen Brief für mich hinterlassen.«

»Ich verstehe nicht.«

»Es kann sein, dass wir miteinander verwandt sind. Ich weiß es nicht.«

Édouard machte eine Pause. Dann zuckte er mit den Schultern.

»Er war sehr ehrgeizig. Fürchterlich ungeduldig, aber ehrgeizig. Als er hierherkam, hatte er von Musik keinen blassen Schimmer. Zwei Jahre später haben wir bereits zusammen gespielt. Und der Kontrabass hat es als Instrument in sich.« Er sah Stockman an. »Nachdem Sie mir das jetzt erzählt haben, sehe ich die Ähnlichkeit zwischen Ihnen. Komisch. Es ist, als säße er hier und sähe mich an.«

»Ich bin nicht er.«

»Ich weiß. Aber trotzdem, wenn Sie ein Verwandter sind, bezweifle ich, dass ich Ihnen helfen kann. Er hat sehr wenig darüber gesprochen. Sehr, sehr wenig. Ich weiß, dass er eine Schwester hatte, das ist fast alles. In dieser Hinsicht gibt es vielleicht jemanden, der ihn besser kennt als ich.«

»Wer?«

»Ein Mädchen namens Catherine, die Saiteninstrumente repariert. Sie wohnt in der Rue Jeanne-Mance, glaube ich. Ich gebe Ihnen ihre Nummer, falls Sie mit ihr sprechen wollen.«

»Danke.«

»Im Übrigen ging es ihm in der letzten Zeit dreckig. Wir haben uns sehr wenig gesehen. Wochenlang haben wir uns nicht gesprochen. Er trank viel. Er lebte allein in einem Viertel weit weg von hier. Und dann wurde es schlimmer. Er war völlig verschuldet. Konnte nicht spielen. Kurz, es war eine Katastrophe.«

»Hat er Ihnen gegenüber jemals von einer Komposition gesprochen?«

»Von welcher Komposition?«

»An der er schrieb.«

Von draußen ertönte Kinderlärm. Édouard schlug die Beine übereinander und stützte sich mit den Ellbogen auf die Knie.

»Schwer zu sagen. Ich habe ja schon erzählt, er war ehrgeizig. Womöglich zu ehrgeizig. Ich habe mein Leben lang gespielt. Seit meinem fünfzehnten Lebensjahr bin ich Musiker. Er war schon dreißig, als er zu mir kam, und er wirkte völlig orientierungslos. Wie einer, der keine Ahnung hat, wohin es im Leben gehen soll. Er hatte während des Festivals ein paar Konzerte gehört und plötzlich beschlossen, dass er das machen wollte. Ich dachte, das würde zwei, drei Monate anhalten, dann würde die Begeisterung sich wieder legen. Aber er gab nicht auf. Er übte, spielte sich die Finger wund, bekam Schwielen, gab nicht auf, übte weiter. Die Musik lag ihm im Blut. Das lässt sich schwer erklären. Als hätte Gott« – er gestikulierte in Richtung Zimmerdecke – »beschlossen, dass der Mann sein wahres Leben zu spät finden sollte. Sagt man das so? *Sein wahres Leben?* Mit dreißig wird man nicht Musiker. Da wird man allenfalls ein ordentlicher Instrumentalist. Aber Musiker? Ich weiß nicht. Da habe ich große Zweifel. Und wenn Sie mich fragen, ob er mir gegenüber von einer Komposition gesprochen hat, dann antworte ich deshalb mit nein. Davon hat er nie etwas gesagt. Obwohl ich weiß oder überzeugt bin, dass er komponieren wollte. Ja, vermutlich hat er irgendetwas komponiert.«

Die Mexikaner hatten wieder angefangen zu spielen. Fetzen von Tönen eines melancholischen Liedes drangen in den Raum und verklangen gleich darauf. Derselbe Junge, der sich Geld für ein Eis geholt hatte, kam durch die Haustür herein, die geschmolzene Schokolade rann ihm über die Finger.

»Pass mit der Kleckerei auf«, ermahnte Édouard ihn in hartem Französisch. Der Junge kümmerte sich nicht um ihn und ging hinaus in den Garten. Édouard wandte sich wieder Stockman zu. »Aber wieso interessiert Sie das? Meinen Sie, das taugte etwas?«

»Ja«, antwortete Stockman. »Er hat ein Stück schriftlich hinterlassen. Es ist zwar nur ein kurzes Stück, aber sehr gut.«

»Das würde ich gern hören.«

»Darf ich?«, fragte Stockman und wies auf das Klavier, das an der Wand stand.

»Bitte sehr.«

Luís setzte sich und spielte das von Hugo aufgeschriebene Stück. Es war so, als hätte diese Komposition seit je in ihm selbst gesteckt.

»Sehr schön«, bemerkte Édouard, offenbar bewegt. »Hat es einen Titel?«

»Ja, es heißt *Dulcineia.*«

»Wie bei Don Quijote?«

»Ja, wie bei Don Quijote«, antwortete Stockman.

»Gut, wenn er das Stück schriftlich hinterlassen hat, warum fragen Sie dann?«

Stockman klappte das Klavier zu.

»Weil das Stück, das er schriftlich hinterlassen hat, haargenau einem Stück gleicht, das ich seit Jahren im Kopf habe.«

»Das meinen Sie nicht im Ernst.«

»Da Sie mit ihm befreundet waren, wissen Sie vielleicht, wie er an diese Melodie gekommen ist.«

»Ich habe nicht die geringste Ahnung, mein Freund«, antwortete Édouard. »Dieses Stück habe ich eben zum ersten Mal gehört.«

Wochenlang kam keine Nachricht von Stockman. Ich machte mir Sorgen, was verständlich ist, war aber nicht allzu beunruhigt. Ich kannte ihn ja. Außerdem war es Sommer, die Jahreszeit, die sich am besten für fruchtlose Unternehmen eignet. Ich glaubte, es sei lediglich eine fixe Idee meines Freundes. Oder er sei des Lebens, das er in letzter Zeit geführt hatte, irgendwie überdrüssig geworden. Stockman war nicht für den Erfolg gemacht. Er war zu besonders, zu genial und zu ambivalent, als dass die ständige Belagerung durch Presse, Kritiker und Publikum ihm nicht unangenehm geworden wäre. Vielleicht war es normal, dachte ich, dass er in einer Phase mit besonders großem Druck – für diese Monate waren mehrere wichtige Konzerte geplant – nicht mehr standhielt, alles absagte und einer Schimäre nachjagte.

Ein anderes Gefühl jedoch, das ich zu ignorieren beschloss, sagte mir, dass ich irrte. Stockman war kein Mann für fixe Ideen, es sei denn, sie schienen ihm ausnehmend lohnend zu sein. Einmal reiste er für einen Monat nach Alaska. Es war ein geplantes Abenteuer, richtig, aber auch da gab er nicht viele Erklärungen ab. Ich kenne keine Einzelheiten dieser Reise, weiß aber, dass er mit Hunderten von Fotos zurückkam, aufgenommen mit einem alten Apparat, der seinem Vater gehört hatte. Eines Abends lud er mich zu sich ein; damals lebte er in einer Wohnung in der Nähe der Burg, wo ihn selten jemand besuchte. Als ich kam, hatte Stockman die Fotos entwickelt, die wichtigsten vergrößert und an die Wände gehängt. Es war eines der seltsamsten Erlebnisse, die ich je gehabt habe, diesen von einem Konzertflügel dominierten, rundherum mit so unwirtlichen und eisigen Ansichten wie Mondlandschaften dekorierten Raum zu betreten. Die Fotografien waren von professioneller Brillanz; wie allem, was er machte, hatte Stockman ihnen den Stempel seiner Genialität aufgedrückt. Dabei war die Fotografie eine Übung, die ihn lediglich als Vehikel für das interessierte, was er tat, nämlich in einer Umgebung komponieren, in der himmelblaue, weiße und graue Töne vorherrschten. Auf einem Bild, an das ich mich besonders gut erinnere, aufgenommen auf Kodiak Island, gab es einen Eisbären, der über gefrorene Wasserflächen spazierte, im Hintergrund die Silhouette eines Gebirges. Ich habe keine Ahnung, wie Stockman es geschafft hat, so nah an den Bären heranzukommen; gefragt habe ich ihn nie. Vor diesem Szenarium fing er an, die zehn Stücke zu komponieren, aus denen später sein erstes (und einziges) Album bestand. Ein trostloses Szenarium, doch genauso intensiv wie seine Musik.

Womit ich sagen will, dass es meinem Freund immer darauf ankam, sich selbst zu finden. Wer von uns kann das von sich sagen? Wir beschäftigen uns unser Leben lang mit der Trivialität der Welt, wir konzentrieren uns für Stunden und Tage auf die Lösung der praktischen Probleme, vor denen wir tagtäglich stehen. Das ist selbstverständlich. Doch Stockman hat sich dieser Annäherung an die Realität schon früh verweigert. Beim Übergang zum Erwachsenenalter – was ich aus irgendeinem Grund immer mit der peinlichen Situation assoziiere, in der er jedoch ausgesprochen Mut bewies, als er vor den Augen der Mutter eines Schulfreundes masturbierte – hat etwas in ihm eine profunde Metamorphose erfahren. Aus dem apathischen Jugendlichen wurde ein Mann, der sich der Kürze des Lebens bewusst war, voller Unruhe und introvertiert – *tiefsinnig*.

Dieses Wort wurde im Laufe der Zeit entwertet. Wenn wir heute von jemandem sagen, er sei *tiefsinnig*, ist es oft ironisch oder verächtlich gemeint; womöglich beides. Dieses Wort ist die Bezeichnung, die am besten zu Stockman passt. Stockman ist der einzige Mensch, den ich kenne, der Spiritualität ohne jede Spur von Sarkasmus akzeptiert. Er suchte keine Religionen, Riten oder Moden; ihm war egal, was andere über ihn oder seine grundsätzliche Betrachtung des menschlichen Daseins dachten. Seine Ruhelosigkeit war echt; und deshalb versank er häufig in einen Zustand tiefer Verzweiflung oder Beklemmung, was man so manches Mal fälschlich für Pessimismus oder für ein quälendes Gefühl von Versagen halten konnte. Dieses Gefühl spürte ich, als ich ihn kennenlernte: als hätte er eine Niederlage erlitten. Aber wie alle Menschen fälle auch ich voreilige Urteile; ich strebe nicht wie Stockman nach der Wahrheit.

Aus all diesen Gründen machte ich mir also nicht allzu große Sorgen. Es war ein weiteres Abenteuer meines Freundes auf der Suche nach einer Epiphanie. Früher oder später würde er sie finden. Die Geschichte war seltsamer und übernatürlicher als alles, was ich je von ihm gehört hatte, und die Schilderung der Begegnung mit Hugos Mutter hatte mich sehr traurig gestimmt. Dennoch, da meine Töchter Schulferien hatten, meine Frau ständig außer Haus bei der Arbeit war und ich versuchte, mit einem neuen Roman zu beginnen (ohne jede Vorstellung davon, in welche Richtung es gehen sollte), hatte ich nicht viel Zeit.

An einem Vormittag Ende Juni, Teresa lebte damals noch in Stockmans Wohnung, traf ich sie auf der Straße. Wir waren Kunden derselben Buchhandlung, und so eine zufällige Begegnung hatte es schon früher gegeben. Sie liebte Bücher, ich auch. Ich sah sie aus der Buchhandlung kommen, beladen mit zwei schweren Taschen, und half ihr tragen. Sie täuschte Fröhlichkeit vor, was ihr nicht gut gelang, denn ihre normalerweise strahlenden Augen waren matt wie beschlagene Fenster. Sie war im Supermarkt gewesen und hatte anschließend eine Reihe Theaterbücher gekauft. Sie trug die Einkäufe, ich die Bücher. Ich begleitete sie nach Hause, es war nicht weit. Wir unterhielten uns über Banalitäten; ich versuchte, das Thema Stockman zu vermeiden.

Als wir ankamen und ich ins Haus trat, ein niedriges, zweistöckiges Haus mit einem kleinen Balkon, auf dem Teresa Blumen gepflanzt hatte, spürte ich seine Gegenwart. Ich bekam eine Gänsehaut und ging schnell durch den Vorraum zum Wohnzimmer. Der Raum war unverändert: Klavier, Sofa, Küchentresen, der Tisch voller Bücher. Und doch fehlte etwas Wesentliches. Teresa ging ins Badezimmer. Ich schlenderte unvorsichtigerweise durch den Flur. Sah mir in einem Regal Stockmans Notenhefte an. Hunderte von Heften mit hellblauem Deckel, alle mit Noten vollgeschrieben. Hinten das Schlafzimmer, links das Studio. Ich hörte vom anderen Ende der Wohnung das Wasser im Badezimmer rauschen. Ich öffnete die Tür zum Studio und trat ein.

Im Raum herrschte ein einziges Chaos. Das Klavier hatte zerbrochene Tasten. Der Tisch, an dem Stockman im Allgemeinen schrieb, war voll von bekritzelten Zetteln, umgekippten Kaffeetassen, Verpackungen von Essen und Zigarettenkippen. Auf dem Fußboden lag eine Matratze mit einem Kissen und einer Decke; neben der Decke eine Flasche Whisky und ein voller Aschenbecher. Ich bemerkte, dass die Fotografien, die bisher an der Wand gehangen hatten – dieselben, die er in Alaska gemacht und aus der früheren Wohnung mitgenommen hatte –, nicht mehr da waren; die Haken, an denen die Rahmen hingen, steckten noch in der Wand. Plötzlich spürte ich, dass jemand hinter mir stand; ich drehte mich abrupt um.

»Ich habe dich erschreckt«, sagte Teresa lächelnd. Mir fiel auf, wie hübsch sie in dem hellen Licht war.

»Entschuldige.«

Sie lehnte sich an den Türrahmen und verschränkte die Arme.

»Und hier hast du deinen Freund. Oder was von ihm übrig ist.«

»Was ist passiert?«

»Was ich dir erzählt habe, als du angerufen und so getan hast, als wüsstest du nicht, dass er weg ist.«

Ich war etwas beschämt, verteidigte mich aber.

»Ich hatte über einen Bekannten das Gerücht gehört«, rechtfertigte ich mich. »Aber da ich nie weiß, was in Luís' Kopf vorgeht, habe ich mich nicht weiter gekümmert.«

»Ich verstehe.«

»Was für ein Durcheinander«, sagte ich, noch immer fassungslos über das Chaos im Studio.

»Es sieht hier genau so aus, wie er es verlassen hat.«

»Warum?«

Teresa blickte zu Boden. Ihr rechter Fuß wippte nervös.

»Damit ihm, wenn er zurückkommt, bewusst wird, was er getan hat.«

»Wann war ich das letzte Mal bei euch?«

»Vor ungefähr zwei Monaten. Vielleicht drei.«

»Und das hier ist damals passiert?«

»Es ist innerhalb einer Woche passiert«, sagte Teresa, griff nach dem Türknauf und schloss die Tür. Wir gingen zurück ins Wohnzimmer; sie hatte Kaffee gemacht. »Nachdem er auf der Polizeiwache gewesen war, hat er sich hier verkrochen. Er hat jede Nacht gespielt, immer dasselbe Stück, und tagsüber ist er vermutlich aus dem Haus gegangen, denn wenn ich nach Hause kam, lag seine Jacke hier immer irgendwo herum.«

»Er hat immer dasselbe Stück gespielt?«

»Ja, immer dieselbe Melodie. So als wäre er auf der Suche nach einer fehlenden Note und finge jedes Mal, wenn er steckenblieb, wieder von vorn an.«

Ich nippte am Kaffee, er war mir zu stark. Ich spürte, wie sich die Brust um mein klopfendes Herz herum zusammenzog.

»Das ist bei ihm nicht gerade normal«, erwiderte ich. »Wenn es etwas gibt, wo er nie steckenbleibt, dann ist das die Musik.«

»Das ist alles nicht normal. Wir haben fast ein Jahr zusammengelebt, und er hat immer mit mir in einem Bett geschlafen. Hätten wir Streit gehabt, dann hätte ich das begriffen. Oder zumindest akzeptiert. Er ist ohne jede Erklärung zum Schlafen ins Studio gegangen. Er hat sich eingeschlossen, und wenn er aus dem Haus ging, hat er den Schlüssel mitgenommen.«

»Er hat sich also verbarrikadiert.«

»Ja. Eines Nachts, als ich schlief, ist er dann ins Zimmer gekommen und hat das Licht angemacht. Ich weiß nicht, wie spät es war. Das war das letzte Mal, dass er mit mir gesprochen hat. Er stand in der Tür, völlig zerzaust, als hätte er mit einem wilden Tier gekämpft. Ich fragte, was passiert sei, und er antwortete einfach: *Ich gehe*. Wohin? *Nach Montreal*, sagte er. Dann schaltete er das Licht aus und schloss die Tür. Ich war erschrocken, machte aber keine große Sache daraus.« Sie setzte die Kaffeetasse ab und kaute kurz an den Fingernägeln. »Ich dachte: Er spinnt, aber das legt sich. Nur, am nächsten Tag war er bereits weg.« Teresa machte eine Pause und atmete tief ein. »Ich habe die Geschichte gehört, die ihm die Polizisten an unserer Tür erzählten. Von dem anderen Verrückten, dem Selbstmörder, der in seinem Abschiedsbrief geschrieben hat, er habe ihn umgebracht, und so weiter. Aber nachdem er mit dem Kripomann gesprochen hat, ist alles anders geworden.«

»Hat Luís dir nicht gesagt, worüber sie gesprochen haben?«, fragte ich.

»Nein.«

»Er hat dir nicht gesagt, was in dem Brief stand?«

»Nein.«

»Willst du es wissen?« Ich fand, darauf habe sie ein Recht. Sie schüttelte den Kopf.

»Ist er in Gefahr?«

»Nicht dass ich wüsste.«

»Mir ist lieber, dass ich es nicht weiß. Mir ist lieber, dass er klärt, was er klären muss, und dann, wenn er meint, es sei an der Zeit, wieder zurückkommt.«

Ich verabschiedete mich an diesem Vormittag mit dem dumpfen Gefühl, dass Stockman nie mehr zurückkommen würde. Doch als ich nach Hause kam und meine Töchter sah – die ältere hätte auf die jüngere aufpassen sollen, während ich meinen morgendlichen Gang machte, und sie beklagten sich, sie hätten Hunger, weil ich vergessen hatte, ihnen das Frühstück vorzubereiten –, da vergaß ich meine Vorahnung.

*

Wenig später lernte Stockman Catherine kennen. Er schrieb mir eine lange E-Mail über sie, und ich bemerkte sofort, dass er in der Klemme saß. Besser gesagt: dass wir in der Klemme saßen. Er als Mann auf der Suche nach seinem Schatten; ich als Freund und machtlos, ihn zurückzuholen.

Die Frauen haben in seinem Leben immer eine große Rolle gespielt. Auch wenn er es noch so sehr leugnete (und das tat er oft), ich habe ihn nie vollkommen allein erlebt, ohne ein romantisches Interesse oder ohne dass eine Frau mehr oder weniger intensiv, mehr oder weniger verblendet hinter ihm her war, bis sie tief verletzt wurde. Stockman war süchtig nach Erobern und Verstoßen. Die Beziehung mit Teresa hatte sich gleichsam als eine Luftblase an einem Ort ohne Sauerstoff erwiesen. Dennoch glaube ich, dass in seinem Innern für niemanden sonst Raum war. Zwar war er ständig unzufrieden und arbeitete vielleicht deshalb so viel, aber seine Unzufriedenheit hätte sich nicht durch eine Beziehung beheben lassen.

Dies mag grausam klingen, aber mir scheint, dass Teresas Rolle eher darin bestand, eine Lücke zu füllen, als seine Partnerin zu sein. Sein Debütalbum war ein Erfolg, und ständig wollte jemand etwas von Stockman. Teresa bot Zuflucht, sie war da, wenn er nach Hause kam. Aber sie war es auch, die ihn anspornte, wenn er es brauchte. Im Zusammenhang mit dem Album hatte es so viele Entscheidungsblockaden gegeben, und sein Perfektionismus war so extrem, dass der letzte Produzent, den er engagiert hatte, nachdem etliche Produzenten das Projekt aufgegeben hatten, nach monatelangen fruchtlosen Aufnahmen im Tonstudio am Rande eines Nervenzusammenbruchs war. Dann trat Teresa in sein Leben und sorgte dafür, dass die Dinge einen anderen Verlauf nahmen. Stockman nahm die Platte auf, verließ das chaotische Apartment, in dem er lebte, sie mieteten gemeinsam eine Wohnung. Wie Teresa das geschafft hat, weiß ich nicht; Tatsache ist, diese kleinen Fortschritte fielen zeitlich damit zusammen, dass sie auf der Bildfläche erschienen war.

Das Thema Zwillinge hat mit diesem Teil zu tun. Ich weiß zum Beispiel, dass Hugo an dem Abend, als er zu Stockmans Konzert ins Coliseu ging, in Begleitung einer Frau war. Wer sie war, habe ich nie erfahren, es interessiert mich auch nicht. Wer meine Bücher kennt, weiß genau, dass es keine Elsa Gorski gibt, dass sie eine Romanfigur ist, erfunden in meinem Kopf. Und doch schien sie mir an diesem Abend die perfekte Begleitung für ihn zu sein, als Hugo auf seinen Doppelgänger traf. Wenn es stimmte, dass Stockman und er Zwillinge waren, erschien es mir nur gerecht, dass auch in seinem Leben, so wie in dem Stockmans, Frauen wichtige Ereignisse verursacht oder zu diesen geführt hatten.

Die E-Mail von Stockman.

Ich las sie an einem heißen Nachmittag Ende August, meine Frau und meine Töchter waren nicht da, sie verbrachten eine Woche Ferien auf dem Land. Ich hatte das Haus für mich, und das gefiel mir. Als ich den Computer einschaltete und sah, dass eine Nachricht von Luís gekommen war, freute ich mich. Ich lüge, es war keine Nachricht, sondern ein Brief. Auf Papier geschrieben, wäre er mehrere Seiten lang gewesen, vielleicht so viele Seiten wie der Brief, den Hugo für Stockman hinterlassen hatte. Ich war erstaunt über Umfang und Komplexität des Textes. Stockman war kein großer Freund von Computern. Er hatte sich erst spät vor allem wegen seiner beruflichen Verpflichtungen und auf Verlangen seines Agenten an E-Mails gewöhnt. Wenn er schrieb, verfasste er kurze Sätze mit mangelhafter Zeichensetzung, ohne sich sorgfältig um Satzbau und Grammatik zu kümmern. Dies aber war eine andere E-Mail. Sie wirkte auf mich wie eine Woge von Wörtern, so weit das Auge reichte, mit der unsichtbaren Ordnung, von der wir wissen, dass sie in einem Text existiert, noch bevor wir ihn gelesen haben, und bereits ahnen, dass es ein sehr präzises Stück Arbeit ist. Das war bei ihm nicht üblich.

Ich habe die E-Mail stundenlang gelesen. Beim ersten Mal zehn Minuten, dann habe ich sie den ganzen Nachmittag über immer wieder gelesen, von Mal zu Mal langsamer, immer mehr in den Text vertieft, immer ungläubiger. Stockman schrieb besser als ich, aber das wunderte mich nicht. Ich wusste, dass mein Freund in allem, was er mit Leidenschaft machte, immer großartig sein würde. Wohl aber wunderte mich die unerwartete Tiefe seiner Gefühle, die Intensität seiner Worte – und letztlich der Schock, erkennen zu müssen, dass er vermutlich nie mehr zurückkommen würde; dass ich ihn verloren hatte.

Das geschah so: Er hatte Catherine an einem sehr heißen Tag kennengelernt. Die Luftfeuchtigkeit war so hoch, dass er, als er den Boulevard Saint-Laurent in Richtung Petite Italie entlangging, das Gefühl hatte, er werde die Besinnung verlieren. In einem Eckgeschäft kaufte er sich einen Hut, um sich vor der Sonne zu schützen. Er bog in die Rue Jeanne-Mance ein, ein Wohnviertel mit Ziegelhäusern, deren Front diagonal laufende Eisentreppen schmückten. Er stieg eine solche Treppe hinauf und klingelte an der Tür. Als sie ihn erblickte, vollkommen nassgeschwitzt, die Kleidung an seinem sehr dünnen Körper klebend, den Hut halb über das Gesicht gezogen, umarmte sie ihn. Stockman erstarrte zu Eis. Genau das schrieb er: *Ich erstarrte zu Eis. Es war zugleich ein Sommertag und ein Wintertag.* Dann trat die Frau einen Schritt zurück, und als Stockman den Hut abnahm, schlug sie sich die Hand vor den Mund. Stockman fiel auf, wie schön ihre Finger waren.

»Entschuldigen Sie«, sagte sie auf Französisch, »ich habe Sie für jemand anderen gehalten.«

Nun trennte sie die offene Tür. Catherine war errötet und hatte die Arme verschränkt. Aus der Wohnung roch es nach Holz und Lack. Stockman stellte sich vor. Er sagte, er sei ein Freund von Édouard. Sie sagte, sie habe Édouard nur zweimal getroffen. Dann fragte sie, ob sie etwas für ihn tun könne, aber falls er Hilfe wegen eines Instruments brauche, hätte er vorher anrufen müssen.

»Ich erinnere Sie an jemanden«, sagte Stockman.

Catherine betrachtete ihn. In ihren Augen stand eine Mischung aus Erkennen und Erschrecken. Sie hatte hellbraunes, lockiges, zu einem Pferdeschwanz gebundenes Haar. Über ihrer Kleidung trug sie eine enge beigefarbene Schürze, die sie zur Bearbeitung von Holz anlegte.

»Ja, das stimmt. An jemanden, den ich seit einiger Zeit nicht mehr gesehen habe.«

»Seinetwegen bin ich hier.«

»Ich verstehe nicht.«

»Ich bin auch Musiker. Pianist.«

Stockman fuhr sich mit der Hand durch das graumelierte Haar und spürte den Schweiß, der sich darin gesammelt hatte.

»Hätten Sie etwas dagegen, wenn ich hereinkomme? Die Hitze ist unerträglich.«

Catherine zögerte einen Moment, dann trat sie beiseite und ließ ihn herein. Die Wohnung war überraschend kühl, die Klimaanlage arbeitete gegen die sommerliche Qual an. Sie gingen im Halbdunkel durch einen Flur, dann öffnete sich eine breite Tür zu einer Werkstatt voller Instrumente. Es war ein kleiner Raum, aber perfekt geordnet. Auf der rechten Seite befanden sich die Kontrabässe in verschiedenen Farbtönen von Gelb bis Dunkelbraun, die Hälse in einer horizontalen Halterung; in der Mitte stand ein Arbeitstisch mit einem großen Schraubstock, Feilen und Meißeln, Pinseln, zerlegten Resonanzkörpern, Gitarrenböden, Xylophonen, Wirbeln, Kaffeetassen. In einem Aschenbecher daneben brannte eine Zigarette; Catherine griff danach und drückte sie aus. Auf einem Ständer ruhte ein alter Kontrabass ohne Saiten.

»Im Moment habe ich viel mit Mandolinen zu tun«, sagte Catherine, öffnete einen kleinen Kühlschrank und goss zwei Gläser Wasser ein. Sie reichte ihm eines und setzte sich auf einen Hocker. »Mit Klavieren habe ich noch nie gearbeitet.«

Sie hatte einen traurigen Blick, stellte Stockman fest, als fehlte in ihrem Blut ein entscheidendes Element und als wäre deshalb ihre Traurigkeit angeboren. Er setzte sich auf einen halb aus dem Leim gegangenen Stuhl, der an der Wand stand.

»Ich bin nicht hier, weil ich Hilfe brauche«, antwortete er. »Ich wollte über diesen Jemand sprechen, an den ich Sie erinnere.«

»Sie könnten Zwillinge sein, wissen Sie das?«

»Ja.«

»Nur Ihr Auftreten ist anders. Vielleicht sicherer. Oder arroganter. Schließlich braucht man einigen Mut, um bei einer Unbekannten zu klingeln und zu ihr ins Haus zu kommen.«

»Dieses Gespräch hätte ich nicht am Telefon führen können.«

»Sind Sie verwandt?«

»Das weiß ich nicht.«

Sie neigte den Kopf verwirrt zu einer Seite.

»Was denn nun?«

»Er glaubte ja.«

»Er glaubte?«

Stockman blickte zu Boden. Er bemerkte, dass sich die Schnürsenkel an seinem linken Schuh gelöst hatten. Er wollte sich hinunterbeugen und sie zubinden, als könnte er den nächsten Augenblick bis in alle Ewigkeit hinauszögern. Dann trank er das Glas Wasser in einem Zug aus und sagte, dass der Mann, von dem sie sprachen, nicht mehr am Leben war. Er sah ihrer Miene an, dass sie erschrocken war, dann schockiert und schließlich zutiefst betroffen. Catherine fragte, was geschehen war. Stockman berichtete kurz von den merkwürdigen Umständen des Selbstmords. Catherine schwieg eine kleine Weile. Dann stand sie vom Hocker auf und lehnte sich mit verschränkten Armen an die Wand.

»Sind Sie hergekommen, um mir diese Geschichte zu erzählen?«

»Ich bin hergekommen, weil ich auf der Suche nach einer Antwort bin. Ich habe ihn gekannt, und ich gebe zu, wir sahen uns sehr ähnlich. Aber ich hatte nicht an Gespenster geglaubt.«

»Und das ist jetzt anders?«

»Ich glaube, wenn er mein Schatten war, dann bin ich auch sein Schatten.«

»Würde es Ihnen etwas ausmachen, irgendetwas Verständliches zu sagen?«

Sie war gereizt, als wäre ihre Traurigkeit auf einmal in Wut umgeschlagen.

»Wir haben haargenau dasselbe Musikstück geschrieben. Das heißt, aufgeschrieben hat er es. Er hat einen langen Brief an mich hinterlassen, darin hat er gesagt, ich sei sein Gegenbild, die Hälfte, die ihm fehlte. Und dann hat er auf einem Notenblatt eine Melodie notiert, die nur ich kennen konnte.«

»Er war gestört«, erwiderte Catherine. »Ich weiß nicht, ob Sie das wissen. Abgesehen vom Alkohol hat er, glaube ich, auch gelegentlich Drogen konsumiert. Er hat nachts gelebt. Er aß nur Mist, manchmal hat er tagelang nicht geschlafen.«

»Das bedeutet nicht, dass er verrückt war.«

»Das bedeutet, dass er mit einem Bein hier und mit dem anderen weiß der Himmel wo gestanden hat. Ich habe einmal zu ihm gesagt, er müsse weggehen. Diese Stadt machte ihn fertig. Seine Familie fehlte ihm. Ich war zuversichtlich, ich dachte, das wäre für ihn das

Beste und es würde ihm guttun, für eine Weile zu verschwinden.«

»Genau das Gegenteil ist eingetreten.« Sie schluckte trocken. »Es ist nicht Ihre Schuld«, sagte Stockman sanft. »Niemand ist schuld. Wenn überhaupt jemand schuld wäre, dann ich, weil ich so viele Jahre lang das Falsche geglaubt habe.«

»Was ist das Falsche?«

»Dass wir Unikate sind. Dass wir einzigartig sind.«

»Sind wir das denn nicht?«

Stockman konnte sich ein ironisches Lächeln nicht verkneifen.«

»Wenn Sie uns nebeneinander sehen könnten, würden Sie dann sagen, dass Sie zwei verschiedene Männer vor sich haben?«

»Das habe ich schon gesagt. Sie treten anders auf.«

»Ja, das habe ich gehört. Arroganter. Vielleicht bin ich etwas überheblicher oder mehr von mir eingenommen, wie man so sagt. Aber kommt das nicht einfach daher, wie wir erzogen wurden oder wie unser Leben verlaufen ist? Stellen Sie sich vor, sein Leben wäre entsprechend verlaufen. Er hätte einigen Erfolg gehabt und kein Alkoholproblem. Können Sie ihn sich so vorstellen? Dann wären wir doch gleich, oder?«

»Mir scheint, wer hier durchgedreht ist, sind Sie.«

»Ich bin nicht verrückt, auch nicht kurz davor, verrückt zu werden. Ganz im Gegenteil.«

»Richtig, Sie sind vollkommen klar im Kopf«, bemerkte Catherine, mit dumpfem Sarkasmus.

»Hat er mit Ihnen jemals darüber gesprochen? Über einen Zwilling?«

Sie schüttelte den Kopf.

»Wir haben vor allem über den *Nutella* gesprochen.«

»Über wen?«

»Den Kontrabass, den er gekauft hat. Ich habe ihn aufgearbeitet. Er hat ihn der Farbe wegen *Nutella* genannt.«

»Mochten Sie die Musik, die er gespielt hat?«

Sie zuckte mit den Schultern.

»Ich habe ihn nicht oft gehört. Er war fleißig und engagiert. Das war er, ein paar Jahre lang.«

»Und mochten Sie ihn?«

»In welcher Hinsicht?«

»Im Sinne von mögen. Gernhaben.«

Catherine wich Stockmans Blick aus.

»Das ist eine ziemlich indiskrete Frage.«

Stockman erhob sich und ging auf sie zu. Catherine trat zur Seite.

»Ich frage das nur, weil ich das Gefühl habe, dass ich Sie schon lange kenne.«

»Wir haben uns gerade erst kennengelernt.«

»Er hat an einer Komposition gearbeitet, stimmt's?«

»Kann sein. Er hat oft gesagt, dass er Musiker sein wollte, nicht nur spielen.«

»Woher kam diese Komposition? Wissen Sie, wovon er sich hat inspirieren lassen?«

»Sie reden viel, hören mir aber nicht zu. Ich habe bereits gesagt, dass ich nicht weiß, wovon Sie sprechen.«

Stockman lehnte sich an die Wand gegenüber, sie sahen einander an. Dann probierte er ein paar Töne, traf das Cis und begann zu singen. Er sang die Melodie, die er im Schlaf auswendig konnte. Als er verstummte, betrachtete Catherine ihn. Er hätte nicht sagen können, ob sie ihn lediglich bewegt ansah oder mit aufrichtigem Mitleid.

»Und?«, fragte Stockman.

»Doch, das erinnert mich an etwas.«

»Woran?«

Sie löste die Arme und ließ sie seitlich baumeln. Den Blick richtete sie an die Decke.

»Eines Abends erschien er hier. Es war sehr kalt. Vielleicht schneite es, das weiß ich nicht mehr. Ich weiß nur, dass er klingelte und fragte, ob ich ein Aufnahmegerät hätte. Ich wollte wissen, warum, er antwortete nur, ich wohnte am nächsten von ihm. Er schien von einer Idee besessen und hatte Angst, sie zu vergessen. Es war ziemlich spät, ich konnte den Kassettenrekorder nicht gleich finden, deshalb blieb er im Wohnzimmer, lief im Raum hin und her und summte irgendetwas. Ich war todmüde, das können Sie mir glauben. Am liebsten hätte ich ihn rausgeworfen.« Sie lächelte liebevoll. »Dann fand ich das verflixte Ding. Er riss ihn mir aus der Hand, drückte auf die Taste und nahm auf. Er machte genau dasselbe wie Sie: Er lehnte sich an die Wand und sang.«

Catherine lenkte den Blick von der Decke zurück auf ihn und schaute ihn eindringlich an. Stockman spürte, dass sie ihn endlich allmählich verstand.

»War es dieselbe Melodie?«

»Schwer zu sagen. Es ist schon so lange her.«

»Und wo ist dieser Rekorder jetzt?«

Catherine runzelte die Stirn.

»Er hat ihn an dem Abend mitgenommen, aber mir später zurückgebracht. Er muss irgendwo hier herumstehen. Ich habe ihn nie wieder benutzt.« Sie machte eine Pause. »Wieso?«

»Vielleicht ist die Aufnahme noch drauf.«

Er blieb in der Werkstatt, während Catherine zum

zweiten Mal nach dem Kassettenrekorder suchte zwischen all den Dingen, die einen Haushalt ausmachen. Er setzte sich wieder auf den aus dem Leim gegangenen Stuhl und betrachtete den Kontrabass ohne Saiten, der auf dem Ständer ruhte. Die weibliche Form des Instruments war nicht zu übersehen, der lange Hals endete im zusammengefassten Haar einer Nymphe; doch waren es nicht diese Details, die ihm auffielen. Es war vor allem die Farbe des Instruments, ein sehr seltenes Braun, wie schwarze Schokolade, überzogen mit einer Zuckerschicht. Er überlegte, wie wohl der Kontrabass seines Gegenbilds Hugo ausgesehen haben mochte, und empfand ein seltsam liebevolles Gefühl.

Catherine kam nach einiger Zeit zurück. Sie hatte die Schürze abgelegt, Stockman nahm ihre kleinen Brüste wahr. In den Händen hielt sie das Aufnahmegerät. Sie reichte es ihm. Stockman holte tief Luft, dann drückte er auf die Taste. Er behielt das Gerät in der Hand, beide schwiegen, als warteten sie auf einen Ruf von einem fernen Planeten. Kurz darauf war ein Geräusch zu hören, als würde eine Schublade geschlossen oder eine Tür zugeschlagen. Catherines Stimme erklang im Hintergrund, sie brummelte etwas Unverständliches. Neuerliche Stille. Dann erklang eine Stimme, die Stimme eines Mannes. Stockman spürte, dass sich die Härchen auf seinem Arm sträubten; sekundenlang war ihm, als versagten ihm alle anderen Sinne, als verengte sich die Welt auf den fernen, archaischen Ton, der von dem längst vergessenen Gerät kam.

Die Stimme des Mannes sang dieselbe Melodie, die er gerade Catherine vorgesungen hatte. Doch nicht aus diesem Grund überlief ihn von Kopf bis Fuß eine Gänsehaut. Der Grund war, dass die Stimme auf dem Gerät genau wie seine eigene Stimme klang, als hörte er sich selbst in einer anderen Zeit, parallel zu dieser, aber einer zwangsläufig realen Zeit, die aber zumindest so real war wie diese, vielleicht überhaupt nicht reale Zeit. Die Aufnahme dauerte keine ganze Minute. Die Stimme verschwand, an ihre Stelle trat Stille. Was da aufgenommen worden war, war weit entfernt von einer fertigen Komposition, es war kaum mehr als eine Idee, eine Anzahl von Tönen zu einem angeblichen Akkord in Cis-Dur. Aber es war die Idee eines Menschen. Sie war ebenso unmöglich zu imitieren oder zu reproduzieren wie das Timbre und die Seele der Stimme, die in den vorausgegangenen Sekunden imitiert und reproduziert worden war von einem kleinen Gerät, das, so gleichgültig wie alle Dinge ohne Seele und ohne Timbre, lediglich das aufnimmt, was ihm gesagt wird.

Stockman erhob sich und spürte, dass ihm sein Körper kaum gehorchte. Er legte das Gerät auf dem Stuhl ab. Dann ging er, einen Fuß vor den anderen setzend, auf Catherine zu. Sie lehnte an der Wand, hielt sich eine Hand vor den Mund und weinte. Mit dem anderen Arm umschlang sie ihre Taille und versuchte, die Krämpfe zu unterdrücken. Vielleicht, dachte Stockman, hat die Wahrheit endlich den Weg zu ihrem Herzen gefunden, und sie weint über den Tod und die wundersame Wiederauferstehung. Er näherte sich ihr, nahm sie in die Arme, und so standen sie lange Zeit.

Damit endete der Brief aber nicht. Stockman versuchte noch über mehrere Absätze mit Worten zu erklären, was sich nicht erklären ließ. Zum Beispiel, dass sein ganzes Leben ein Vorspann zu diesem Moment gewesen sei; dass ihm, als er die Stimme seines Gegenbilds vernahm, eine Stimme, die ihn von einem unwirtlichen Ort, aus einem Grab, erreichte, endlich klargeworden sei, dass er sich nie als vollständig empfunden habe, obwohl er in eben diesem Augenblick auch herausgefunden habe, worauf das niederschmetternde Gefühl der Unvollständigkeit beruhte, das ihn seit je verfolgt hatte.

Was geschehen war, interessierte ihn nicht. Wie wir alle wusste er von seiner frühesten Kindheit nichts; er konnte nicht auf die Stunde null zurückgehen, nicht in Erfahrung bringen, wo er geboren war, wie er geboren, und auch nicht, von wem er geboren worden war. Für uns alle ist der Mutterleib ein mythologischer Ort. Wir gehen davon aus, dass wir dort gewesen sind, dass die wesentliche Phase unserer Entstehung in einem Uterus stattgefunden hat, ernährt von einem anderen Organismus, umgeben vom Fruchtwasser, manchmal allein, manchmal in Gesellschaft. Zumindest erzählt man uns das. Das besagt nichts. Auch wenn wir noch so viele Geburten miterleben, können wir nicht ermessen, was es bedeutet, geboren zu werden, so wie wir niemals erfahren werden, was sterben bedeutet. So gesehen ist das Leben nichts anderes als ein Intervall. Die wesentlichen Ereignisse, die das Leben ausmachen, können wir weder erleben, noch können wir uns daran erinnern. *Geboren werden und sterben sind nur Worte*, schrieb Stockman. *Sie haben keinerlei Bezug zur Realität, und deshalb können wir unmöglich sagen, dass wir leben, denn unser Bewusstsein von diesen Ereignissen ist gleich null. Wir können genauso gut sagen, wir hätten eine Frau geliebt, die wir nie kennengelernt haben. Die Vorstellung ist schön, aber es ist die Vorstellung eines Verrückten.*

Der letzte Teil des Briefes hatte diesen nachdenklichen Tenor. Und der allerletzte Absatz war beunruhigend. Durch die Begegnung mit seinem Gegenbild, seinem Zwilling, wenn auch nur in dem Moment der Aufnahme, war Stockman bewusst geworden, dass es sinnlos war, so wie bisher weiterzuleben. *Wofür mache ich das, was ich mache?*, fragte er sich. *Ich habe gespielt und komponiert, um eine Lücke zu schließen. In mir war ein Loch. Ein weißer Fleck. Jetzt weiß ich, dass dieser Fleck niemals ausgefüllt werden wird. Derjenige, der es hätte tun können, ist nicht mehr, er hat eine Spur tiefer Stille hinterlassen. Stille ist wichtig. Sie hilft mir zu vergessen. Es lässt sich nicht ändern. Dein Freund.*

Gleich nichts.

Lange Zeit hörte ich nichts von Stockman. Es kamen keine E-Mails mehr und auch keine Anrufe. Im Spätsommer und im Frühherbst schickte ich ihm unzählige Nachrichten, doch er antwortete nie. Irgendwann kamen meine E-Mails zurück mit der Begründung, die Mailbox des Empfängers habe ihr Volumenlimit überschritten. Sein Handy, das ich mehrmals anzurufen versuchte, war ständig ausgeschaltet. Ich gestehe, dass mich das einerseits äußerst besorgt machte und andererseits sehr traurig. Ich wusste nicht, wo er wohnte. Ich wusste nicht, was für ein Leben er in Montreal führte. Ich wusste nichts. Andererseits erinnerte ich mich noch lebhaft an seine letzte Nachricht und das vielleicht traurige, aber fraglos tröstliche Gefühl, dass er ein gewisses Maß an Glück gefunden hatte. Seine Suche nach seinem *Ich*, nach sich selbst – noch heute so offenkundig in der sensiblen Unausgewogenheit seiner Kompositionen – hatte ein Ende. Es bestand die Möglichkeit, dass er sich seitdem an die Welt anpassen oder zumindest sie akzeptieren konnte. Traurig, wieso? Weil, wenn dies zutraf, diese selbe Welt einen ausgezeichneten Musiker und ich meinen besten Freund verloren hatte.

Im Grunde war ich über ihn verärgert. In den Wochen nach seiner Abreise hatte er mich gebraucht. Er hatte einen Anker gebraucht, jemanden auf dieser Seite, der ihn der Beständigkeit der Realität versicherte. Meine Stimme zu hören oder mir zu schreiben bedeutete für ihn, dass das Leben, obwohl er aus dem Tritt geraten war, noch nicht zu einem wütenden Meer ohne rettenden Hafen geworden war. Es gab zumindest einen Zufluchtsort. Ein paarmal rief er mich an, nur um gute Nacht zu sagen, obwohl es in Lissabon schon fast früher Morgen war. Ich stand auf, küsste meine schlafende Frau auf die Wange, ging ins Wohnzimmer, nahm das Telefon immer ab. Diese Augenblicke vermisse ich.

Um diese Zeit herum rief mich Stockmans Agent an. Es waren schwierige Monate für mich: Meine Töchter waren auf eine Privatschule gewechselt, es gab weniger Geld im Haus, der Roman, an dem ich seit Monaten schrieb, war mehrmals ins Stocken geraten, und allmählich kamen mir Zweifel, ob ich ihn jemals würde beenden können. Der Mann mit der heiseren Stimme bat mich, mit Stockman zu reden, ihn zur Rückkehr zu bewegen. Ich sagte, ich würde mein Möglichstes tun, verriet ihm aber nicht, dass ich ebenso wenig wie er wusste, wie ich ihn erreichen konnte. Der Agent schlug mir sogar vor, nach Montreal zu fliegen, und bot mir an, das Ticket zu bezahlen. Ich lehnte ab. Zum einen wäre es nutzlos, sagte ich; mein Freund sei in seinen Entscheidungen kompromisslos, und deshalb bliebe uns nichts anderes übrig, als abzuwarten. Zum anderen brächte ich es nicht fertig, seine Privatsphäre zu missachten oder mich in eine Geschichte einzumischen, die ich noch nicht verstand und vielleicht nie verstehen würde. Diesen zweiten Gedanken behielt ich für mich. Er hätte den Agenten zum Nachfragen veranlasst, und ich war nicht darauf vorbereitet, ihm Antworten zu geben.

Im Oktober rief Teresa mich an. Wir sprachen nur kurz. Sie hatte beschlossen, die gemeinsame Wohnung aufzugeben. Es sei seine Wohnung, sagte sie, und sie müsse von dort weg und Luís aus ihrem Herzen verbannen. Sie fragte nicht, ob ich etwas von ihm gehört hatte. Jeden Monat erhielt sie mit der Post einen von Stockman unterschriebenen Scheck, um die Hypothek und die Rechnungen zu bezahlen; abgesehen davon, hatte sie kein einziges Wort von ihm gehört. Sie wirkte resigniert. Stockman war Vergangenheit, als wäre er tot, und sie weigerte sich, in einem Mausoleum zu leben. Sie fragte, ob ich bereit wäre, mich um die Wohnung zu kümmern, da von seiner Familie nur noch der Adoptivvater existierte, und der war sehr krank. Ich antwortete, ja, ich wolle das übernehmen.

Zwei Tage später fand ich in meinem Briefkasten die Schlüssel seiner Wohnung, und seitdem gehe ich jeden Monat in der ersten Woche dorthin, sehe nach der Post, bezahle die Rechnungen, gieße eine Pflanze, die Teresa im Vorraum hat stehen lassen, und verlasse die Wohnung wieder so schnell wie möglich. Ich spüre ihn in jedem Lufthauch, in jeder Ritze, in jedem Türspalt. Es ist ein ziemlich trostloses Szenarium.

Als der Winter nahte und ich seit fast drei Monaten nichts von ihm gehört hatte, gab ich der Verlockung nach und machte mich auf die Suche nach irgendeiner Art von Trost. Warum, weiß ich nicht. Aber dazu veranlasst haben kann mich Folgendes: Eines Morgens wachte ich allein im Bett auf. Es war viel zu spät, meine Frau war zur Arbeit gegangen und hatte die Kinder zur Schule gebracht. Am Abend zuvor hatte ich Zigaretten rauchend vor dem Computer gesessen, aber nichts zustande gebracht (inzwischen rauchte ich wieder eine Schachtel pro Tag). Ich fühlte mich emotional instabil. Trotz der Geduld meiner Frau hing meine Ehe am seidenen Faden, meine Arbeit litt täglich darunter; die Studenten an der Universität machten mich gereizt, ich wollte sie immer am liebsten würgen, wenn sie mir ihre prätentiösen Texte voll von Klischees, schlechten Dialogen und einer unvergleichlich größeren Lebensgier als meiner eigenen präsentierten. Mitunter bin ich als Kritiker grausam, zynisch und verbittert. Und ich hatte niemanden, mit dem ich sprechen konnte. Sie stimmt, diese in der Jugend so oft verworfene Theorie, dass wir immer weniger Zeit für andere haben, je älter wir werden. Seit meiner Heirat war ich fast nie zu erreichen, hatte aber immer Zeit gehabt, mit Stockman über meine Probleme zu sprechen. Ohne ihn hatte ich als Ratgeber nur mich selbst. Folglich den denkbar schlechtesten.

Deshalb machte ich mich auf die Suche nach einem Weg, ihn zu erreichen. Gleichgültig, wie. Ich dachte lange darüber nach. Nach Montreal wollte ich nicht reisen, das stand fest. Dafür hatte ich weder Geld noch Zeit, auch glaubte ich nicht, ihn dort finden zu können. Außerdem wäre darüber meine Ehe zerbrochen. Ich hätte unmöglich sagen können, wie lange ich wegbleiben würde; meine Töchter und meine Frau hier zu lassen, ohne ihnen erklären zu können, was genau ich vorhatte, wäre nahezu unverzeihlich. Nach langem Grübeln wurde mir klar, dass die einzige Möglichkeit darin bestand, den Weg umgekehrt zu gehen. Oder, wenn man so will, auf der anderen Seite des Spiegels. Es gab fast niemanden mehr, der mich mit Stockman verband; wir hatten niemals eine gemeinsame Freundesgruppe gehabt, hatten keinem Klub angehört. Wir hatten gemeinsame Bekannte, aber das waren wirklich fast nur Bekannte, die sicherlich nicht über die Situation informiert waren. Teresa war verschwunden, N. war eine ferne Erinnerung, und der alte Luís Stockman hatte das Gedächtnis und die Sprache verloren. Blieb also ich, und wie jeder andere Mensch konnte auch ich zu einer Leerstelle werden, auch ich konnte am nächsten Tag nicht mehr da sein. Merkwürdig, dachte ich, wie fragil die Bande sind, die uns mit dieser Welt verbinden. An einem Tag sind wir auf dieser Welt, glauben, eine Identität, eine persönliche Note, eine Prägung zu besitzen. Am nächsten Tag, wenn ein paar dieser Bande wegfallen – es müssen nicht viele sein –, sind wir der Kehricht der Geschichte.

Nach ein paar Erkundigungen fand ich, beinah zu einfach, den Kontakt zu Hugos Schwester. Stockman hatte ein paarmal von der Familie des Selbstmörders gesprochen; dessen Mutter hatte ihm gegenüber auch eine Zwillingsschwester erwähnt. Vielleicht, weil ich im Grunde an das Unmögliche glaubte, beschloss ich, dass ich sie kennenlernen müsse. Vielleicht würde ich, wenn ich dieser Frau tief in die Augen sähe, denselben Funken erblicken, der in den Augen meines Freundes leuchtete. Über den Namen kam ich schnell ans Ziel. Es war ein ziemlich ungewöhnlicher Familienname, und nach einer halben Stunde am Computer hatte ich eine E-Mail-Adresse gefunden. Ich schickte eine kurze Nachricht, erklärte, dass der Mann, für den ihr Bruder einen Brief hinterlassen hatte, mein bester Freund war und dass ich aus Gründen, die ich vorläufig nicht benennen wollte, mich gern mit ihr treffen würde.

Erst nach zwei Tagen kam eine Antwort. Júlia schrieb mit zwei kurzen Zeilen, dass ein Treffen, wenn überhaupt, bei ihr zu Hause stattfinden müsse, denn sie habe zwei kleine Kinder, und deshalb sei es für sie schwierig, etwas außer Haus zu vereinbaren. Ich war sofort einverstanden.

Ein Kind öffnete mir die Tür. Es war ein hübscher Junge mit lockigem Haar und einer kleinen Lücke zwischen den frechen Schneidezähnen. Unter dem Arm hatte er eine Spiderman-Puppe. Misstrauisch sah er mich an.

»Wer bist du?«, fragte er.

»Kann ich deine Mutter sprechen?«

»Wer bist du?«, fragte er wieder.

»Ein Freund.«

»Wir haben keine Freunde«, stellte er entschieden fest.

Eine ebenfalls hübsche Frau mit glatten Haaren und schmalen Lippen kam an die Tür. Sie lächelte scheu und schob den Jungen liebevoll zur Seite.

»Das hier ist Mateus«, sagte sie.

»Ich freue mich, Sie beide kennenzulernen«, antwortete ich.

Ich trat ein. Sie entschuldigte sich kurz; es war später Nachmittag, die Zeit, zu der das andere Kind, ein Mädchen, ein Schläfchen hielt. Ich hörte hinten in der Wohnung ein Baby weinen.

»Meine Schwester heißt Cataplana«, sagte Mateus, als ich mich im Wohnzimmer auf das Sofa setzte.

»Cataplana? Bist du sicher?«

»Ja, Cataplana«, sagte er noch einmal.

Der Junge verschwand im Flur. Nach ein paar Minuten kam Júlia zurück. Sie bot mir einen Tee an, wir setzten uns an den Wohnzimmertisch.

»Ihrem Sohn zufolge heißt seine Schwester Cataplana.«

Júlia lachte.

»Beachten Sie ihn nicht. Er redet nur Unsinn.« Sie wirkte müde; sie sah sanft aus, aber dicht unter der Oberfläche ahnte ich ein eigensinniges Temperament. »Mein Mann muss jeden Augenblick kommen.«

»Wie schön«, erwiderte ich und trank einen Schluck Tee. Er war lauwarm und ungesüßt, aber ich sagte nichts.

»Möchten Sie schon mal anfangen?«

»Genau das habe ich eben gedacht«, antwortete ich. »Wissen Sie, ich habe lange gezögert, ob ich Ihnen schreiben soll. Ich dachte, es könnte Sie verletzen oder ich könnte als unsensibel dastehen.«

Sie schüttelte den Kopf und strich sich das Haar aus dem Gesicht.

»Nichts, was Sie im Zusammenhang mit meinem Bruder sagen, kann mich verletzen.«

»Warum sagen Sie das?«

»Er hat mich schon genug verletzt. Irgendwann legt man sich einen Schutzwall zu.«

»Haben Sie den Brief gelesen, den er hinterlassen hat?«

»Den an Ihren Freund?«

»Ja.«

»Nein, der Brief war nicht für mich bestimmt. Aber ich weiß, was darin stand. Ein Mann von der Polizei hat mich informiert. Es war für mich überhaupt keine Überraschung.« Ich wartete. Mateus kam ins Wohnzimmer gelaufen, sah uns sekundenlang grimmig an, dann rannte er wieder zurück in den Flur. »Mein Bruder hatte psychische Probleme«, sagte sie. »Leider habe ich das zu spät begriffen. Als ich ihn das letzte Mal gesehen habe, kam ich gerade nach Hause, und er war vollkommen neben sich. Vielleicht war er betrunken. Ich weiß noch, als ich hereinkam, saß er da, wo Sie jetzt sitzen, hatte ein geschwollenes Auge und blutete an der Lippe. Er hatte sich mit meinem Mann geprügelt. Franco hatte ihn dabei ertappt, wie er im Studio in seinen Fotos wühlte. Er hatte alles auf den Kopf gestellt. Bestimmt haben sie gestritten, und das muss übel gewesen sein, denn mein Mann ist ausgesprochen friedlich. Ich habe nie erlebt, wie er gegen jemanden die Hand erhoben hat. Auch nicht bei Mateus. Und manchmal rutscht bei Mateus sogar mir die Hand aus.«

Kaum hatte der Junge seinen Namen gehört, erschien er im Wohnzimmer und nahm eine kampfbereite Haltung ein. Er sah mich an, als wäre ich ein Feind und als machte er sich bereit, mich zu schlagen. Er hatte den Spiderman gegen eine vollkommen demolierte Miniaturgitarre ausgetauscht, von deren Hals die zerrissenen Saiten baumelten.

»Was ist?«, fragte Mateus.

»Nichts«, antwortete Júlia mit halb liebevollem, halb erschöpftem Blick. Das zweite Kind, das Mädchen, das hinten schlief, nahm jetzt wahrscheinlich den größten Teil ihrer Zeit in Anspruch; Mateus war inzwischen wohl eher ein Störfaktor als etwas anderes, und vermutlich spürte er das. »Geh nach hinten spielen.«

»Ich will hier spielen.«

Er setzte sich auf den Fußboden und wedelte mit der Gitarre.

»Entschuldigen Sie«, sagte Júlia.

»Ich habe auch Kinder. Zwei Töchter. Sie sind älter, aber diese Nummern kenne ich.«

»Wir mussten ihm wegen dem Onkel diese Gitarre kaufen«, sagte sie. »Als er den Kontrabass sah, war er sofort fasziniert.«

»Haben die beiden sich gut verstanden?«

»Ja. Sie hatten sich sehr gern.«

»Wo ist der Onkel?«, fragte Mateus.

Júlia zögerte einen Moment. In ihrem Blick flackerte ein Anflug von Sehnsucht auf, verlosch aber schnell wieder.

»Er ist verreist. Geh nach hinten.« Ihre Stimme klang streng. Mateus stand auf und zog ärgerlich in Richtung Flur ab. »Er weiß natürlich nicht, was passiert ist«, fuhr sie fort. »Dafür ist er noch zu klein.«

»Ja, sicher.« Einen Augenblick herrschte Schweigen. »Sie sagten, der Brief sei für Sie überhaupt keine Überraschung gewesen. Hatte Ihr Bruder Ihnen von Stockman erzählt?«

»Er war kurz nach seiner Ankunft mit einer Freundin von mir zu einem Konzert von Stockman gegangen. Ich wollte ihm eine Freundin verschaffen, stellen Sie sich das vor! Stattdessen habe ich das denkbar Schlechteste gemacht, nämlich ihn auf die Spur Ihres Freundes gebracht. Seitdem wurde es von Tag zu Tag schlimmer. Dann, an dem letzten Nachmittag, hat er lauter wirres Zeug geredet. Stockman habe ihm ein Thema gestohlen, ein Musikstück, an dem er schon seit langer Zeit arbeitete. Er war nicht einfach zu verstehen, deshalb habe ich nicht alles genau in Erinnerung. Ich weiß noch, dass er von Ihrem Freund gesprochen hat, als wäre er ihm persönlich gut bekannt, er sprach mit einer Mischung aus Hass und Liebe.« Sie überlegte. »Liebe? Trifft es das?«

Júlia zögerte und verzog das Gesicht, als wäre ihr übel.

»Ja. Sprechen Sie weiter.«

»Eine äußerst merkwürdige Geschichte. Normalerweise würde man, wenn es berechtigt wäre, eine Anzeige wegen des Plagiats erstatten oder so. Mein Bruder hatte den Verstand verloren. Offenbar war er hinter Stockman her, als wäre er verrückt. Das hat er übrigens immer und immer wieder gesagt. Dass er vor Einsamkeit verrückt sei.«

»Vor Einsamkeit?«

»Ja.«

»Und dann?«

»Der Grund, warum er das Studio meines Mannes auf den Kopf gestellt hat, waren Fotos, die Franco von uns bei einem Abendessen gemacht hatte. Er sagte, auf diesen Fotos sei nicht er, sondern Stockman zu sehen.«

»Würde es Ihnen etwas ausmachen, mir die Fotos zu zeigen?«, fragte ich.

Die Wohnungstür öffnete sich. Ein mittelgroßer Mann mit sehr kurzem Haar, einen Rucksack über der Schulter, trat ein. Mateus kam durch den Flur gelaufen und schleppte die demolierte Gitarre hinter sich her. Er warf sich dem Mann in die Arme, dieser kniete sich hin und umarmte ihn liebevoll.

»Mein Kleiner«, sagte er.

»Wir haben Besuch«, verkündete Júlia.

Sie machte uns miteinander bekannt. Franco hatte ein offenes Lächeln und sehr große Zähne. Er war anscheinend ein freundlicher, doch zurückhaltender, etwas introvertierter Mensch. Mateus liebte ihn heiß und innig. Er sah aufmerksam zu, wie sein Vater den Rucksack öffnete, einen Fotoapparat und diverse Objektive herausnahm und alles auf den Tisch legte, an dem wir saßen.

»Schläft sie?«, fragte Franco Júlia. Sie nickte. »Ich gehe nach ihr sehen, bin gleich wieder da.«

Júlia bat ihn, bevor er aus dem Wohnzimmer ging, die Fotos zu holen, nach denen ich gefragt hatte. Franco blickte aus dem Fenster, als befände sich die Antwort irgendwo da draußen in der anbrechenden Dunkelheit. Dann antwortete er:

»Mal sehen, ob ich sie finde.«

Er verließ den Raum. Mateus hüpfte hinter ihm her.

»Wieso interessiert Sie das alles?«, fragte Júlia.

»Luís Stockman ist mein bester Freund. Aber er ist verschwunden, in Montreal. Seit Monaten habe ich nichts von ihm gehört.«

»In Montreal?«

»Wo Ihr Bruder gelebt hat.«

»Warum ist er dorthin gegangen?«

»Weil er auf der Suche nach etwas war, das er vielleicht dort gefunden hat«, erwiderte ich, auch wenn ich die Antwort nicht wissen konnte. Ich trank den restlichen Tee, er war mittlerweile kalt. »Ich möchte Sie etwas fragen. Stimmt es, dass Sie als Drillinge geboren wurden?«

Júlia atmete tief ein.

»Ja. Wir waren drei. Der Dritte, mit dem niemand gerechnet hatte, war ein eineiiger Zwilling von meinem Bruder Hugo.«

»Man hatte nicht mit ihm gerechnet?«

»Ultraschalluntersuchungen waren damals noch nicht so weit entwickelt. Wir sprechen vom Ende der sechziger Jahre, vergessen Sie das nicht. Die Ärzte glaubten, meine Mutter würde Zwillinge bekommen. Dass sich womöglich ein drittes Kind versteckte, damit hatte niemand gerechnet.«

»Vom selben Ei wie Ihr Bruder Hugo.«

»Genau. Sie waren eineiig. Aus irgendeinem Grund hat der eine überlebt und der andere nicht. Ich glaube, er hat noch eine Weile im Brutkasten gelegen, ist aber nach ein paar Stunden gestorben. Das bedrückt mich. Was macht man mit einem Kind, das gleich nach der Geburt stirbt? Wirft man es in den Müll? Hält man ein kleines Begräbnis zu Ehren der wenigen Minuten ab, die es auf der Welt war?«

»Entschuldigen Sie, wenn Ihnen die Frage unangenehm ist.«

»Die ist mir schon mein Leben lang unangenehm gewesen«, sagte sie. »Wie dem auch sei, ich habe daran überhaupt keine Erinnerung. Die Geschichte wurde im Laufe der Jahre immer wieder erzählt, und wahrscheinlich ist dabei etwas in Vergessenheit geraten. Das passiert doch immer, nicht wahr?«

»Wie ging es Ihrem Bruder damit?«

»Mit dem Zwilling, der nie einer war?«

»Ja.«

»Wir haben nie viel darüber gesprochen. Meine Mutter hat immer gesagt, er sei so, wie er war – so unzufrieden, unruhig –, weil ihm seine andere Hälfte fehlte. Das sagte sie zum Spaß, als wir Kinder waren. Aber dann habe ich, wenn ich an seiner Tür vorbeiging, gehört, wie er im Bett weinte. Manchmal hat er die ganze Nacht geweint. Ich wusste damals nicht, warum. Heute glaube ich, es war genau deshalb. Er vermisste seine andere Hälfte. Oder er glaubte es. Ich weiß nicht. Das alles ist sehr wirr und sinnlos.«

»Halten Sie es für möglich, dass wir jemanden vermissen können, den wir nie gekannt haben?«

Júlia stand auf und öffnete das Fenster. Sie fragte, ob ich eine Zigarette hätte. Dann erzählte sie, sie habe das Rauchen mit Hilfe einer Hypnotiseurin aufgegeben, doch neuerdings verspüre sie immer, wenn etwas sie nervös mache, das Bedürfnis, nach einer Zigarette zu greifen. Ich bot ihr eine von meinen an und gab ihr Feuer.

»Ich glaube, ja. Sie müssen bedenken, die beiden waren lange zusammen im Uterus. Zählt das? Haben Föten ein Bewusstsein? Diese Frage kann ich Ihnen nicht beantworten. Aber eines kann ich Ihnen sagen. Die Beziehung zwischen Mutter und Kind bildet sich fast vollständig in den ersten neun Monaten heraus. Wegen dieser Entstehungsphase lieben wir unsere Kinder so sehr. Sie sind ein Teil von uns. Vielleicht gilt das auch für eineiige Zwillinge. Sie waren eine Ewigkeit am selben Ort eingeschlossen. Stellen Sie sich das vor. Zwei identische Menschen, vollkommen identisch. Und dann stirbt der eine. Im Grunde lautet Ihre Frage also: Vermisst eine Mutter einen Sohn, den sie nie kennengelernt hat? Ja, natürlich. Selbstverständlich vermisst sie ihn. Vielleicht sogar noch mehr als den, der überlebt hat.« Sie machte eine Pause. »Oder vielleicht rede ich auch nur dummes Zeug.«

Júlia zog dreimal nacheinander an der Zigarette, dann drückte sie sie auf der Fensterbrüstung aus und warf die Kippe hinaus. Es wurde langsam kühl in Lissabon; in der Ferne ging über der Brücke der Mond auf, überschattet von einer bleichen Wolke. Sie rieb sich rasch mit kreisenden Bewegungen den linken Arm. Sie schien einen Moment zu zögern, als überschlage sie etwas im Kopf, dann fragte sie: »Wollen Sie mit uns zu Abend essen?«

In diesem Augenblick kam Franco zurück ins Wohnzimmer; in der Hand ein paar Fotografien.

»Hast du geraucht?«, fragte er Júlia. Sie antwortete nicht darauf, sondern sagte, sie wolle in die Küche gehen und sich um das Abendessen kümmern. »Ich dachte, du hast endgültig aufgehört.« Dann schien Franco das Thema zu vergessen und reichte ihr die Fotos. »Hast du das hier gesucht?«

Júlia griff nach den Aufnahmen und sah sie an.

»Ja.«

Sie legte die Fotos auf den Tisch, fasste Franco am Arm und bat ihn, ihr zu helfen. Ich lächelte ihnen zu, als sie in den Flur gingen. Für einen kurzen Moment blieb ich allein mit den Fotografien im Halbdunkel; dann flammten wie durch ein Wunder die Lampen über dem Tisch auf.

Ich betrachtete die beiden Fotos. Auf dem einen saß

ein Mann neben Júlia und Mateus am Esstisch, an demselben Tisch, an dem ich saß. Die andere Fotografie zeigte den Mann allein, in der Hand eine Gabel über einem Teller mit Hähnchen und Salat, daneben eine Flasche Mineralwasser. Ich hatte Hugo nie gesehen. Ich wusste nicht, wie er aussah; ich hatte keine Ahnung, wie seine Miene, seine Züge, sein Gesichtsausdruck waren. In meiner Vorstellung hatte er ein verhärmtes Gesicht, tiefe Augenringe, ungekämmtes Haar wie ein Verrückter. Aber dieser Mann auf den Fotos sah vollkommen anders aus. Dieser Mann war nicht Hugo, sondern Stockman: sein Ebenbild, ihm vollkommen gleich. Er hatte lange, knochige Hände, einen dünnen, zarten Körper, einen Dreitagebart, und das graumelierte Haar reflektierte das Licht der Lampe.

Und er lächelte.

Auf beiden Fotografien lächelte mein Freund. Er wirkte eigenartig zufrieden, und obwohl es nicht mein Freund war und obwohl es nicht Stockman war, sah er doch genau so aus, dass ich nicht anders konnte, als mir vorzustellen, dass er es wirklich war und dass dies das letzte Bild von ihm sei, das ich in Erinnerung behalten würde – sein letztes Abendessen –, was mich unendlich traurig machte und unendlich beruhigte. Denn Stockman würde weiterleben, solange ich ihn betrachten konnte, wie er dort mit seiner Schwester und seinem Neffen, den er nie gehabt hatte, am Tisch saß und das Hähnchen mit Salat aß, von dem er nie gekostet hat. Solange ich lebte, würde auch er weiterleben, vorausgesetzt, dass ich nicht vergaß; vorausgesetzt, dass ich ihn nie vergaß.

»Warum siehst du so aus?«

Ich drehte den Kopf zur Seite. Mateus beobachtete mich. Mir wurde bewusst, dass ich wohl ziemlich verwirrt aussah, obwohl ich lächelte und im Grunde fast glücklich war. Ich nahm die Brille ab und legte sie auf den Tisch. Ich streichelte dem Jungen über das Haar. Er sah mich sehr misstrauisch an.

»Der Onkel«, sagte er und wies auf ein Foto, »der Onkel hat eine Barkasse.«

Ich fragte lachend: »Was hat er?«

Aber ich bekam keine Antwort.

*

Was gibt es noch zu sagen? Beim Essen kamen wir nicht mehr auf das Thema zurück. Es war eine einfache Mahlzeit, Hausmannskost. Ich kann mich genau erinnern, was ich gegessen habe: Gemüselasagne, Salat aus Rucola, Kohlrabi und Mandeln und ein Glas französischen Weins aus einer Flasche, die Franco wie selbstverständlich öffnete. Mateus juchzte, als der Korken mit einem lustigen Geräusch herauskam. Welche Rolle spielt das? Überhaupt keine. Mag sein, dass Júlia hin und wieder an mich denkt. Franco und Mateus haben mich bestimmt schon vergessen, ich werde nur eine lustige Episode in ihrem Leben sein. Wir haben viel über die Dummheiten des Kleinen gelacht. Gegen zehn Uhr abends hörte ich ein Kind im Schlafzimmer weinen. Franco fragte, ob ich ihre Tochter sehen möchte. Wir gingen alle vier durch den Flur zum Schlafzimmer. In einem Kinderbett mit weißen Laken sah ich ein Baby in einem rosa Schlafanzug. So wie unzählige andere Babys. Ich nahm die Kleine auf den Arm und fühlte mich, als wäre ich gerade wieder Vater geworden, als hielte ich eine meiner Töchter auf dem Arm, spürte ihre Leichtigkeit und zugleich ihr unerträgliches Gewicht. Nach dem Essen tranken wir Kaffee, sprachen über dies und das, dann verabschiedete ich mich. Mateus und Júlia begleiteten mich zur Tür. Ich küsste sie auf die Wange, bedankte mich und fragte, ob sie mir vielleicht einen Abzug der Fotos schicken könne. Warum, weiß ich nicht; aber ich musste es nicht erklären, denn sie ging in das Studio ihres Mannes, kam mit den Aufnahmen zurück und überreichte sie mir. Bei ihr lösten sie nur schlimme Erinnerungen aus, sagte sie. Heute liegen die Fotos in der Schublade meines Schreibtisches. Zwei Fotos von einem Unbekannten, der genau wie mein Freund aussah. Meinen Freund habe ich nie wieder gesehen.

Ab und zu öffne ich die Schublade und betrachte die Aufnahmen, nur um mir in Erinnerung zu rufen, dass in diesem Leben uneingeschränkt das Absurde herrscht.

Was gibt es noch zu sagen?

Viele Jahre vergingen. Eines Nachts wachte Luís Stockman nach einem kurzen Schlaf voller Alpträume angsterfüllt auf. Sein ganzer Körper schmerzte. Er setzte einen Fuß auf den Boden, dann den anderen, stützte sich mit den Händen auf der Bettkante ab, richtete sich langsam auf und spürte, wie seine Knochen knackten und die schlaffen Beinmuskeln wegen des wenig erholsamen Schlafs unter Protest erwachten. Catherine neben ihm schlief. Ihr Haar, inzwischen ergraut, lag vom Mond beschienen ausgebreitet auf dem Kopfkissen. Wie immer schlief sie still, ohne jede Andeutung eines Lauts.

Er ging ins Badezimmer, schaltete das Licht ein, betrachtete sich im Spiegel. Er sah einen alten oder fast alten Mann. Das Haar war vollkommen grau, der Bauch hing schlaff unter einem mageren Oberkörper herab, auch die Brusthaare waren ergraut. Das Gesicht war von Falten zerfurcht, der Blick unbestimmt. Er duschte und kleidete sich an. Die Schmerzen, die in den Beinen begonnen hatten, strahlten nun in den Rücken aus. Leicht gebeugt köpfte er langsam das Hemd über dem Unterhemd zu, zog eine dicke Wolljacke an und zum Abschluss einen dunklen Mantel. Er stieg in die gefütterten Stiefel. Im Haus war es warm; die Heizung war während der Nacht nicht abgeschaltet gewesen. Draußen aber schneite es kräftig. Straßen und Parks, Straßengräben und Berggipfel, der Fluss und die Kirchenkuppeln verschwanden unter einer Schneedecke. Es war etliche Grade unter null; wie viele, das wusste er nicht. Ein Unwetter zog auf. Dennoch spürte er, dass er hinausgehen musste. Seit vielen Tagen hatte er die Werkstatt nicht verlassen, und plötzlich hatte ihn eine schreckliche Klaustrophobie am Schlafen gehindert. Er döste immer nur kurz weg und schreckte dann aus seltsamen Alpträumen und mit Schmerzen am ganzen Körper hoch.

Als er die Treppe hinunterging, stellte er fest, dass die Nachbarin nicht da war. Im Laufe der Zeit hatte er sich so manches Mal gefragt, was ihn in diesen Stadtteil gezogen hatte. Anfangs hatte er geglaubt, es sei die Nähe zum Meer oder zum Eis, an Wintertagen wie diesem. Aber vielleicht waren es die Lieder gewesen, die seine Nachbarin jeden Tag sang, von früh bis spät, diese Nachbarin, die seinerzeit wohl das Alter eines jungen Mädchens gehabt hatte, deren Seele aber seit jeher alt war. Um diese Stunde sang sie meistens *La Mer* oder *Claire de Lune*, doch nun herrschte Stille.

Er ging hinaus auf die Straße. Der Stadtteil Vieux Port war menschenleer, auf den Wegen türmte sich der Schnee. Das wird ein langsamer Spaziergang, dachte er. Er ging ein paar Schritte die Rue Saint-Sulpice entlang und bog nach rechts in die Rue Saint-Paul ein. Er hielt den Kopf gesenkt, die bis über die Ohren gezogene Mütze schützte ihn vor dem eisigen, scharfen Wind, der zwei Straßen weiter unten über das Wasser fegte.

Er hatte bereits vor langer Zeit aufgehört zu spielen. Vielleicht war es schon über fünfzehn Jahr her, dass er sich zum letzten Mal an ein Klavier gesetzt hatte. Gelegentlich machten sich seine Finger selbständig und spielten von allein. Er saß vor dem Fernseher oder beim Abendessen mit Catherine, und plötzlich, mitten in der Sendung oder mitten in einem Satz, bemerkte er, dass seine Hände sich bewegten, die Finger spielten Akkorde, Dissonanzen, Arpeggiaturen. Er bemühte sich, das Instrument zu vergessen, aber irgendwie vergaß das Instrument ihn nicht; von Zeit zu Zeit suchte es ihn wieder heim. Dennoch vergingen die Jahre nicht ganz ohne Musik. Kurz nachdem er in die Stadt gekommen war, zog er zu Catherine. Ein Jahr lang wohnten sie in dem Haus zusammen, dann zogen sie nach Vieux Port um. Die Werkstatt befand sich im Erdgeschoss; sie wohnten im ersten Stock. Das Geschäft blühte, und schon bald begeisterte Stockman sich für Catherines Beruf.

Er gewöhnte sich schnell an Catherines Rhythmus. An die Gemächlichkeit beim Aufstehen, das Frühstück im Garten hinter dem Haus an warmen Tagen, an die einsamen Abende mit Lektüre oder Musik. Er begann auch mit den Instrumenten zu arbeiten. Zunächst wollte er Catherine nur zum Zeitvertreib helfen, er lernte dabei dieses und jenes. Dann erwachte nach und nach sein Interesse an den einzelnen Bestandteilen. Der Kontrabass war, wie er entdeckte, ein faszinierendes Instrument. Er war für seine Größe von erstaunlich geringem Gewicht und besaß als Halterung für die Saiten einen Steg, in den ein Herz geschnitten war. Die Öffnungen des Resonanzkörpers hatten die Form von antiquierten Buchstaben, und im Inneren des Instruments befand sich der Stimmstock, von größter Bedeutung für einen ausgewogenen Klang. Die Musiker kamen wie Väter mit einem kranken Kind und übergaben ihre Sprösslinge in Catherines Obhut. Man musste sie liebevoll behandeln, ihre Wunden pflegen; gelegentlich war eine Notoperation erforderlich. Stockman ließ sich faszinieren, Tag für Tag, Jahr für Jahr. Seit zwei Jahrzehnten betätigte auch er sich nun zusammen mit Catherine als Instrumentenbauer.

Seine Füße schleppten sich vorwärts, bahnten sich mühsam einen Weg auf dem vereisten Pflaster. Der Wind wurde schärfer, der Schnee fiel in dichtem Gestöber; es war der angekündigte Schneesturm. An der Ecke zur Rue Saint-François Xavier dachte er daran umzukehren. Seit einiger Zeit war er von innerer Unruhe erfasst, er konnte nicht abschalten, Angstzustände führten zu Schlafstörungen und körperlicher Erschöpfung. Dennoch beschloss er weiterzugehen. In der Dunkelheit kam er nur langsam voran. Die Hände in den Taschen, fragte er sich, ob ihn die Angelegenheit nach so vielen Jahren immer noch quälen konnte. Er glaubte, er hätte alles vergessen, und doch spielte ihm sein Kopf in den seltsamsten Momenten einen Streich. Er ertappte sich dabei, dass er sich zum Beispiel fragte, ob er an jenem Abend vor so langer Zeit in einem fernen Land in einem Konzertsaal, den er nur undeutlich in Erinnerung hatte, zufällig eine Melodie gespielt hatte, die zwar von ihm war, aber auch einem anderen Menschen gehörte. Die Frage tauchte ganz plötzlich auf und erfüllte ihn mit Scham. Oder aber er versank in vernichtenden Zweifeln, erörterte die Gründe für seinen Verzicht, für seinen Rückzug, die Frage, weshalb er sich hier befand, in einer Stadt, in der er nicht zu Hause war und in der er ein Leben führte, das nicht ihm gehörte.

Er stolperte über einen Kantstein. Die Gegend war nur schwach beleuchtet. Der Wind heulte, beherrschte alles mit seinem ohrenbetäubenden Echo. Die Schneeflocken fielen unablässig auf die Straßen des Alten Hafens. Er blieb stehen, hob mühsam das Bein an, spürte den Schmerz in den Gelenken, zog den Stiefel hoch. Er konnte kaum etwas sehen; die Nacht bestand aus Schwärze und Schnee, der dicht um die schimmernden Lichter der Straßenlaternen wirbelte. Er zog auch den anderen Stiefel hoch und schüttelte den Schnee ab, der sich im Hosensaum gesammelt hatte. Als er den Kopf hob, spürte er einen stechenden Schmerz im Rücken.

Er blickte geradeaus – die Kreuzung war nicht mehr zu erkennen. Er blickte zurück – die Straße war im Chaos des Schneesturms verschwunden. Stockman dachte, es sei an der Zeit, nach Hause zu gehen; der Morgen war noch sehr fern, und das Unwetter kam immer näher. Doch etwas Unerklärliches trieb ihn vorwärts. Er hörte, wie die Sohlen seiner Stiefel auf dem nassen Schnee ein Geräusch machten wie Fische, die gerade auf die Erde fallen. Er lief im Zickzack durch die Straßen. Er war der einzige Mensch. Der letzte Mensch.

Nach einer Weile wusste er nicht mehr, wo er sich befand. Der Wind war so stark geworden, dass jeder Schritt eine ungeheure Anstrengung bedeutete. Er spürte seine Beine nicht mehr, sie waren von der Kälte und der Anstrengung gefühllos geworden. Er kämpfte gegen den Schneesturm mit teils schmerzendem, teils gefühllosem Körper; vornübergebeugt, bot er seine ganze Kraft auf, um nicht vom Sturm weggefegt zu werden.

Plötzlich spürte er, dass er nicht allein gegen den Schneesturm kämpfte.

Neben ihm ging ein anderer. Er stellte ihn sich wie einen Schatten, wie ein Negativ vor: mit seiner Gestalt, doch farb- und glanzlos, ohne Konsistenz, ein pechschwarzes Gespenst. Stockman sagte: Du bist doch tot.

Du auch, antwortete das Gespenst.

Vielleicht sind wir seit je tot, fügte er hinzu.

Das Gespenst sagte noch etwas, aber er konnte es nicht verstehen, der heulende Sturm verschluckte die Worte.

Ich verstehe dich nicht, schrie Stockman.

Das Gespenst kam näher. Er spürte seine Gewichtslosigkeit, seine Körperlosigkeit, so ganz das Gegenteil von ihm selbst.

Das Gespenst flüsterte ihm etwas ins Ohr wie eine Liebkosung.

Plötzlich verschwand es. Stockman sah sich um und erblickte nichts außer einem Vorhang aus Finsternis.

Er war in einen Strudel geraten, an einen Fluchtpunkt, wo alle Straßen zusammenliefen, der Weg, die Fliehkraft aller Dinge. Er ging weiter. Er wollte weitergehen, bis ihn die Kräfte verließen, bis das Unwetter ihn verschlang, bis auf die andere Seite der Welt. Er wollte Seen, Landstraßen und Ebenen überwinden, durch Städte, Provinzen und Dörfer laufen, Gebirge erklimmen und Wüsten durchqueren auf der Suche nach sich selbst. Doch überall, an jedem Ort und zu jeder Zeit würde er nur Leere vorfinden. Er wollte weitergehen, das Unwetter bezwingen, das Leben hinter sich lassen, von dem er niemals etwas verstanden hatte, absolut nichts, auf der Suche nach seinem Gegenbild. Hätte ihn jemand in diesem Moment von hinten sehen können, vorgebeugt, auf dem Weg nach Nirgendwo, hätte er sicherlich einen Mann ohne Seele und ohne Ziel gesehen, einen für immer in sich selbst verlorenen Mann, umhüllt vom Mantel der Melancholie, der sich in einem Moment finaler Gnade stets über die Menschen legt. Als so viel Schnee lag, dass man nichts anderes mehr sah als Weiß, nur Weiß, die Welt eine Komposition aus Weiß, da verspürte Stockman die Freude über einen unwiederbringlichen Verlust und wusste, dass es zur Umkehr zu spät war.

Danksagung

Dieses Buch ist meiner Mutter, Joana und Luísa gewidmet.

Und Maria do Rosário Pedreira, meiner lieben Lektorin.

Der besondere Dank des Autors gilt der Union des Écrivaines et Écrivains Québécois und dem Conseil des Arts et des Lettres du Québec für das Stipendium, das es ihm ermöglicht hat, diesen Roman zu schreiben; ebenso gilt sein Dank Katia Stockman und Francine Royer und Paulo Gouveia vom Clube Português de Artes e Ideias.

Und Daniel Saldaña Paris, meinem mexikanischen Freund in Québec.

Was bleibt von einem Menschen
und seinen Möglichkeiten?

KATE ATKINSON

Glorreiche Zeiten

Roman

Zwischen den Weltkriegen erlebt Teddy Todd, geboren 1914, eine idyllische ländliche Jugend auf dem Anwesen seiner Familie nahe London. Einst wird er, der charmante Naturfreund und Möchtegern-Poet, mit seiner Sandkastenliebe Nancy vielleicht eine Tochter haben (die er nicht versteht und die ihn nicht versteht), und einst wird die Tochter ihm eine Enkelin schenken, die alle Enttäuschungen wettmacht.

Zuvor allerdings kommt der Krieg ins Spiel – von Teddy zunächst als Abenteuer willkommen geheißen –, in dem er als todesmutiger Kampfpilot einer Halifax fast tagtäglich die Städte Hitler-Deutschlands zu bombardieren hat. Und dann, jenseits aller Katastrophen, wird es die größte Herausforderung für ihn sein, sich einem »Danach« zu stellen, an das er nie geglaubt hatte.

»Glorreiche Zeiten ist, neben seinem ›Gefährten‹, Die Unvollendete, Kate Atkinsons bestes Werk.«

Observer

DROEMER